킹을 찾아라

KINGU WO SAGASE
by Rintaro Norizuki

ⓒ Rintaro Norizuki 2011
All rights reserved.
Original Japanese edition published by KODANSHA LTD.
Korean publishing rights arranged with KODANSHA LTD.
through BC Agency.

이 도서의 국립중앙도서관 출판예정도서목록(CIP)은
서지정보유통지원시스템 홈페이지(http://seoji.nl.go.kr)와
국가자료종합목록 구축시스템(http://kolis-net.nl.go.kr)에서 이용하실 수 있습니다.
(CIP제어번호: CIP2013006154)

킹을 찾아라

キングを探せ

노리즈키 린타로 장편소설
최고은 옮김

엘릭시르

차례

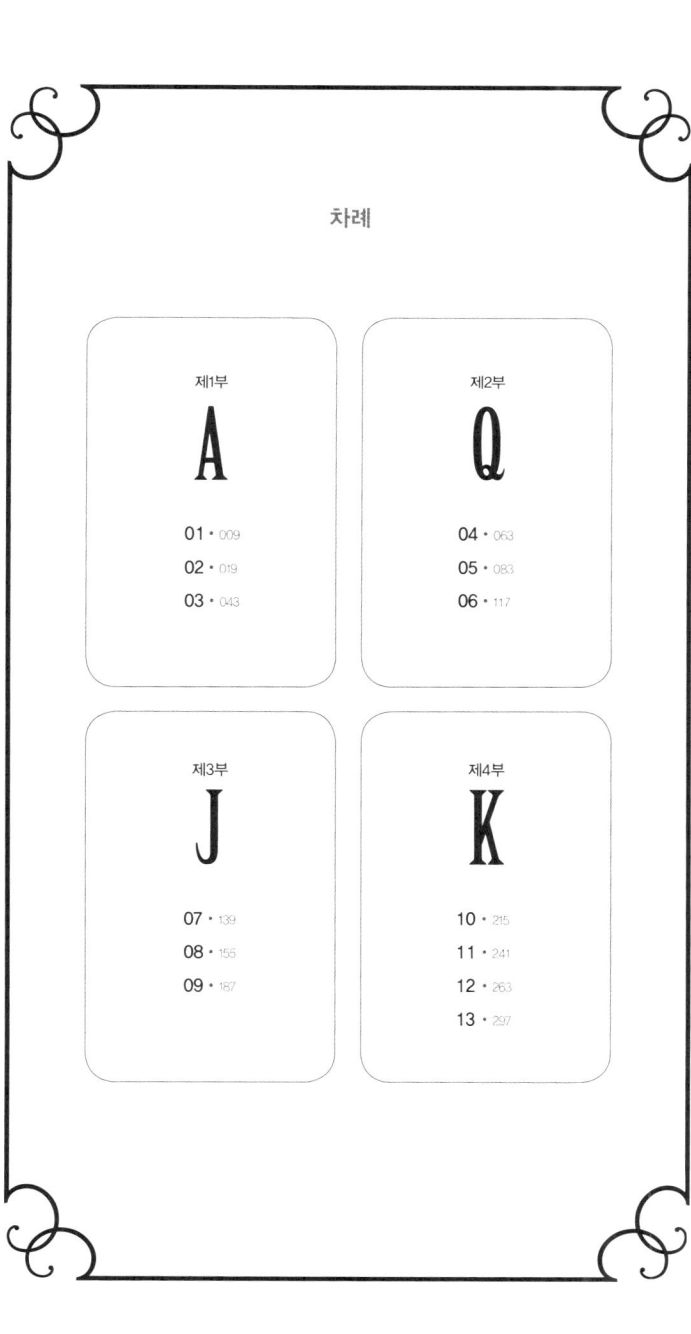

제1부

A

01 · 009

02 · 019

03 · 043

제2부

Q

04 · 063

05 · 083

06 · 117

제3부

J

07 · 139

08 · 155

09 · 187

제4부

K

10 · 215

11 · 241

12 · 263

13 · 297

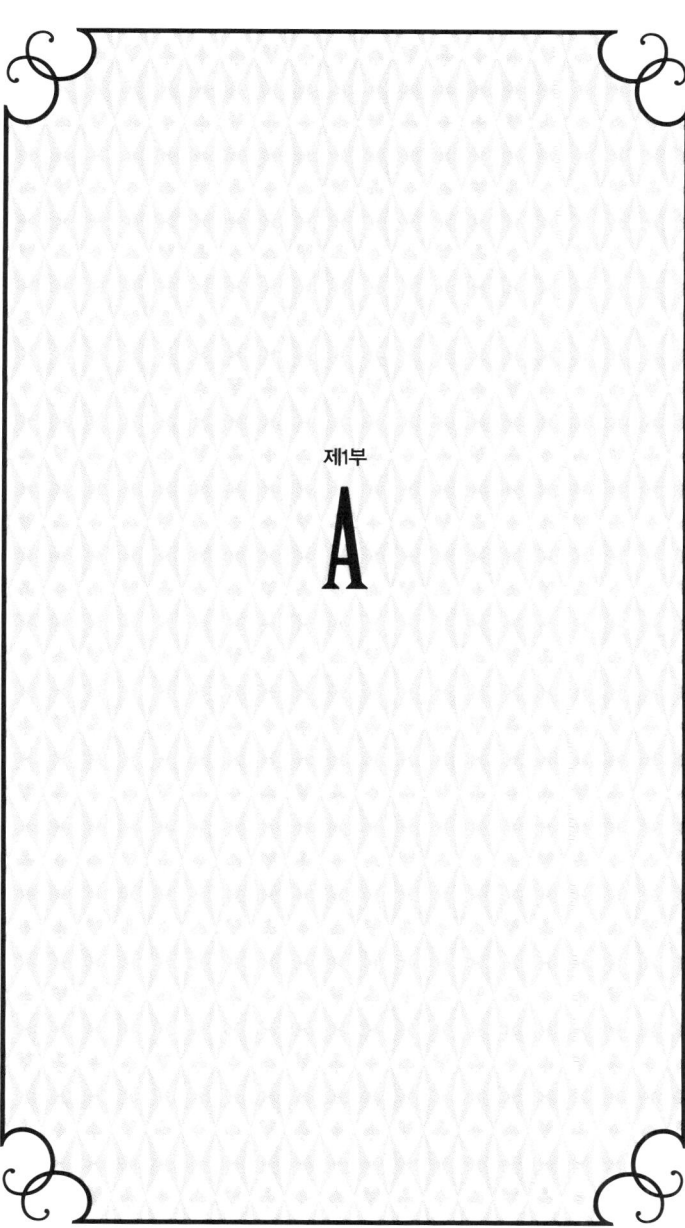

제1부

A

에이드리언: 여러분, 오늘 밤 당장 정해야 할 문제가 있습니다. 한마디 로 누가 누구를 언제 어디서 어떻게 하느냐의 문제입니다. (두 사람이 이해할 수 있도록 다시 말한다) 누가 죽일 것인가? 누구를 죽일 것인가? 언제 죽일 것인가? 어디서 죽일 것인가? 어떻게 죽일 것인가? (두 사람, 이해한 표정을 짓는다) 첫 번째 문제는 누가 누구를 죽이느냐의 문제겠 군요. 한마디로 피해자의 순서와 개별적인 사형 집행인을 정하는 문제입니다.

로베르 토마, 『살인 동맹』

그들이 창단식 장소로 택한 곳은 번화가에 있는 한 노래방이 었다.

처음 방문한 사람이라도 회원 가입이 필요 없는 곳으로, 방 범 카메라가 달린 곳은 카운터 주변과 통로뿐이었다. 녹화된 영상은 일주일 정도 보관된 후 삭제되고, 새로운 영상이 재녹 화된다. 신종 인플루엔자의 유행으로 사람들은 모두 마스크를 착용하고 있었다.

각 방마다 달린 카메라가 모형이라는 것도 미리 확인해 두 었다. 통로 쪽 벽에 구색 맞추기용으로 작은 창문이 달려 있지 만, 기계를 부수거나 음란 행위를 하지 않는 한 손님이 안에서 무엇을 하든 상관하지 않았다. 방음벽으로 에워싸인 밀실 안에서라면 어떤 불온한 이야기를 나눠도 상관없다. 인터넷 게시판이나 채팅방과 달리 서버에 치명적인 접속 기록이 남을 걱정도 없었다.

어색한 일본어를 쓰는 남자 종업원이 마실 것과 안주를 테이블에 내려놓는 동안 네 사람은 열심히 책자를 뒤지며 노래를 찾는 척했다. 주문대로 음식이 나온 걸 확인하고 종업원이 밖으로 나가자 유메노시마는 그제야 고개를 들고 참았던 숨을 내쉬었다.

"이제 말해도 되겠지? 일단 건배나 할까?"

"우롱차와 콜라로?" 이쿠루가 비아냥대듯 대꾸했다. 술기운에 정신이 흐려질 수도 있기에 주류는 주문하지 않았다.

"뭐 어때. 오늘 지나면 다시는 안 볼 사람들인데."

"그럼 좋을 대로 해. 뭘 위해 건배할 건데?"

"당연히 '완전 범죄의 성공을 위하여' 아니겠어?"

유메노시마의 직설적인 발언에 나머지 세 사람은 쓴웃음을 지었다.

"그건 좀……." 이쿠루가 말했다. "삼류 개그 같잖아. 하다못해 '프로젝트의 성공을 위하여'라면 모를까."

"그게 좋겠어."

가네곤이 찬성하자 리사도 동의했다. 네 사람은 우롱차와 콜라가 담긴 잔을 들고 유메노시마의 말에 맞춰 건배를 외쳤다.

"프로젝트의 성공을 위하여."

"위하여!"

네 사람은 건배를 하고 나서 음료수를 마셨다. 의식을 치르는 듯한 침묵의 시간이 흐르는 가운데 서로를 격려하는 눈빛이 그들 사이를 오갔다.

그들의 표정에서 망설임은 찾아볼 수 없었다. 불안이나 두려움을 입에 담는 이도 없었다.

만난 지 아직 한 달도 되지 않은, 우연히 만난 생판 남이나 다름없는 사이였지만 오히려 그 실낱같은 관계가 그들을 단단히 이어 주고 있었다. 뒤탈을 걱정하지 않아도 되는 깔끔한 이해관계이기 때문에 함께 위험을 짊어질 각오를 할 수 있었던 것이다.

잔을 내려놓은 네 사람은 서둘러 테이블을 정리했다. 느긋하게 먹고 마실 여유는 없었다. 오늘 안으로 처리해야 할 일들이 산더미처럼 쌓여 있었다.

"⋯⋯표적의 사진과 필요한 정보는?"

리더 격인 가네곤의 물음에 나머지 세 사람은 저마다 휴대 전화를 꺼냈다. 지난번에 결정한 사항이었다. 뒤이어 휴대 전화를 꺼낸 가네곤은 동료들을 둘러보며 말했다.

"먼저 각자 표적과 순서를 정하자."

"어떻게?" 이쿠루가 물었다. "상대는 선택의 여지가 있지만, 죽이는 순서는 빠를수록 불리하잖아. 서로 상의해서 정하기는 어렵지 않을까?"

"그러니까 불공평하다고 느끼는 사람이 없도록 모두 제비뽑기로 정할 생각이야. 이의 있는 사람?"

"난 좋아."

유메노시마의 말에 이쿠루와 리사도 동의했다. 먼저 네 사람의 표적을, 그러고 나서 순서를 정하기로 했다. 구체적인 스케줄 조정은 그다음 일이었다.

가네곤은 제비뽑기용으로 준비한 트럼프 한 벌을 꺼냈다. 카드 뒷면에는 자전거를 탄 천사 둘이 상하좌우 대칭으로 그려져 있었다. 바이시클 라이더백이라 불리는 대중적인 트럼프였다.

가네곤은 그 가운데에서 네 장의 카드를 꺼내 앞면이 보이도록 테이블에 늘어놓았다. 그 모습을 본 유메노시마가 고개를 갸웃거렸다.

"왜 이 네 장인데?"

"헷갈리지 않도록 표적의 이니셜이 적힌 카드를 택했어."

"어? Q로 시작되는 사람이 있었나?"

"당신 와이프야." 가네곤이 대답했다. "여자는 하나밖에 없고, 히나코妃名子의 히妃는 영어로 퀸이잖아."

"오호라. 제법 재치가 있네."

유메노시마가 고개를 끄덕이자 이쿠루가 안절부절못하며 말했다.

"어떻게 뽑지? 뒤집어서 섞은 다음에 넷이서 동시에 뽑을까?"

가네곤이 고개를 저었다.

"한 명씩 뽑자. 혹시 자기 표적을 뽑게 되면 다시 정해야 하잖아."

일리가 있는 말이었기에 아무도 이의를 제기하지 않았다. 가네곤은 네 장의 카드를 모아 쥐고 나머지 세 사람이 보지 못하게 두 손을 허리 뒤로 감추었다. 잘 섞어서 뒷면이 코이도록 테이블에 엎어 놓았다. 유메노시마가 미심쩍은 듯 천사 무늬를 바라보며 말했다.

"왠지 마술 같네. 설마 속임수를 쓰는 건 아니겠지?"

"속임수는 무슨." 가네곤이 큰 소리를 냈다. "네가 마지막으로 뽑을게. 그러면 공평하지? 누가 맨 처음에 뽑을래?"

세 사람은 망설이며 서로를 바라보았다.

이쿠루와 리사의 시선이 자연스럽게 유메노시마를 향했다. 유메노시마는 꿀꺽 침을 삼키며 자세를 고쳐 앉았다.

"그럼 나부터 뽑을게."

그는 네 장의 카드를 찬찬히 훑어보더니 마음을 정한 듯 맨 오른쪽 카드를 집었다. 스페이드 퀸이었다. 유메노시마는 겸연쩍은 표정을 지으며 말했다.

"말하기가 무섭게 내 와이프를 뽑았군. 미안하지만 한 번 더 섞어 줘."

"나머지 세 장 중에서 뽑아." 가네곤이 답답하다는 듯 말했다. "그게 낫지. 당신이 뽑고 나서 다시 섞을게."

유메노시마는 가네곤의 말대로 했다. 세 장 중에 하나를 골라 뒤집자 스페이드 에이스가 나왔다.

"안자이의 A인가." 유메노시마는 그렇게 중얼거리며 이쿠루의 얼굴을 보았다. "당신 삼촌이야."

"잘 부탁해. 봐주는 거 없이 저세상으로 보내 드려." 이쿠루가 가벼운 말투로 대꾸했다. "다음에는 내가 뽑으면 되나?"

가네곤은 대답 없이 스페이드 에이스를 제외한 나머지 카드를 한데 모으며 리사의 대답을 기다렸다. 리사는 어깨를 으쓱하며 말했다.

"마음대로 해."

가네곤은 콧김을 내쉬며 카드를 다시 허리 뒤로 가져갔다. 조금 전과 마찬가지로 잘 섞은 뒤 테이블에 세 장의 카드를 엎어 놓았다.

이쿠루는 빌듯이 두 손을 모아 쥐고 있다가 조심스레 왼쪽 끝의 카드를 집었다. 카드를 뒤집자 아까와 마찬가지로 여왕의 그림이 나왔다.

"또 퀸이로군. 당신 와이프, 인기 좋은데?"

"다시 뽑아." 가네곤이 말했다.

"왜? 내 표적은 이미 유메노시마가 뽑았잖아."

"그러니까 다시 뽑자는 거야. 당신들 둘이서 서로의 표적을 죽이면 평범한 교환 살인이잖아. 남은 우리 둘도 자동적으로 그렇게 되고. 일부러 넷이나 모일 이유가 없지."

"가네곤 말이 맞아." 유메노시마가 거들었다. "인터넷 즉석 만남 같은 비합법적 사이트가 늘면서 교환 살인의 난이도가 예전보다 낮아졌어. 경찰도 그만큼 눈을 부릅뜨고 감시하고 있을 테니 위험 요소는 가급적 분산시켜야 해. 둘보다 셋, 셋보다 넷이 좋지. 수적 논리로 따지면 동기와 기회가 제각각일수록 덜미를 잡힐 일이 없어."

"나도 알아. 잠시 깜빡했을 뿐이야."

"아까처럼 해." 가네곤이 지시했다. "나머지 두 장 중에 원하는 카드를 뽑아.”

이쿠루는 오른쪽 카드를 뽑았다.

스페이드 잭.

“이 카드는 반납할게.” 먼저 뽑은 스페이드 퀸을 가네곤에게 돌려주고 나서 이쿠루는 리사를 가리켰다. “다음은 그쪽 차례야.”

리사는 달관한 표정으로 고개를 저었다.

“이미 표적은 정해졌어. 나는 선택의 여지가 없어.”

그렇게 말하고 나서, 그는 마지막 남은 카드를 뒤집었다.

앞면에는 왕이 그려져 있었다.

“그렇군.” 이쿠루는 그제야 상황을 파악했다. “자기 표적을 뽑을 수는 없으니까.”

“못 뽑아서 불만이야?”

가네곤이 물었다. 리사는 다시 고개를 저었다.

“아니, 이런 상황은 예상했어. 나올 수 있는 조합은 여섯 가지밖에 없으니까. 두 사람이 뽑고 나면 나머지는 한 가지 경우만 남잖아. 뽑든 뽑지 않든 우리 모두 평등한 입장이지.”

리사의 냉정한 대답에 가네곤은 빙긋 웃으며 말했다.

“그럼 이 카드는 당신이 가지고 이건 내가 가질게. 카드는 줄 테니까 각자 기념으로 가져. 오늘의 약속을 잊지 않기 위해서라도."

"계약서 대신인 셈이네." 유메노시마가 말했다. "제비뽑기도 꽤 지치는 일이로군."

"아직 시작도 안 했는데 벌써부터 그런 소리야? 각자 표적이 정해졌으니 순서를 정하기 전에 그들의 프로필이나 교환할까?"

네 사람은 휴대 전화를 꺼내 표적의 사진과 범행에 필요한 정보를 각 담당자에게 보냈다. 적외선으로 직접 교환했으니 통신 기록은 남지 않을 것이다. 사진은 혹시나 있을지도 모르는 착오를 피하기 위해 준비했다.

상대는 한 번도 만난 적 없는 생판 남이기 때문이다.

"다들 받았지? 일이 끝나면 반드시 데이터를 지우도록 해. 그때까지는 남들이 보지 못하도록 암호를 걸어 놓고."

가네곤은 세 사람에게 다시 한번 다짐을 받고 나서 카드 뭉치를 집어 재빠르게 하트 A, 2, 3, 4를 골라냈다.

"이제 순서를 정하자. 뽑은 숫자대로 실행하는 거야."

"이번에는 누구부터 뽑으면 돼?" 이쿠루가 말했다.

"아까 순서하고 반대로. 난 제외하고."

가네곤은 아까와 마찬가지로 손을 등 뒤에 숨기고 카드를 섞은 뒤 탁자 위에 엎어 놓았다.

"리사, 당신부터야."

02

유메노시마

실제로 자살은 회복기나 상태가 심하지 않을 때 빈번하게 발생한다. 중증 환자의 경우에는 '죽어야지' 하는 기운조차 생기지 않는다. 하지만 회복기에 들어서면 우울함과 불안감이 남아 있는 상태에서 행동할 수 있는 에너지만 부활한다.
주변 사람들도 '많이 좋아졌다'고 안심해서는 안 된다. 좋아진 것처럼 보이지만 말과 행동이 이상하거나, 갑자기 우울해하는 모습을 보이면 자살 위험성이 오히려 크다.

오노 가즈유키, 「사랑하는 사람이 '우울증'에 걸린다면」

퇴근하고 돌아온 유메노시마를 맞이한 건 어두컴컴한 집이었다. 이 근방에서 평일 오후 10시가 지나서도 불이 켜지지 않은 집은 그의 집밖에 없었다. 어제오늘 일도 아니라 이미 익숙해졌지만, 그렇다고 마음까지 편한 건 아니었다.

오늘도 히나코는 살아 있을까?

우편함을 확인하고 현관문을 열며 새삼 아내에게 별일이 없기를 빌었다. 얄궂은 일이었다. 노래방에서 창단식을 한 지 열흘이 지났다. 히나코의 무사를 비는 마음은 날로 커져만 갔다.

문을 여닫는 소리에도 아무 반응이 없었다. 아래층은 정적에 휩싸여 있었지만, 그 정적조차 이미 일상의 일부였다. 어둠 속

곳곳에서 반짝이는 가전제품의 불빛이 매일 같은 자리에서 움직이지 않듯이. 유메노시마는 복도와 계단의 불을 켜고 우편물을 살펴본 뒤에 엽서와 봉투를 하나씩 들고 2층으로 올라갔다.

"나 왔어."

그는 그렇게 말하며 침실 문을 열었다.

히나코는 살아 있었다.

낡고 해진 운동복 차림으로 침대에 엎드려 관찰용 개미집을 바라보고 있었다. 절전 대기 모드 상태였다. 빛이라고는 머리맡의 독서등 불빛뿐이라 실내는 어스름했다.

유메노시마는 살며시 안도의 한숨을 내쉬었다. 되도록 신경질을 내지 말자고 늘 다짐했지만 쉬운 일이 아니었다. 아내의 병에는 예측할 수 없는 기복이 있었다. 특히 조심해야 하는 것은 자살성 사고自殺性思考라 불리는 증상이었다.

"아, 왔어? 시간이 벌써 이렇게 됐네."

방의 불을 켜자 히나코는 그제야 개미집에서 눈을 뗐다. 색색의 젤을 넣어 굳힌 아크릴 케이스에 마당에서 잡은 개미를 넣어 두었다. 두 달 전, 잡화점의 힐링 제품 코너에서 세 개 세트로 산 것이다. 주황, 초록, 파랑의 세 빛깔로 팀을 나누어 어느 개미집이 먼저 완성되는지 지켜보고 있었다.

감정에 좌우되지 않는 개미들의 단순한 생활이 부러운 것이리라. 그냥 두면 몇 시간이고 집 짓는 개미들의 도습을 넋 나간 사람처럼 바라보기 일쑤였다. 아무 일도 하지 않고 시간을 보내는 데 이만한 것도 없다고 했다. 여러 갈래로 나뉜 개미집의 모양이 회사에서 상품 품질 관리에 사용하는 원인과 결과 차트를 연상시키는 까닭에 유메노시마는 그다지 좋아하지 않았지만.

"저녁은?"

"먹고 왔어. 당신은? 잘 챙겨 먹었어?"

히나코는 성가시다는 표정으로 누운 채 고개를 끄덕였다.

"인스턴트 스파게티."

"왜 매일 그런 것만 먹어. 약은 먹었어?"

"먹었어."

"잘했어." 유메노시마는 아내의 머리를 쓰다듬었다. "오늘은 어떻게 지냈어?"

"음. 점심에 빨래한 것 빼고는 평소와 똑같아."

좋지도 나쁘지도 않다는 뜻이었지만, 기분이 바닥을 치던 시기에 비하면 천지 차이였다. 유메노시마는 속으로 남은 날짜를 셌다.

"뭐 좋은 일이라도 있어? 표정이 밝네."

"요즘 당신 상태가 좋잖아. 맞다, 당신 앞으로 엽서가 왔어.

난 모르는 사람이던데, 고향 친구야?"

엽서를 건네자 히나코는 몸을 일으켜 뒷면에 인쇄된 신혼부부의 사진을 보았다.

"사에네. 고등학교 친구야. 오랫동안 못 봤는데…… 결혼했대. 잘됐네. 얘네 오빠가 나하고 같은 병으로 자살해서 결혼이 깨진 적이 있거든."

청천벽력 같은 소리에 유메노시마는 뻣뻣하게 굳었다. 우울증 환자가 '자살'이라는 단어를 입에 담는 건, 지뢰가 묻힌 땅에 발을 내딛는 것이나 마찬가지였다. 별 탈 없는 내용이라고 생각해서 보여 줬는데, 설마 신부에게 그런 가족 내력이 있었을 줄이야.

그래도 히나코의 목소리에서 부정적인 기운은 느껴지지 않았다. 옛 친구의 경사를 제 일처럼 기뻐하고 있다. 유메노시마는 굳었던 표정을 풀며 말했다.

"그럼 더 축하할 일이네. 신랑이 이해해 줘서 다행이야."

"그러게. 전화는 못 해도, 오랜만에 편지라도 써야겠어."

히나코는 어른인 척하는 어린애 같은 얼굴로 중얼거렸다.

지금 그녀가 부담 없이 전화할 수 있는 상대는 유메노시마와 친정 부모님이 고작이기에 오랫동안 못 본 친구에게 편지를 쓰겠다고 마음먹은 것만 해도 장족의 발전이었다. 병세에 기복이 있는 까닭에 방심할 수는 없었지만, 얼마 동안만이라도 지금처럼 소강상태를 유지해 준다면…….

자신도 모르게 손에 눈길이 갔다. 히나코가 그 모습을 보고 물었다.

"그 편지는 뭐야?"

"대학 동문회에서 보냈네. 기부금 내란 편지겠지."

유메노시마는 자기 앞으로 온 편지를 내밀었다. 보낸 사람에는 모교의 동문회 사무국 주소가 적혀 있었다. 관심을 잃은 히나코는 신혼부부의 사진으로 다시 시선을 돌렸다.

"옷 갈아입고 올게."

요금 별납 우편이 아니라 팔십 엔짜리 우표가 붙어 있다는 사실을 히나코가 알아채기 전에 유메노시마는 봉투를 가지고 얼른 자신의 방에 틀어박혔다.

히나코와는 재혼이었다. 다음 달이면 결혼한 지 일 년이 된다.

전처 도모요는 이벤트 회사의 플래너였다. 친구의 소개로 만나서 첫눈에 반해 열심히 구애한 끝에 결혼에 골인했다. 자립심이 강했던 도모요는 결혼 후에도 일을 계속하기를 바랐고, 유메노시마는 그녀의 뜻을 존중했다. 그의 월급만으로는 고마에시에 마련한 신혼집의 대출을 갚기가 벅차기도 했다.

아이를 가질 생각은 있었지만 도모요는 언제나 일이 우선이었다. 서로 얼굴도 보지 못하는 생활이 지속되면서 권태기가 찾아왔다. 부딪히지 않으려고 하고 싶은 말을 참는 버릇이 생겼고, 그런 날들이 반복되며 부부 사이의 응어리는 단단해졌다. 그 상황을 알고는 있었지만 반복되는 악순환에서 벗어날 방법이 없었던 까닭에 유메노시마는 바깥에서 도망칠 곳을 찾았다.

직장에 배속된 파견직 사원인 히나코는 불륜 상대로 더할 나위 없었다. 처음에는 잠깐만 즐길 작정이었다. 권태기에서 벗어나기 위한 방편이라 하는 것이 좋겠다. 파견 기간이 끝나고 나서도 히나코와의 관계는 계속됐지만 도모요와 헤어지고 그녀와 결혼하겠다는 생각을 해 본 적은 없었다. 여기까지는 흔히 있을 법한 이야기였다.

돌이킬 수 없음을 깨달은 건 어떤 결정도 내리지 못하고 어영부영 시간을 보내고 있던 중, 도모요가 느닷없이 세상을 떠났을 때였다. 결혼 오 년째 되던 봄, 외근을 나갔다가 운전자 부주의로 트럭에 치여 의식을 되찾지 못한 채 이송된 병원에서 숨을 거두고 만 것이다.

갑작스러운 불행에 유메노시마는 넋이 나갔다. 서로 엇갈렸을 뿐 헤어지기를 원한 건 아니었다. 자책하는 마음보다는 버림받았다는 마음이 더 컸다. 그를 한층 더 혼란스럽게 만든 건 도모요에게도 비밀이 있었다는 사실이다.

남자가 아니라 금전 문제였다.

두 사람은 신혼 초에 서로를 수령인으로 지정해 생명 보험에 가입했다. 주택 대출 상환 계획은 맞벌이를 전제로 했기에 서로 합의하여 정한 일이었다. 하지만 아내가 세상을 떠난 뒤 유메노시마는 보험 회사 담당자에게 뜻밖의 사실을 통보받았다. 사고를 당하기 이 주쯤 전에, 도모요가 남편에게 한마디 상의도 없이 보험을 해약하고 납부액을 돌려받았다는 것이다.

유메노시마는 아내의 유품을 조사해 갑자기 목돈이 필요했던 이유를 알아냈다. 도모요는 일 년 전부터 남편 모르게 외환 거래에 손을 대고 있었다. 고위험 레버리지 투자에 실패해 큰 손실을 본 바람에 추가 투자금의 압박에 시달리고 있었던 것이다. 보험 납부금 정도로는 손실을 메울 수가 없어서 자금을 구하는 데 상당히 애를 먹은 모양이었다. 그 탓에 직장에서도 집중하지 못하고 실수를 연발해, 사고를 당하기 며칠 전에도 상사에게서 쉬라는 이야기를 들었다고 했다. 아내의 달라진 모습을 알아채지 못한 사람은 남편인 유메노시마뿐이었다.

사고도 트럭 운전자의 일방적인 과실이 아니었다. 넋이 나간 상태로 비틀비틀 도로를 건너던 도모요에게도 반쯤은 잘못이 있었다. 운전기사와는 합의를 봤지만, 보상액은 그만큼 줄어들어 장례식 비용과 외환 거래 적자를 메우고 나니 남는 게 없었다. 유메노시마에게 지급될 예정이었던 사망 보험금이 허공으로 날아가자 혼자 살기에는 너무 큰 집의 대출금이 어깨를 짓눌렀다. 차라리 도모요에게 남자라도 있었다면 마음을 정리하기가 훨씬 수월했을지 모른다. 그랬다면 정신적으로 방향 감각을 잃고 허탈 상태에 빠져 히나코에게 넘어가는 일도 없었으리라.

하지만 이제 와서 후회한들 달라지는 건 없다. 사십구재가 끝나자마자 히나코는 자신이 살던 집을 빼서 당당하게 유메노시마의 집으로 들어왔다. 딱히 집안일을 잘하는 것도 아니라 바깥일을 하던 도모요보다도 살림이 서툴렀지만, 집 안에 대화할 사람이 있다는 것만으로 유메노시마의 마음은 한결 편안했다.

이건 이것대로 나쁘지 않다는 마음으로 히나코의 막무가내한 행동을 받아들인 건, 스스로 생각했던 것보다 훨씬 정신적으로 지쳐 있던 까닭이리라. 히나코는 그렇게 구렁이 담 넘듯이 혼인 신고를 요구했고 유메노시마는 망설이지 않고 혼인 신고서에 도장을 찍었다. 도모요가 세상을 떠난 지 여덟 달 만이었다. 너무 이르다고 만류하는 사람도 있었지만, 외환 거래와 보험 해약 건이 응어리가 되어 죽은 아내에게 의리를 지킬 마음이 들지 않았다.

재혼 조건으로 유메노시마가 유일하게 고집했건 것은 부부가 함께 생명 보험에 드는 것이었다. 사망 보험금 수령액은 첫 번째의 곱절로 설정했다. 빈털터리로 죽은 도모요에 대한 원망 때문이었고, 히나코도 그렇게 받아들였으리라. 그대는 아직 자신이 무엇을 원하는지 스스로도 알지 못했지만.

히나코가 우울증 진단을 받은 것은 그로부터 채 반년도 지나지 않은, 도모요의 일주기가 지난 다음 달이었다.

혼인 신고를 하고 얼마 지나지 않아 유메노시마는 귀신에 홀렸다 제정신을 차린 사람처럼 이성을 되찾게 되었고 히나코를 보는 눈도 달라졌다. 불륜 상대로는 더할 나위 없었지만 아내로서는 빵점이라는 사실을 새삼 깨달은 것이다 겉으로 드러나는 실망을 감출 수는 없어서 부부 사이가 어긋나는 데 그리 오래 걸리지 않았다. 그게 아니라도 세상 사람들은 전처가 세상을 떠나자마자 냉큼 후처로 들어온 히나코를 곱게 보지 않았다. 히나코는 차츰 말수가 줄었고 우울한 표정을 짓기 일쑤였다.

그 전부터도 잠을 잘 자지 못했다고 했다. 어느 날, 퇴근하고 돌아온 유메노시마는 침실에 쓰러져 있는 히나코를 발견했다.

수면 유도제를 과다 복용해 혼수상태에 빠진 것이었다. 다행히 치사량이 아니라 큰일은 없었지만, 충동적으로 자살 시도를 한 것으로 보였다. 달래고 얼러서 간신히 병원으로 데려가 우울증 진단을 받았다.

약은 어디서 구했냐고 캐묻자 일 년 전에 정신과에서 처방받은 약이라고 털어놓았다. 도모요가 살아 있을 무렵, 미래에 대한 불안 때문에 권태감과 불면증에 시달리다 자율 신경 실조증이라는 진단을 받았다고 했다. 도모요의 죽음을 계기로 증상이 호전되었지만, 막상 법적으로 부부가 되자 그에 따른 허탈감과 믿었던 남편의 냉담한 반응으로 인해 갑자기 우울증이 악화된 모양이었다. 자신은 살아 있을 가치가 없다고 느끼며 죽음의 충동에 시달리는 것은 자살성 사고라 불리는 전형적인 우울증 증상이었다.

좌우지간 자살만은 막아야 했다.

유메노시마는 의사의 조언에 따라 그날부터 히나코를 대하는 태도를 바꿨다. 외로움을 느낄 겨를이 없도록 시간이 허락하는 한 옆에 꼭 붙어 있었다. 그렇다고 아내에 대한 애정이 되살아난 건 아니었다. 죄책감이나 연민을 느낀 것도 아니다. 마음은 싸늘하게 식은 지 오래였고, 히나코는 더 이상 그에게 아무 의미도 없는 거치적거리는 여자일 뿐이었다.

그래도 히나코를 내치지 않은 것은 그녀의 목숨에 가치가 있기 때문이었다.

이 년의 면책 기간이 끝나기 전에 피보험자인 히나코가 자살하면 이번에도 사망 보험금이 날아간다. 감정의 기복이 심한 우울증 환자 앞에서 좋은 남편을 연기하는 건 진저리 날 정도로 피곤했지만, 이번에는 도모요 때처럼 눈뜨고 당할 수 없었다.

방문을 닫고 양복을 옷장에 정리한 뒤에 편지 봉투를 뜯었다. 동문회 홈페이지에서 인쇄한 소식지가 들어 있었다. 두께를 부풀리기 위해 사용한 소식지 사이에는 이쿠르와 미리 상의한 대로 무기명 교통 카드와 어제 날짜로 발급된 영수증이 끼워져 있었다.

신주쿠 역 안에 설치된 전자식 물품 보관함의 영수증이었다.

교통 카드와 영수증을 지갑에 넣고 봉투를 찢어 소식지와 함께 쓰레기통에 버렸다. 그러고 나서 문득 떠오른 생각에 업무용 명함첩을 꺼냈다. 가득 찬 명함 때문에 터질 것 같은 페이지들을 넘겼다. 맨 뒤 페이지에 제비뽑기로 뽑은 트럼프 카드 두 장이 들어 있었다.

스페이드 에이스와 하트 에이스. 브리지 사이즈의 바이시클 카드는 명함첩에 딱 맞는 크기였다.

하트 에이스는 유메노시마가 네 사람 중에 첫 번째 타자임을 뜻했지만 운이 없다는 생각은 들지 않았다. 순서가 이르든 늦든 할당된 일을 해야 하는 건 마찬가지였다. 히나코는 두 번째 표적이었다.

네 단계의 과정으로 구성된 '프로젝트'에서 유메노시마가 직접 관여하는 건 초반의 두 단계뿐이고, 나머지는 앉아서 구경이나 하면 됐다. 설령 세 번째, 네 번째 단계에 문제가 생겨 '프로젝트'가 엎어지더라도 그에게 불이익이 떨어질 일은 없었다.

초반에 발을 뺄 수 있는 자리는 그만큼 커다란 이점이 있었다. 에이스 원페어는 계약서 대신이라기보다 행운을 부르는 부적이었다. 카드를 보며 미소 짓고 나서 명함첩을 도로 넣어 놓은 유메노시마는 옷을 갈아입고 밖으로 나갔다.

다음 날, 유메노시마는 퇴근길에 환승역인 신주쿠에서 이쿠루가 보낸 물건을 찾았다.

영수증에 적힌 보관함을 찾아 가운데에 달린 터치스크린에서 '수령'을 선택했다. 동전과 자물쇠 대신 IC카드를 사용하는 전자식 물품 보관함은 최근 들어 흔히 볼 수 있지만, 실제로 사용하는 건 처음이었다.

우편으로 받은 교통 카드를 갖다 대자 해당하는 보관함의 문이 자동으로 열렸다. 그 안에는 쇼핑백이 들어 있었다. 쇼핑백

안에 든 물건이 보이지 않도록 입구가 테이프로 봉해져 있었다. 쇼핑백을 꺼낸 유메노시마는 내용물을 확인하지도 않고 자리를 떴다.

집에 도착하니 오후 10시 반이었다. 여느 때처럼 히나코에게 아무 일도 없는 걸 확인하고 방으로 돌아와 가져온 쇼핑백을 열었다. 안에는 검은 운동복 상하의와 싸구려 운동화 한 켤레, 그리고 애견용 가공육 통조림이 들어 있었다.

오래 입어서 해진 운동복에는 옷 주인의 체취가 배어 있었다. 운동화는 얼마 신지 않은 듯 새것이었지만, 이쪽도 이쿠루가 신어서 냄새를 묻혀 두었다. 유메노시마와 같은 치수로, 제조 회사를 알아내지 못하도록 고무창이 칼로 벗겨져 있었다. 모두 노래방에서 열린 작전 회의에서 이쿠루와 상의해 결정한 준비 사항이었다.

"집의 보안은 어때? 알부자라면서. 보안 업체와 주택 방범 계약이라도 맺었으면 일이 복잡해져."

표적의 집을 몰래 찍은 사진을 휴대 전화로 살펴보며 마음에 걸리는 점을 묻자, 이쿠루는 고개를 절레절레 저었다.

"우리 삼촌은 스크루지도 울고 갈 수전노라 민간 보안 업체는 절대 이용하지 않아. 방범 카메라 같은 걸 달면 도둑들이 더 들어온다나. 보다시피 지은 지 몇십 년은 된 허름한 주택에 담도 없으니까 어딜 봐도 부자가 살 집 같지는 않잖아."

유메노시마는 휴대 전화를 조작해 표적의 사진을 뚫어져라 바라보았다. 의심이 많아 보이는 눈매를 가진 곱슬머리 노인으로, 코 옆에 난 사마귀가 눈에 띄었다. 안 쓰고 안 입고 모은 돈을 옷장에 고이 쌓아 둘 것 같은 인상이었다.

"그럼 잠입하는 데 별 어려움은 없겠군."

"아니, 마당에 개를 키워."

"개?" 유메노시마는 미간을 찌푸렸다. "도베르만 같은 경비견?"

"아키타개인데, 수상한 사람을 보면 짖으니까 조심해야 해."

"짖지 않게 하려면 어떻게 해야 하는데?"

"음……." 이쿠루는 잠시 생각에 잠겼다 말했다. "강아지 때 자주 산책을 데리고 나가서인지 지금도 나를 잘 따라. 내 냄새가 밴 옷을 입고 가면 경계하지 않을지도 몰라. 나인 척하면서 좋아하는 간식을 주면 짖지 않을 거야. 주인이 구두쇠라 항상 싸구려 개밥만 주거든."

"알았어. 간식에 약을 탈까?"

"죽이지는 마. 삼촌의 길동무로 삼기에는 불쌍해."

이쿠루가 말했다.

"알았어. 개는 죽이지 않을게. 수면제를 먹여서 재우면 되겠네."

"그럼 옷하고 간식은 내가 준비할게. 내 냄새가 밴 신발도 있는 게 낫겠네. 신발 치수 몇이야?"

"265."

"내가 신던 신발은 작겠는데. 안 맞는 신발을 신었다가 실수라도 하게 되면 말짱 꽝이니까 새 신발을 하나 살게."

환승역의 전자식 물품 보관함을 물건 전달 장소로 지정한 것은 이쿠루였고(인터넷 옥션에서 구입한 공연 티켓을 수령할 때 자주 쓰는 방법이라고 한다), 동문회 소식지로 위장해 교통 카드를 보내도록 아이디어를 낸 건 유메노시마였다. 물품 보관함 장소와 영수증의 인증 번호만 알면 현금으로도 이용할 수 있다고 했지만, 시스템에 익숙하지 않은 사람에게는 카드 방식이 안전하고 조작하기도 쉬워 보였기 때문이다.

물품 보관함의 보관 기간은 사흘. 기간이 넘어도 찾아가지 않으면 강제로 처분된다는 위험이 있었지만 우편 사고만 일어나지 않는다면 시간은 충분했다. 카드는 편지 봉투에 넣어도 부피가 커질 일이 없으니 직접 만나 건네받지 않아도 된다. 서로 접선할 필요가 없었다. 공범자 사이의 접점을 최소한으로 줄이기 위해 나름대로 머리를 짜낸 끝에 나온 방책이었다.

물건 세 개를 살펴보고 난 뒤 히나코의 약통에서 슬쩍한 수면제 한 알과 함께 배낭에 넣어 옷장 깊숙이 숨겼다. 배낭 안에는 이미 일자 드라이버, 접착 테이프, 펜라이트, 챙 달린 모자, 장갑 등이 들어 있었다.

더 이상 필요 없는 교통 카드와 영수증은 가위로 잘라 쓰레기통에 버렸다. 이 잔해가 히나코의 눈에 들어갈 염려는 없었다. 내일은 가연성 쓰레기를 버리는 날이고, 아침마다 쓰레기를 내놓는 것도 유메노시마의 역할인 까닭이다. 유메노시마는 의자에 앉아 뒤통수에 손깍지를 끼고 한숨을 쉬었다.

살인이라는 선택지를 떠올린 그날은 불연성 쓰레기를 버리는 날이었다.

♔

"계속 참아 봤자 시간 낭비야." 리사가 말했다. "면책 기간 중이라도 우울증으로 인한 자살에 사망 보험금을 지급하라는 판례가 있기는 하지만……."

유메노시마는 걸음을 멈추고 고개를 들었다.

"정말이야?"

뒤돌아보며 묻자 리사는 눈을 게슴츠레 뜨며 고개를 끄덕였다.

"대학 선배 중에 보험사에서 일하는 사람이 있는데, 그 선배한테 들은 이야기니까 틀림없어. 보험에 가입한 뒤에 우울증이 발병했고, 정상적인 판단 능력을 잃어 자살한 경우라면 피보험자는 심신 상실 상태로 간주되지. 정신 질환으로 목숨을 잃은 거니까. 처음부터 보험금을 노린 자살과는 달리 사회 질서에 위배되는 행위는 아니거든."

한 달 전, 네 사람이 처음 만난 날이었다.

가네곤과 유메노시마, 리사와 이쿠루. 일요일의 환한 햇살이 내리쬐는 다마가와 강가에서 주최자로부터 받은 캐릭터 스티커가 그들의 별명이 되었다.

네 사람 모두 처음 만난 사이로, 아무 연관도 없는 생판 남이었다.

하지만 푸른 하늘 아래서 함께 몸을 움직이다 보니 서로 모르는 사이인데도 자연스레 연대감 비슷한 것이 생겨났다. 넷다 남자라는 이유도 한몫했다. 술집에서 우연히 옆자리에 앉은 손님과 의기투합하는 것과 비슷한 맥락이었다. 복작거리는 일상과는 상관없는 일회성 모임이었기 때문에 평소에는 꼭 닫혀 있던 마음의 문이 살짝 열렸는지도 모르겠다.

임금님 귀는 당나귀 귀.

갈대를 흔드는 강바람을 맞으며 유메노시마는 무심코 히나코에 대한 울분을 터뜨렸다. 처음에는 하소연이나 할 작정이었지만, 한번 물꼬가 트이자 수다스러운 택시 기사처럼 말을 멈출 수 없었다. 아는 사람에게는 절대 말할 수 없는 속마음이었지만 두 번 볼 일 없는 사람을 상대로 구태여 자신을 꾸밀 필요는 없었다.

"그럼 와이프가 자살하는 걸 막지 않아도 된다는 거야?"

진지한 표정으로 다시 한번 묻자 리사는 고개를 저으며 말했다.

"그건 아니지. 애를 써도 돌아오는 건 없다는 소리야. 당신 말대로라면 면책 기간이 지나든 지나지 않든 보험금은 못 타 내."

땀이 눈에 들어가서 유메노시마는 소매로 얼굴을 닦았다.

"왜? 지급하라는 판례가 있었다면서."

"그 판례는 보험에 가입하고 나서 우울증이 발병했다는 게 명확한 경우였어. 하지만 당신 와이프는 사정이 다르지. 결혼하기 전에 자율 신경 실조증 진단을 받았다면서."

"전처가 살아 있을 때였어."

"자살 기도를 할 때까지 당신은 병에 대해 몰랐어. 그러니 보험에 가입했을 때도 과거 병력을 알리지 않았겠지. 그건 고지 의무 위반에 해당돼."

"고지 의무 위반……."

우두커니 선 유메노시마를 향해 리사는 의미심장한 목소리로 말했다.

　"과거 오 년 이내에 정신 질환 치료 이력이 있으면 보험에 가입하기 어려워. 특히 우울증 환자는 자살 위혼성이 높아서 사전 심사에서 백 퍼센트 탈락하지. 자율 신경 실조증도 사정은 마찬가지야. 우울증이라고 진단할지 자율 신경 실조증이라고 진단할지는 의사의 판단에 달렸으니까. 치료 이력을 밝혔다면 보험사에서 가입을 거절했을 거야. 따라서 당신 와이프가 우울증으로 자살했을 경우, 설령 면책 기간이 지났더라도 고지 의무 위반으로 계약 자체가 무효가 돼. 과거의 치료 이력이 밝혀진 시점에서 자동적으로 사기 행위로 간주되어 사망 보험금은 지급되지 않아."

　"계속 참아 봤자 전처 때와 똑같은 꼴을 당한다는 소리군."

　유메노시마는 웃으려 했지만 생각처럼 웃음이 나오지 않았다.

　허탈감이 파도처럼 밀려와 다리에서 힘이 빠졌다.

　"정신 차려!"

　휘청거리는 유메노시마를 이쿠루가 부축했다.

　네 사람은 같은 그룹이라 함께 움직였다. 리더 격인 가네곤과 이쿠루도 아까부터 적당한 거리를 유지하며 리사와 유메노시마의 대화를 듣고 있었다.

이쿠루의 어깨를 빌려 유메노시마는 자세를 가다듬었다.

"겉보기와는 달리 약해 빠졌군."

"미안. 쉬지 않고 걸었더니 다리가 풀렸어."

"그게 아니라, 당신 와이프 문제 말이야."

유메노시마가 한숨을 내쉬자 이쿠루는 리사를 향해 턱짓을 하며 물었다.

"자살이 아니라 병이나 사고로 죽으면 어떻게 되는데?"

"경우에 따라 다르지." 리사는 주변을 힐끔거리며 말했다. "고지 의무 위반이라도 그 내용과 사망 이유 사이에 인과 관계가 성립되지 않으면 보험 계약은 유효해. 정신 질환과 상관없는 질병, 이를테면 암이나 심장 질환으로 사망하면 별 탈 없이 사망 보험금이 나오지."

유메노시마는 어깨를 으쓱하며 말했다. "애석하게도 몸은 건강해."

"우리 삼촌이랑 똑같네." 이쿠루가 중얼거렸다.

"사고로 죽었을 경우에는 어떻게 돼?"

"그쪽이 훨씬 어렵지 않나? 당신 와이프는 거의 밖에 나가지 않는다면서."

유메노시마는 고개를 끄덕였다. 리사는 제 일인 양 고개를 저었다.

"집에서 사고를 당했을 경우에는 사인이 한정되잖아. 실수로 독극물을 마셨거나, 불을 내거나, 계단에서 굴렀다거나……. 혼자 집에 있을 때 그런 이유로 목숨을 잃으면 자살로 처리될 가능성이 커. 보험사에서는 '설사 죽을 마음은 없었더라도 우울증 때문에 주의력이 산만해지지 않았다면 사고는 일어나지 않았을 것이다'라고 주장하겠지. 그 주장을 뒤엎기는 어려울 거야."

"우울증 환자라도 기분 전환 겸 외출할 수 있잖아."

일단 논쟁에 끼어들면 쉽게 흥분하는 성격인지, 이쿠루는 자기 일도 아닌데 발끈하며 리사의 말을 반박했다.

"교통사고 같은 건 정신 질환과는 상관없잖아?"

"꼭 그렇다고 할 수는 없지. 평소에 밖에 나가지 않는 우울증 환자가 외출하면 그만큼 정신적 부담도 커져. 아주 조그만 실수도 질환에 의한 판단 능력 저하와 쉽게 관련지을 수 있어. 그게 사망 원인 중 하나로 인정되면 보험 회사에게 당해 낼 재간이 없어. 자살성 사고 증상이 있으면 더더욱 그렇고. 순간적으로 뭔가에 씌어 스스로 차에 뛰어들었다는 주장이 통할 수도 있어. 이건 내 생각이지만, 일반적인 사고라도 웬만한 이유가 없으면 순순히 보험금을 지급하려 하지 않을걸?"

유메노시마도 리사의 말이 옳다고 생각했다. 도모요가 교통

사고로 죽었을 때도 비슷한 이유로 합의금이 줄었던 것이 떠올랐기 때문이다.

"아는 사람 중에 국회의원 없어? 보험 회사들은 그런 사람한테 약하잖아. 높으신 분이 전화 한 통만 하면 고지 의무 위반쯤이야…… ."

이쿠루가 안타까운 표정으로 말했지만 유메노시마는 고개를 저었다. 그런 연줄이 있었다면 이렇게 고생하지도 않았다. 유메노시마의 표정을 보고 입을 다물었지만 이쿠루는 아직도 뭔가 하고 싶은 말이 남은 듯했다.

리사는 말없이 작은 눈을 더욱 가늘게 떴다.

갑갑한 침묵을 깬 건 가네곤이었다.

"병으로 죽을 가망은 없고 사고사도 바랄 수 없다면 믿을 건 하나밖에 없네."

"그게 뭔데?"

"살인." 가네곤은 농담처럼 말했다. "지금은 얌전히 있지만 언제 다시 증상이 심해져서 자살을 시도할지 모르잖아. 손쓸 수 없게 되기 전에 선수를 치면 돼. 타살이라면 우울증과의 인과 관계를 문제 삼지는 않을 거 아냐?"

허를 찔린 유메노시마는 입을 떡 벌렸다.

바로 답하지 못한 건 어처구니없는 소리라고 생각해서가 아니다. 오히려 그 반대였다. 자신의 생활과 감정을 옭아매고 있던 매듭, 몇 겹씩 얽힌 단단한 매듭이 가네곤의 단 한마디에 스르륵 풀린 것 같았기 때문이다.

그리고 한번 매듭이 느슨해지자, 유메노시마는 훨씬 전부터―도모요에게 배신감을 느꼈을 때부터―자신이 이런 식으로 히나코와의 관계를 끝내고 싶어 했다는 것을 깨달았다. 히나코의 죽음으로 이익을 얻는 건 도모요에 대한 복수다.

"당신 말이 맞아." 진지한 표정으로 리사가 말했다. "살인 사건의 피해자를 고지 의무 위반으로 걸고넘어지지는 않겠지. 하지만 또 다른 문제가 있어. 수령인이 직접 살해했을 경우에는 보험금을 수령할 권리가 사라져."

"당연하지. 내가 언제 직접 죽이라고 했어?"

가네곤의 말에 유메노시마의 심장이 쿵쾅거렸다.

"그게 무슨 말이야?"

"그냥 그런 생각이 들더라고. 동병상련이라고 할까." 의미심장하게 씩 웃더니 가네곤은 리사를 향해 말했다. "아까부터 들어 보니 보험과 정신 질환에 대해 빠삭하던데? 어디서 주워들은 수준이 아니야. 그런 노하우를 자세히 조사해야만 하는 개인적인 사정이 있는 건가 싶더라고."

리사는 고개를 들어 가네곤의 시선을 피하며 말했다.

"누구한테나 개인 사정 한둘은 있잖아? 그거랑 이거랑은 다른 이야기고, 당신이 생각하는 그런 사정이 아니야."

"그렇군." 가네곤은 다시 유메노시마를 보며 말했다. "누구에게나 거슬리는 인간 한둘은 있는 모양이야. 당신 와이프처럼."

"그게 무슨 말이야?" 유메노시마가 다시 물었다.

"끼리끼리 모인다는 말도 있잖아. 저 형씨한테도 물어봐." 가네곤은 이쿠루를 향해 말했다. "정정한 삼촌이 있다고 했지?"

이쿠루는 화들짝 놀라 침을 삼켰다. 머쓱한 듯했던 표정이 점점 험악해졌다. 가네곤은 만족한 듯 히죽 웃으며 천천히 탁 트인 강가를 둘러보았다. 멈춰서 이야기를 나눈 탓에 다른 무리와는 상당히 거리가 벌어졌다.

주변에는 네 사람밖에 없었다.

"나도 그래." 가네곤이 말했다. "당신들과 마찬가지야."

그 말로 족했다. 네 사람은 같은 분위기에 물들어 있었다.

가네곤은 세 사람에게 더 가까이 오라는 시늉을 했다. 유메노시마는 그가 이곳에 모인 네 사람 중 이름뿐인 대표가 아니라 목적을 가진 리더로 변해 가고 있다는 사실을 깨달았다. 리사와 이쿠루도 분명 그런 느낌을 받았으리라.

가네곤은 입술을 쓱 핥더니 나직한 목소리로 말했다.

"교환 살인이라는 말, 들어 본 적 있나?"

03

곱슬머리 노인

영국에서는 스페이드 에이스를 곱슬머리 영감이라는 뜻의 '올드 프리즐'이라고 부른다. 일찍이 영국에서 카드에 세금을 부과했을 때 붙여진 이름이다.

1711년. 세금을 납부한 증거로 카드 한 벌 중 한 장을 골라 도장을 찍어야 하는 법률이 제정되었다. 그때 선택된 카드가 스페이드 에이스였다. 이런 까닭에 스페이드 에이스는 납세 에이스라고 불리게 되었고, 제조사는 의무적으로 그 마크를 왕관과 리본으로 꾸며 자사의 이름을 기입해야 했다. 현재의 카드에서 찾아볼 수 있는 스페이드 에이스의 과도한 장식에는 이러한 사연이 담겨 있다.

마쓰다 미치히로, 『트럼프 이야기』

"출출한데 야참으로 라면 한 그릇 먹고 올게."

토요일 밤, 유메노시마는 그렇게 말하고 집을 나섰다.

히나코가 우울증에 걸리고 나서 식사 시간이 불규칙해진 탓에, 유메노시마 혼자 주말 밤에 차를 몰고 외식을 하러 나가는 일도 드물지 않았다. 맛집 리스트를 따로 만들 만큼 미식가는 아니었지만 즉흥적으로 유명한 맛집을 찾아 먼 걸음을 하는 경우도 가끔 있었다.

그런 습관이 이번 일에 도움이 되었다. 히나코는 같이 가려고 하지 않았고, 최근에는 밤에 혼자 집에 두어도 예전만큼 심하게 불안을 호소하지 않았다. 야식으로 라면을 먹는다는 구실은 늦은 밤의 외출을 정당화하기 위한 둘도 없는 핑곗거리였다.

내비게이션의 안내에 따라 고마에도리에서 고슈 가도로 차를 달렸다. 조급한 마음에 너무 속도를 올린 것은 아닌가 몇 번이나 계기판을 확인했다. 간파치도리를 타고 올라가 샤쿠지이 공원의 이십사 시간 주차장에 차를 세웠다. 주차 위반으로 딱지라도 끊게 되면 계획은 수포로 돌아가기 때문이었다.

오전 12시 반. 사십 분 남짓한 드라이브였다.

유메노시마는 트렁크 문을 열고 필요한 도구가 든 배낭과 접이식 자전거를 꺼냈다. 독일제 수입 자전거로, 십팔 인치 바퀴를 장착한 가벼운 제품이었다. 도모요와 부부 사이가 원만했던 신혼 시절에 생일 선물로 받은 물건이었다. 타지 않아 오랫동안 창고에 묵혀 두었지만, 낮에 바퀴에 바람도 넣고 꼼꼼히 기름칠도 했더니 제법 탈 만했다.

접혀 있는 자전거를 다시 조립하는 일은 몸이 기억하고 있어 쉽게 할 수 있었다. 이쿠루의 운동복으로 갈아입고 운동화를 신고 배낭을 짊어졌다. 챙이 있는 모자와 장갑을 착용하고 자전거에 올라탄 유메노시마는 후지미다이 방면을 향해 페달을 밟았다.

흐린 날씨 때문에 쌀쌀한 밤이었지만 거리에는 아직 인적이 있었다. 가급적 사람들 눈에 띄지 않기 위해 속도를 낼 생각으로 주변 지리를 완벽히 숙지하고 있었지만, 심야의 거리에서는 방향 감각을 잃기 쉽다. 샛길로 빠졌다가 길을 잃는 일이 없도록 샤쿠지이가와 강을 따라 페달을 밟았다.

목적지까지 이 킬로미터 남짓한 거리를 자전거로 왕복하기로 한 것은 현장 주변에서 자신의 차가 목격될 위험성을 없애기 위해서였다. 뿐만 아니라 도모요가 준 선물을 범행에 이용한다는 발상에 유메노시마는 삐뚤어진 만족감을 느꼈다.

십 분쯤 달려 땀이 나기 시작했을 즈음, 유메노시마는 고요한 주택가에 들어섰다. 자전거의 속도를 늦추고 도로명 표지판을 길잡이 삼아 드문드문 불이 켜진 주택가를 둘러 보았다. 오가는 사람도 없고 큰길을 지나는 자동차 소리도 덜찍이 들렸다. 자신이 단지 '수상쩍은 자'에 지나지 않는다는 사실을 새삼 실감했다. 단독 주택이 밀집된 탓인지 불 켜진 창문이 눈에 들어올 때마다 행동을 감시당하는 듯한 기분이 들어서 불안이 커졌다.

지금이라면 아직 손을 뗄 기회가 남아 있어…….

그런 생각이 머리를 스치고 지나가 저도 모르게 브레이크를 잡았다.

하지만 망설임은 순간이었다. 바닥에 다리가 닿자마자 개미집을 뚫어져라 바라보는 히나코의 옆모습, 그리고 응급실 침대에 누워 있던 죽은 도모요의 얼굴이 연이어 떠올라 망설임은 어딘가로 사라졌다.

히나코의 병과 마찬가지다. 존재하지도 않는 머릿속 불안 때문에 떨고 있는 것뿐이다. 그런 말로 자신을 달래며 유메노시마는 자전거에서 내렸다. 죽은 도모요에 대한 원한을 풀고 히나코의 속박에서 벗어나기 위해 동료들과 한 약속을 지켜야 한다.

심호흡을 하며 마음을 다잡은 유메노시마는 자전거를 밀며 앞으로 나아갔다. 몸을 움츠려 가로등 불빛을 피하면서 다시는 만날 일 없는 세 동료들의 얼굴과 목소리를 떠올렸다.

— 프로젝트의 성공을 위하여, 건배!

표적의 집은 쉽게 찾을 수 있었다. 휴대 전화에 저장된 사진과 비교해 볼 필요도 없었다.

집과 마찬가지로 낡고 빛바랜 문패에 '안자이 아키노리'라는 이름이 적혀 있었다.

스페이드 에이스는 안자이의 A. 이쿠루의 외삼촌 이름이었다.

문 앞을 지나 집 서쪽으로 돌아가자 아스팔트 주차장이 보였다. 담이 있었지만 쉽게 넘을 수 있는 높이였다. 방범을 위한 유리 조각이나 철책도 없었다.

주차된 차 옆에 자전거를 접어 세워 놓은 뒤 안장을 발판 삼아 담을 넘었다. 자전거 구조상 사다리 대용으로 쓸 수 없다는 건 알고 있었다. 무게가 지나치게 실리지 않도록 조심한 덕에 쓰러지지는 않았다.

담 위에 앉아서 자전거를 끌어 올려 조용히 담 안쪽에 내려 놓은 뒤에 착지했다. 그 자리에 웅크린 채 잠시 숨을 고른 뒤 모자를 깊이 눌러쓰고 주변을 살폈다.

그때였다. 갑자기 낮게 으르렁거리는 소리가 나더니 방향도 알 수 없는 어둠 속에서 털북숭이 물체가 날아왔다.

허를 찔린 유메노시마는 균형을 잃고 엉덩방아를 찧었다. 무언가가 가슴과 옆구리를 단단히 눌러 꼼짝할 수가 없었다. 허리 밑으로 힘이 들어가지 않고, 바닥에 닿은 두 팔은 꼭 막대기 같았다. 뜨겁고 습한 짐승의 숨결이 그의 얼굴을 뒤덮었다.

집주인이 풀어 키우는 아키타개다. 유메노시마는 어금니를 악물었다. 경비견이 있다는 걸 알고 있었으면서 이렇게 속수무책으로 당하다니.

하지만 저항을 완전히 포기한 것이 오히려 행운으로 작용한 모양이었다. 개는 짖지 않고 유메노시마의 몸 구석구석을 킁킁대며 냄새를 맡았다. 옷가지에 밴 이쿠루의 체취를 알아챈 모양이었다. 옛 친구를 만난 듯 연신 얼굴을 비볐다.

바닥을 짚었던 오른손을 살며시 들어 조심스레 개의 머리를 쓰다듬었다. 개는 더 만져 달라는 듯 입을 벌리고 혀를 내밀며 헥헥거렸다. 저리 가라는 시늉을 하자 유메노시마를 누르고 있던 앞다리를 치우더니 그의 다리 사이에서 기다려 자세를 취했다.

작전 성공. 저도 모르게 안도의 한숨이 흘러나왔다.

이런 게 초심자의 행운이라는 건가. 유메노시마는 앉은 채로 배낭을 벗어 안에서 플라스틱 용기를 꺼냈다. 뚜껑을 열자 개들이 사족을 못 쓰는 고기 통조림 냄새가 풍겼다. 이쿠루가 준 통조림에 히나코의 수면제를 섞은 것이었다. 한쪽 손으로는 고기 냄새를 맡게 해 주면서 반대쪽 손으로 바닥을 짚고 간신히 일어났다. 유메노시마는 개 앞에 용기를 내려놓았다. 보아하니 몹시 배를 곯은 것 같았다. 먹으라고 시늉하자 개는 용기에 코를 박고 정신없이 먹어 치웠다.

옷에 묻은 흙을 털고 바닥에 남은 흔적도 지웠다. 개는 먹는데 정신이 팔려 유메노시마를 거들떠보지도 않았다. 이제 곧약효가 들어 곯아떨어지리라. 유메노시마는 개에게 등을 돌리고 몸을 낮춰 안채로 살금살금 다가갔다.

안자이 아키노리는 아내를 먼저 떠나보낸 독거노인으로, 오후 10시에 잠자리에 들고 오전 5시면 일어나 개를 산책시키는게 일과라고 했다. 토요일에도 밤을 새우는 일은 없다고 했다.

이쿠루가 가르쳐 준 대로 집 안은 쥐 죽은 듯 조용했고 불도 모두 꺼져 있었다.

소리가 나지 않게 벽에 붙어 거실 쪽으로 이동했다.

금품을 노린 강도의 범행으로 위장하기 위해 거실의 전면 창을 통해 집 안으로 들어갈 계획이었다. 전면 창은 창틀에 잠금장치가 달린 평범한 창문이었다. 문단속은 되어 있었지만 빈지문은 있으나 마나 한 존재였다. 유메노시마는 배낭에서 일자 드라이버와 펜라이트를 꺼내 유리창 너머 잠금장치의 위치를 확인했다.

전문 절도범들은 삼각 깨기라는 수법을 쓴다고 한다. 집을 구할 때 방범에 관련된 지식들을 열심히 공부한 덕에 구체적인 방법도 알고 있었다. 바깥에서 잠금장치 윗부분의 유리와 창틀 사이로 일자 드라이버를 쑤셔 넣어 비튼 다음, 대각선 아래쪽으로 유리에 균열을 낸다. 같은 방법으로 잠금장치 아랫부분의 유리에 대각선 위쪽으로 균열을 내면 삼각형으로 까진다.

첫 시도였지만, 실제로 해 보니 초보자라도 쉽게 유리를 깰 수 있었다. 방범과는 거리가 먼 구식 창틀이었기 때문이리라. 일회용 라이터를 켜는 정도의 소리만 났기에, 안방에서 곤히 잠든 노인이 눈을 떴을 것 같지는 않았다. 구멍에 손을 넣어 잠금장치를 풀고 신발을 신은 채 거실로 들어갔다.

일단 안으로 들어왔으니 반은 성공한 것이나 다름없었다. 실내 구조는 대충 머릿속에 들어 있었다.

어둠에 익숙해진 눈이 뜨이며 무엇이든 할 수 있을 것 같은 감각이 온몸을 채웠다. 유메노시마라는 가짜 인격에 조금씩 생명이 깃들어 이제는 오롯이 홀로 선 기분이기도 했다.

하지만 그 가짜 인격 또한 역시 자기 자신이다. 유메노시마는 안방으로 향했다.

안방 미닫이문은 낡은데다 덜커덩 소리까지 나서, 반쯤 여는데만도 애를 먹었다. 몸을 옆으로 돌려 간신히 안으로 들어가자 누워서 코를 골고 있는 집주인의 모습이 보였다. 유메노시마는 펜라이트로 그의 얼굴을 비췄다.

회색 곱슬머리. 코 옆의 커다란 사마귀. 문 여는 소리도 알아채지 못할 만큼 곯아떨어져 있었다. 게슴츠레한 두 눈꺼풀 아래로 탁한 흰자위가 보였다.

표적이 틀림없었다.

안자이 아키노리는 눈을 깜빡이며 이불 속에서 애벌레처럼 꿈틀거렸다.

"소리 내지 마." 일자 드라이버를 노인의 목에 들이대고 살갗에 자국이 생길 정도로 힘을 주었다. "꼼짝 마. 허튼짓하면 당신 목숨은 없을 줄 알아."

안자이는 눈을 번쩍 뜨더니 고개를 뒤로 젖혔다. 살짝 벌어진 입으로 토하듯 숨을 내쉬더니 고개를 비틀며 열심히 끄덕였다. 정로환 냄새가 났다.

펜라이트를 입에 물고 배낭에서 테이프를 꺼냈다. 노인의 목에 드라이버를 들이댄 채 빈손으로 이불을 걷어 내고 잠옷의 멱살을 잡아 밖으로 끌어냈다. 입에서 나는 역한 정로환 냄새에 유메노시마는 얼굴을 찌푸렸다.

노인의 손을 등 뒤로 돌리고 앙상한 손목을 테이프로 둘둘 감았다. 그 상태로 옆으로 눕혀 발목도 테이프로 동여매 옴짝달싹 못하게 만들었다.

결박당한 노인은 꼼짝도 하지 못한 채 애원하는 눈으로 유메노시마를 올려다보았다. 베개를 가져와 입에 문 펜라이트를 그 위에 올려놓고 안자이의 얼굴을 비췄다. 드라이버로 코 옆의 사마귀를 쿡쿡 찌르며 유메노시마는 말했다.

"내 말대로 하면 목숨은 살려 주지. 돈은 어디 있나?"

안자이는 눈알을 이리저리 굴리며 연기하듯 말했다.

"이, 입에 풀칠하는 게 고작인 집구석에 돈이 어디……."

유메노시마는 말없이 드라이버 끝으로 사마귀를 쿡 찔렀다.

"아, 알았어. 있는 건 다 줄 테니까 제발 살려 줘."

고통으로 일그러진 얼굴로 노인은 안간힘을 다해 애원했다. 유메노시마가 손에 힘을 빼자 곱슬머리의 노인은 거친 숨을 몰아쉬며 신음하듯 말했다.

"내 뒤에 있는 장롱의 꼭대기 서랍에 통장하고 생활비가 있어. 다 줄 테니까 목숨만 살려 줘."

유메노시마는 일어나 장롱 서랍을 뒤졌다. 빈 과자 통에 예금 통장과 보험 증서, 얄팍한 갈색 봉투가 들어 있었다. 통장은 그대로 두었다.

봉투 안에는 지폐 몇 장과 동전이 들어 있었다.

"이게 다라고?"

유메노시마는 바닥에 무릎을 꿇고 안자이의 얼굴을 붙잡아 들어 올렸다.

다시 그 역한 냄새가 코를 찔러서 짜증을 부채질했다. 유메노시마는 반대편 손에 든 드라이버를 안자이의 콧구멍에 찔러 넣고 툭툭 치는 시늉을 하며 말을 이었다.

"이런 푼돈은 필요 없어. 꿍쳐 둔 돈 많잖아? 어디 있는지 불지 않으면 이걸로 뇌까지 찔러 버릴 거야. 코피가 줄줄 흐를걸."

노인의 얼굴이 공포로 굳어졌다. 사전 계획에는 없던 대사였다. 어디서 그런 끔찍한 말이 떠올랐는지 스스로도 알 수 없었다. 그래도 유메노시마는 멈추지 않았다. 드라이버로 콧속 점막을 쿡쿡 찌르자, 눈물샘을 자극했는지 노인의 눈에서 눈물이 흘렀다.

"말할게. 말할 테니까 제발 그만해."

"다음에는 안 봐줄 거야." 유메노시마는 드라이버를 콧속에서 빼내며 턱짓을 했다. "어디 있어?"

"응접실 벽장 천장 위 다락에 노후 자금을 전부 숨겨 놓았어. 불단이 있는 방이야."

"벽장 천장 위 다락 맞지?"

다시 한번 확인하자 안자이는 덜덜 떨며 고개를 끄덕였다. 유메노시마는 테이프를 잘라 노인의 입을 막았다. 비명을 지르는 걸 막기 위해서라기보다는 입에서 나는 정로환 냄새를 참을 수 없었기 때문이다.

유메노시마는 응접실로 들어갔다. 이름만 응접실이지 지금은 거의 쓰지 않는 창고나 마찬가지였다. 안자이는 물건 하나도 쉽게 버리지 못하는 구두쇠인 모양이었다. 헌옷가지 든 박스와 쓸모없는 답례품 등 고물상에서도 마다할 잡동사니들이 산더미처럼 쌓여서 먼지를 뒤집어쓰고 있었다. 불단의 문도 굳게 닫힌 채 오랫동안 연 흔적이 없었다.

하지만 잡동사니 가운데 눈에 띄는 물건이 하나 있었다. 새

것처럼 보이는 복합기였다. 불과 몇 년 전에 출시된 모델인 것 같았다. 양면 인쇄 기능이 달린 제법 값이 나가는 고성능 복합기는 다른 물건들과 확연히 달랐다.

혼자 사는 구두쇠 노인의 집에 왜 이런 물건이 있지?

당연한 의문이 뇌리를 스쳐 지나갔지만 한가하게 안자이 아키노리의 취미나 알아보고 있을 시간이 없었다. 지금은 현금을 찾아야 한다.

유메노시마는 벽장을 열고 선반 위에 든 이불을 치웠다. 펜라이트를 입에 물고 선반에 올라가 웅크린 채 머리 위의 판자를 들어 올렸다. 퀴퀴한 공기와 동물의 분변 냄새가 코를 찔렀지만 노인의 역한 입 냄새에 비하면 아무것도 아니었다.

판자를 옆으로 밀치고 다리를 펴자 명치 아랫부분은 방에, 윗부분은 다락 위에 걸친 모양새가 되었다. 얼굴에 달라붙은 거미줄을 떼어 내고 펜라이트로 캄캄한 어둠을 비췄다. 바로 눈앞에 끈으로 묶어 놓은 낡은 잡지 묶음이 보였다.

가장 위에 있는 잡지의 표지를 보고 유메노시마는 헛웃음을 흘렸다.

모두 옛날 성인 잡지였기 때문이다.

아까 떠올랐던 의문이 단번에 풀렸다. 안자이 아키노리가 값비싼 복합기를 집에 둔 건 성인 잡지에서 마음에 드는 사진을 스캔하여 컴퓨터로 보존하기 위해서였던 것이다. 잡지는 이제 쓸모없어졌지만 기껏 모은 수집품을 버리기도 아까워서 고민 끝에 남의 눈에 띄지 않는 다락에 숨겨 놓은 것이리라. 유메노시마는 잠시 측은한 마음이 들었다. 아무리 나이를 먹어도 사내란 참으로 한심한 존재다.

그렇다고 이것이 노후를 대비한 전 재산일 리는 없다.

잡지 더미를 치우고 다락 안쪽에 불빛을 비춰 보았다. 권수가 적은 묶음 아래에 과자 상자만 한 꾸러미가 보자기에 싸여 감춰져 있었다. 거치적거리는 잡지를 치우고 꾸러기를 풀었다. 그 속의 지폐 액수를 보고 유메노시마는 침을 꿀꺽 삼켰다.

띠지로 묶인 일만 엔권 돈다발이 네 뭉치씩 삼단으로 쌓여 있었다. 모두 합해 천이백만 엔이었다. 몇 년 전에 계좌에서 인출해 숨겨 놓은 모양이었다. 후쿠자와 유키치의 초상이 그려져 있지만, 홀로그램이 없는 구권이었다.

보자기째 돈을 꺼내려던 유메노시마는 흠칫 동작을 멈췄다. 노래방에서 이쿠루가 당부했던 말이 떠올랐기 때문이다.

─삼촌은 옛날부터 손재주가 좋아서 노안이 오기 전까지는 전기 공작이나 아이디어 상품을 발명하는 데 푹 빠져 있었어. 그런 성격이니까 돈을 숨긴 곳에도 뭔가 장치를 해 놓았을지도 몰라. 조심해.

유메노시마는 현금을 보고 흥분했던 마음을 가라앉혔다. 발돋움을 해서 펜라이트를 가져다 댄 뒤 보자기와 돈다발 주변을 샅샅이 살펴봤다.

동작을 멈추기를 잘했다. 지폐 밑으로 가느다란 실이 보였다. 실은 보자기를 뚫고 어둠 속으로 뻗어 있었다. 쌓여 있는 잡지 때문에 실이 어디로 뻗어 있는지는 보이지 않았고, 손도 닿지 않았다. 일단 벽장에서 나가 발판을 찾아야 한다.

응접실에 쌓인 잡동사니 중에서 낡은 스피커 한 짝을 꺼내 벽장으로 옮겼다. 스피커를 발판 삼아 다시 다락 안을 들여다봤다. 실을 건드리지 않도록 조심스럽게 돈다발을 꺼내 하나씩 펜라이트로 비추었다. 가장 위의 네 덩이까지는 문제가 없었지만, 중간과 아랫부분의 여덟 덩이는 모두 송곳으로 구멍을 뚫어 놓았다.

그 구멍에 낚싯줄을 꿰어 눈에 띄지 않도록 한 줄로 묶어 놓았다. 위장을 위해 쌓아 둔 잡지 더미를 치우자, 낚싯줄 끝에 직접 만든 버저 박스가 달려 있었다. 지금 유메노시마가 밟고 있는 스피커의 다른 한 짝을 개조한 것이다. 천장이 내려앉지 않도록 보조 기구로 단단히 고정되어 있었다.

큰일 날 뻔했다. 돈다발에 눈이 어두워 보자기 꾸러미를 집어 들었다면 여덟 개의 지폐 다발에 연결해 놓은 낚싯줄이 당겨지면서 절연 핀이 빠져 경보가 울렸으리라. ㄷ자락을 진동관 삼아 소리가 잘 울리도록 만들어 놓았는지도 모른다.

삼촌의 죽음을 바라는 이쿠루의 마음도 이해가 갔다. 단순히 도난 방지 목적이라기에는 지나치게 완성도가 높은 장치에서 독선적인 노인의 삐뚤어진 악의가 느껴졌기 때문이다. 조카가 돈을 훔쳐 갈까 경계해 이런 장치를 달았다면, 이쿠루는 오래전부터 의심으로 똘똘 뭉친 삼촌의 따가운 시선을 받아 왔을 것이다. 직접적인 동기는 유산이라 해도, 살의를 품게 한 것은 안자이 아키노리 자신이니 자업자득이라 해야 할까.

그렇게 생각하니 갑자기 마음이 편해졌다.

유메노시마는 낚싯줄을 꿰지 않은 지폐 네 뭉치만 들고 벽장에서 나왔다.

구멍이 뚫린 팔백만 엔은 다락에 그대로 두었다. 솔직히 아까웠지만, 구멍이 뚫린 지폐는 추적당할 위험이 있어서 어차피 쓰지도 못할 것이다. 유메노시마는 응접실의 잡동사니 중에서 짐을 싸는 데 쓰는 비닐 끈을 꺼내 안쪽 침실로 향했다.

노인은 경보음이 울리기를 이제나저제나 기다리고 있겠지. 펜라이트를 비추자 안자이는 노골적으로 낙담한 기색을 보였다.

"계획이 틀어져서 유감이로군."

유메노시마는 돈다발로 노인의 뺨을 쓰다듬었다. 얼굴을 가까이 대기만 했는데도 벌써 코가 근질거렸다.

"고약한 영감 같으니, 하마터면 걸려들 뻔했어. 조잡한 짓만 안 했으면 살려 줬을 수도 있는데. 팔백만 엔은 남겨 뒀으니까 마지막 가는 길에 돈 좀 뿌리라고."

곱슬머리 노인은 눈을 희번덕거리며 세차게 고개를 저었다. 테이프로 막힌 입을 우물거리더니 숨이 넘어가게 콧김을 내뿜으며 목숨을 구걸했다.

"뭐 할 말 있나?"

안자이는 연신 고개를 끄덕였지만 유메노시마는 고개를 저으며 말했다.

"난 아무 말도 듣고 싶지 않아. 당신 입 냄새가 지독하거든."

그는 노인의 목에 끈을 감고 두 손으로 꽉 졸랐다. 안자이는 몸을 버둥거리며 저항했지만 팔다리를 움직일 수 없으니 소용없는 짓이었다.

저항하던 노인의 몸에서 갑자기 힘이 빠지는가 싶더니 눈을 허옇게 뒤집으며 축 늘어졌다.

유메노시마는 끈을 놓고 노인의 눈꺼풀을 들춰 펜라이트를 비췄다. 동공이 열려 있는 것을 확인하자 안도의 한숨이 나왔다.

손목시계를 보니 오전 1시 15분이었다. 예정보다 시간을 훨씬 오래 잡아먹었다.

사백만 엔어치 돈다발과 일자 드라이버, 테이프를 배낭에 넣고 펜라이트 빛으로 방 안을 구석구석 확인했다. 시체의 목에 감긴 끈은 원래 이 집에 있던 것이고, 테이프는 아무 데서나 파는 물건이니 입수 경로는 추적할 수 없으리라. 장갑을 끼고 있었기에 지문도 남지 않았다.

빠뜨린 게 없는지 확인하고 다시 거실로 돌아가 전면 창을 통해 밖으로 나갔다. 개는 주인이 죽은 줄도 모르고 바닥에 쓰러져 곤히 잠들어 있었다. 개가 깨끗이 비운 용기를 회수해 담을 넘었다. 바깥의 주차장에서 자전거를 다시 펴서 현장을 떠났다.

페달을 밟는 동안 유메노시마의 머릿속은 텅 비어 있었다.

흘러가는 경치에 눈길도 주지 않고 기계적으로 페달을 밟다 보니 어느새 낯익은 곳에 도착해 있었다. 샤쿠지이 공원의 주차장이었다.

일단 차로 돌아가 자전거와 배낭을 트렁크에 넣었다. 이쿠루의 운동복과 운동화를 벗고 제 옷으로 갈아입은 뒤 트렁크를 닫았다. 거기서 도보로 샤쿠지이 공원 상점가에 있는 라면 가게에 갔다.

이번이 두 번째 방문이었다. 주말에는 오전 3시까지 영업하는 가게로, 손님도 제법 있었다. 유메노시마는 카운터에 앉아 쓰케멘을 주문했다. 알리바이 공작이라기에는 허점이 많았지만, 경찰이 그를 찾아올 일은 없으리라. 단순히 히나코의 의심을 피하기 위한 방편에 불과했다.

　주문한 음식이 나왔다. 돼지 뼈와 멸치를 우린 진한 국물 냄새를 맡자마자 유메노시마는 얼굴을 찌푸렸다. 입과 코 안에서 노인의 입 냄새가 났기 때문이다.

　나무젓가락을 가르려고 했지만 손이 떨려서 힘을 줄 수가 없었다. 수상쩍다는 듯한 표정으로 이쪽을 보는 종업원의 눈빛이 느껴져 식은땀이 줄줄 흘렀다. 간신히 젓가락을 갈라서 떨리는 손으로 면을 국물에 적셨다.

　입에 넣자 정로환 맛이 났다.

　머릿속에서는 시끄럽게 경보음이 울려 댔다.

　환청인 줄 알지만 귀에 달라붙어 떨어지지 않았다. 유메노시마는 구역질을 억지로 참으며 정로환 맛이 나는 면을 꿀꺽 삼켰다.

제2부

Q

곤도 요조는 무작위로 카드를 두 장 골라 내밀었다.

"눈을 감고 한 장을 뽑아."

"쉬워서 좋네."

히지카타는 손을 뻗어 카드를 뽑았다. 하트 4였다. 승률은 낮았다. 곤도는 웃으며 나머지 카드를 뒤집었다. 하지만 그것은 스페이드 2였다.

"아쉽게 됐군."

쓰즈키 미치오, 「종이의 함정」

후지미다이에 있는 안자이 아키노리의 집 앞길은 경찰차로 봉쇄되어 있었고, 이웃 주차장에는 구경꾼들이 인산인해를 이루고 있었다. 일요일 오후, 근심 어린 표정의 주민들은 '외국인 짓 아니야?', '이 동네도 불안해서 못 살겠네' 등의 말을 수군거리고 있었다.

이쿠루는 심호흡을 하고 나서 구경꾼들을 헤치고 경비를 서고 있는 경찰에게 다가가 말을 걸었다.

"안자이 아키노리의 친척입니다. 아까 연락을 받고 왔는데⋯⋯."

"피해자의 조카 되십니까?"

경찰은 이름을 확인하고 안으로 들여보내 주었다. 노란 출입 금지 테이프를 넘어 경찰의 지시에 따라 활짝 열린 대문을 지나 안뜰로 들어갔다. 개 짖는 소리가 들렸다.

삼촌이 키우는 아키타개 지로다. 평소와 달리 개집에 묶여 있었다. 주사기를 든 감식반의 여경이 날뛰는 지로를 달래느라 애를 먹고 있었다. 낯선 사람들이 한꺼번에 들이닥친 탓에 예민해진 모양이었다. 보다 못한 이쿠루는 지로에게 달려가 '지로, 기다려' 하고 명령했다.

이쿠루를 본 지로는 얌전히 말을 들었다. 상으로 머리를 쓰다듬어 주자 꼬리를 흔들며 이쿠루의 청바지에 얼굴을 문질렀다. 환영 인사였다.

"죄송합니다만." 감식반 여경이 말했다. "잠깐 그대로 계서 주실래요?"

"혹시 마취 주사인가요?"

이쿠루가 주사기를 보며 묻자 상대는 고개를 저었다.

"혈액 샘플을 채취하려는 거예요. 범인이 수면제를 먹여 잠재웠을 가능성이 있어서요."

그런 것까지 조사하다니. 내심 움찔했지만 협조를 거부하면 수상하게 생각하리라. 주삿바늘로 피를 뽑는 동안 지로의 머리를 끌어안고 '착하지, 잘했어' 하고 칭찬해 주었다. 감식반 여경은 채혈 키트에 라벨을 붙이더니 고맙다고 인사했다.

"개가 아주 잘 따르네요. 여기 자주 오시나 보죠?"

남자의 목소리에 돌아보자 형사가 서 있었다. 불쑥 나타난 게 아니라 지로의 채혈이 끝날 때까지 지켜본 모양이었다. 개와 사람, 둘 중 누구를 관찰하던 것일까.

"요새는 뜸했는데." 이쿠루는 자연스럽게 대답했다. "숙모가 살아 계실 적에는 자주 놀러 왔습니다. 이 녀석도 강아지 때부터 봐 왔고요. 아까 연락한 형사님이십니까?"

"연락은 다른 사람이 했습니다. 전 경시청의 구노라고 합니다."

형사는 경찰수첩을 꺼내 보여 주었다. 계급은 경감. 그는 현장 책임자 같은 말투로 물었다.

"나라자키 쇼타 씨죠? 안자이 아키노리 씨의 조카 되시는."

"맞습니다."

"갑자기 오시라 해서 죄송합니다." 구노는 꾸벅 고개를 숙였다. "이웃 주민에게 조카가 있다는 말을 듣고 그인의 휴대전화를 살펴보았습니다. 유일한 피붙이라고 들었는데, 놀라셨겠습니다. 급하게 연락드렸는데 빨리 와 주셔서 감사합니다."

"강도를 당했다고 들었습니다만, 정말 외삼촌께서……?"

"유감입니다만, 전화로 말씀드린 대로입니다."

이쿠루는 입술을 깨물었다. 과장된 행동은 도리어 수상쩍게 비치리라.

"알겠습니다. 제가 시신을 확인해야 합니까?"

"시신은 이미 반출됐습니다. 건넛집에 사는 분이 신원을 확인해 주셨습니다. 그래도 혹시 모르니까 나중에 서에 한번 들러 주십시오. 그때 시신 인도 절차에 대해서도 담당자가 말씀드릴 겁니다. 오늘 다른 일정이 있으십니까?"

"딱히 없습니다."

"그럼 부탁드리겠습니다. 그때까지 잠시 말씀을 들을 수 있을까요? 아직 현장 검증중이라 강도가 침입한 방은 사용할 수 없습니다만, 부엌에는 드나든 흔적이 없습니다. 그곳이 좋겠죠?"

구노는 그렇게 말하더니 몸짓으로 이쿠루를 재촉했다. 말투는 정중했지만 어딘가 강압적인 느낌이 들었다.

더 쓰다듬어 달라는 지로의 눈빛을 뒤로하고 두 사람은 뒷문으로 향했다. 신발을 벗고 부엌으로 들어가자 따라 들어온 구노가 슬쩍 바닥을 내려다보았다. 이쿠루는 가슴이 철렁했다. 강도의 발자국과 비교하기 위해 벗어 놓은 신발 치수를 확인하는 것이다.

지로에 대해 묻는 것도 그렇고 이 형사는 나를 의심하는지도 모른다. 이쿠루는 모른 척 시치미를 떼며 조그만 실수라도 하지 않으리라 마음을 다잡았다.

"경찰에 신고한 것은 건넛집 바깥양반입니다. 으늘 오전 8시경, 이 댁 개가 계속 짖기에 살펴보러 들어왔다가 뭔가 이상한 느낌이 들었다는군요."

끈적끈적한 식탁 맞은편에 앉은 구노가 사건의 개요를 설명했다. 건넛집도 개를 키워서, 산책시키는 길에 항상 마주쳤다고 한다.

늘 같은 시간에 개를 데리고 산책하는데 오늘 아침에는 보지 못했다고 한다. 처음에는 어디 아픈 게 아닌가 싶어서 안부를 물으러 집 앞에 왔다가, 마당으로 난 거실 전면 창이 깨진 것을 발견하고 황급히 집 안으로 들어왔다. 안방에서 테이프로 손발이 묶인 채 쓰러져 있는 이웃을 발견했을 때에는 이미 싸늘하게 식어 있었다고 한다.

"거실 전면 창이요?"

이쿠루는 조심스레 말문을 열었다. 사전에 연습한 대로라고 생각했다. 그게 얼굴에 드러나지 않아야 할 텐데.

"절도 상습범들이 쓰는 삼각 깨기라는 수법입니다. 나중에 보여 드리겠지만 구식 걸쇠는 방범용으로 무용지물입니다. 이

댁처럼 개를 기르고 있어도 마음을 놓을 수 없죠. 요즘 강도들은 경비견이 있을 경우를 대비해 독약이나 수면제가 든 사료를 준비하거든요. 도둑이 침입했는데도 개가 짖지 않고 오전 8시까지 얌전히 있었던 건 한밤중부터 약을 먹고 곯아떨어졌기 때문일 겁니다."

"그래서 지로의 혈액 검사를 하신 거로군요. 혹시 외국인 강도단 짓입니까? 같은 수도권이라도 이 동네는 그리 위험하지 않다고 들었는데요."

바깥에 몰려든 구경꾼들의 말을 따라 하자, 구노는 미지근한 태도로 말했다.

"글쎄요. 바닥에 남은 발자국으로 봐서는 단독범인 것 같고, 테이프를 묶은 모양새도 프로의 솜씨는 아니었습니다. 프로를 가장한 아마추어의 범행일 가능성도 배제할 수 없습니다."

"아까는 창문을 깬 방법이 상습범들의 수법이라 하셨잖습니까."

"요즘은 방범 매뉴얼이나 인터넷을 통해 누구나 쉽게 그런 정보를 접할 수 있으니까요." 구노는 기가 차다는 듯 고개를 설레설레 젓더니 화제를 바꿨다. "그나저나 안자이 씨는 구청에서 일하셨었다고 하던데 퇴직하고 나서는 어떻게 지내셨습니까?"

"한동안은 퇴직금으로 주식이나 부동산에 투자하셨습니다. 공무원 당시의 인맥으로 제법 수익을 올리신 모양입니다만 삼년 전에 외숙모님이 병으로 돌아가시면서 투자 의욕도 잃고 최근에는 속세와 인연을 끊은 사람처럼 사셨습니다."

"속세와 인연을 끊었더라도 노후 자금은 충분했겠죠?"

"그럴 겁니다." 이쿠루는 확실하게 대답하지 않았다. "수중에 현금을 쥐고 있던 덕에 리먼 사태에서 살아남을 수 있었다고 하셨으니까요. 애초에 지출이 많은 분이 아니셨습니다만 혼자된 뒤로는 한 푼 두 푼 절약하시는 게 유일한 낙이었습니다. 지로의 사룟값까지 아끼셨죠."

"그러고 보니 건넛집도 그런 말씀을 하시더군요. 안자이 씨는 부인이 돌아가시고 나서부터 괴팍해졌다고요."

"틀린 말은 아닙니다."

구노가 이웃 주민 이야기를 꺼낸 건 이쿠루를 떠보기 위해서이리라. 단박에 감이 왔지만 삼촌과의 관계가 원만하지 않았던 것을 감출 생각은 없었다. 어차피 조사하면 다 밝혀질 사실이다.

"원래 말이 안 통하는 정도까지는 아니었습니다만 점점 괴팍해지셔서 최근에는 오랜만에 만나도 잔소리만 하셨죠. 그래서 발길을 끊은 겁니다. 피는 섞이지 않았지만 외숙모님은 잘

해 주셨습니다. 남 챙겨 주기를 좋아하는 명랑한 분이어서 외삼촌의 부족한 부분을 채워 주셨죠."

"안자이 씨가 큰외삼촌이십니까?"

"네. 어머니와는 열 살 터울이셨죠."

"유일한 피붙이라고 들었습니다만, 나라자키 씨의 부모님께서는……?"

"아버지는 제가 초등학교 때 산재로 돌아가셨습니다." 이쿠루는 간략하게 대답했다. "어머니가 직장에 다니며 저를 키웠지만, 팔 년 전에 암으로 돌아가셨습니다. 돌아가시기 전에 외삼촌께 저를 부탁한다는 말씀을 남기셨다고 합니다. 외삼촌은 자식이 없었던지라 양자 이야기도 나왔습니다만, 그때는 이미 대학생이었고 제가 내키지 않더군요. 그래도 외삼촌은 계속해서 경제적인 도움을 주겠다고 약속하셨습니다."

"계속해서? 그럼 그 전부터 경제적 원조가 있었습니까?"

"네. 아버지가 돌아가시고 나서는 외삼촌의 도움을 많이 받았죠. 인색하신 분이었지만 누이동생에게 주는 돈은 아깝지 않았는지 제 학비를 비롯해 여러모로 도와주셨다고 들었습니다. 저한테는 아버지 같은 분인데 괴팍한 노인이라고 했으니 벼락을 맞아도 할 말이 없군요."

감정이 담기지 않은 목소리로 그렇게 덧붙이고 나서 시선을 돌리는 시늉을 했다. 외삼촌의 죽음을 솔직하게 슬퍼하지 못하는 감정 표현이 서투른 젊은이로 보였으리라. 그 연출이 통했는지 구노는 잠시 뜸을 들이더니 나오리라 생각했던 상속에 대한 질문은 건너뛰고 말했다.

"실례지만 나라자키 씨는 지금 어디서 일하십니까?"

"구직중인 백수입니다."

이쿠루는 주눅 들지 않고 말했다. 두 달 전까지는 이케부쿠로의 편의점에서 일했지만, 경쟁 점포가 늘어나 매상이 떨어졌다. 본사의 심한 압박으로 점장이 건강을 해친 탓에 가게 문을 닫게 됐다. 지금은 빈 시간을 이용해 인터넷 옥션으로 근근이 생활비를 벌고 있었다.

"요즘 취업난이 심하다더군요. 어젯밤 12시쯤에는 어디 계셨습니까?"

"혹시 제 알리바이를 확인하시는 겁니까?"

이쿠루가 지적하자 구노는 혼이 난 것처럼 머리를 긁적이며 대답했다.

"죄송하게 됐습니다. 형식적인 질문이니 너무 걱정하지 마십시오."

"드라마에서는 자주 봤지만 현실에서도 그렇게 말하는군요." 뻔한 말을 한 것은 여유를 드러내기 위해서였고 사실은 그 질문을 기다리고 있었다. "아, 똑바로 대답해야지. 어젯밤부터 오늘 아침까지 이케부쿠로의 피시방에 있었습니다. 물론 거기서 숙식을 해결하는 건 아닙니다. 편의점에서 일할 때부터 자주 다녔는데, 건전한 업소입니다."

"혹시 회원증 같은 게 있으면 보여 주시겠습니까?"

이쿠루는 고개를 끄덕이고 바지 뒷주머니에서 지갑을 꺼내 카드 수납 칸 가장 위에 꽂아 놓은 회원증을 건넸다.

"한번 보겠습니다."

이쿠루는 가게 이름과 회원 번호를 적는 구노의 모습을 얌전한 얼굴로 바라보았다.

겉으로만 얌전한 척하는 것이지 속으로는 혀를 날름 내밀고 있었다. 어젯밤에는 오후 11시부터 오전 3시까지 온라인 게임을 붙잡고 있었다. 같은 파티의 동료들은 항상 함께 노는 멤버들이고, 피시방 직원과도 잘 아는 사이다. 게임 회사의 접속 기록을 조회해 보면 알리바이는 확실해지리라.

"확인차 피시방에 연락해 보겠습니다만 별문제는 없을 겁니다."

이쿠루에게 회원증을 되돌려 준 구노는 자리에서 일어났다. 알리바이가 일치하는지 확인하라는 지시를 내리려는 것이리

라. 잠시 복도에서 부하로 보이는 남자와 수군수군 이야기를 하더니 다시 돌아왔다. 진지한 표정으로 투명한 파일을 들고 있었다.

"실례했습니다. 실은 가족에게 보여 드릴 게 있습니다."

구노는 파일을 이쿠루 앞에 놓았다. 만 엔짜리 지폐 한 장이 끼어 있었다.

"응접실 벽장 다락에서 나왔습니다. 백만 엔어치 돈다발 여덟 뭉치를 보자기에 싸서 감춰 놓으셨더군요. 이건 그 가운데 한 장입니다. 자세히 보십시오. 여기 구멍이 뚫린 게 보이십니까?"

구노는 지폐 구석을 가리켰다. 송곳으로 뚫은 듯한 작은 구멍이 있었다.

"이것뿐 아니라 다른 지폐에도 모두 구멍이 뚫려 있더군요."

"표시를 해 놓은 걸까요?"

"아뇨. 가는 송곳으로 뚫은 구멍에 꿴 낚싯줄이 직접 만든 경보 장치에 연결되어 있었습니다. 방범용이겠죠. 돈다발을 들어 올리면 실 끝에 묶어 둔 절연 핀이 빠지면서 경보가 울리는 구조입니다."

"아…… 역시." 설명을 듣자 저도 모르게 한숨이 나왔다. 사전에 유메노시마에게 당부해 두기를 잘했다. 그의 직감은 틀리지 않았다.

"안자이 씨가 이런 장치를 해 놓은 사실을 알고 계셨습니까?"

"몰랐습니다만, 외삼촌답다는 생각이 들어서……."

"그게 무슨 말씀이시죠?"

구노의 눈매가 매서워졌지만 이쿠루는 태연했다. 이 일에 대해 거짓말을 할 필요는 없다. 있는 그대로 대답하면 된다.

"손재주가 좋으셔서 전기 제품이나 아이디어 상품 발명에 푹 빠지셨던 적이 있거든요. 최근 혼자 사는 노인들이 장롱에 숨겨 놓은 뭉칫돈을 노리는 도둑이 많으니 방범 대책을 세워야 한다고 말해도, 은행이나 경비 회사는 믿을 수 없으니 자기 돈은 자기가 지켜야 한다는 말을 입버릇처럼 하셨습니다. 하도 자신만만하게 말씀하셔서 뭔가 있을 거라고 생각은 했습니다만……. 그나저나 현금이 남아 있다는 건 삼촌을 해친 범인도 돈을 숨긴 장소를 찾아내지 못했다는 뜻이겠네요."

"아니, 뒤진 흔적은 있었습니다. 안자이 씨를 협박해 알아냈겠죠. 경보 장치의 존재도 알아챈 모양이었습니다."

"그런데 현금에 손도 대지 않았다고요? 대체 왜?"

이건 진심으로 내뱉은 질문이었다. 유메노시마는 왜 현금을 두고 간 것일까?

고개를 갸우뚱하는 이쿠루에게 구노는 쌀쌀맞은 표정으로 말했다.

"그 이유를 말씀드리기 전에 다시 한번 이 지폐를 봐 주십시오. 뭔가 이상하지 않습니까? 직접 만져 보면 좋을 텐데 증거물이라 그럴 수도 없군요."

질문의 의도를 파악하지 못한 이쿠루는 긴장했다.

무슨 꿍꿍이가 있는 것은 아닐까. 경계하며 후쿠자와 유키치의 초상이 그려진 지폐를 뚫어져라 바라보았다. 홀로그램이 없는 구권이었다.

불현듯 이상하다고 느낀 이쿠루는 투명 파일을 뒤집어 뒷면을 보았다.

"이럴 수가. 설마…… 위조지폐입니까?"

반신반의하며 묻자 구노는 진지한 얼굴로 고개를 끄덕였다.

"그래서 범인도 건드리지 않은 겁니다. 다락에 감춰 놓은 팔백만 엔은 모두 일련번호가 동일한 위조지폐였습니다. 컬러복사기로 양면 인쇄한 겁니다. 홀로그램이 없는 구권이라 언뜻 보면 진짜 같지만, 종이의 질감이나 색깔이 전혀 다릅니다."

"왜 위조지폐가……." 생각지도 못한 사태에 이쿠루는 얼굴이 새파랗게 질렸다. "노후 자금을 전부 사기라도 당한 걸까요?"

"그건 아닐 겁니다. 응접실에 양면 인쇄 기능이 달린 복합기가 있었습니다. 데이터를 확인하는 중인데, 아무래도 삼촌께서 직접 일만 엔권을 스캔해서 대량으로 인쇄한 모양입니다."

그제야 사정을 파악한 이쿠루는 입이 떡 벌어졌다.

이것만큼은 연기가 아니라 진심에서 우러난 감정이었다. 그 모습을 보고 구노의 눈빛이 살짝 달라진 것 같았다. 만일 구노가 그를 의심했더라면 그 생각이 뒤집힐 만한 인상을 주었으리라.

"방범용일까요? 만에 하나 도둑이 들었을 때를 대비해…….."

직설적으로 묻자 구노는 미간을 찌푸리며 조심스럽게 고개를 끄덕였다.

"그렇겠죠. 진짜 현금은 다른 곳에 보관해 두었을 겁니다. 법에 저촉될 위험을 무릅쓰면서까지 본인의 안전과 재산을 지키려 했던 거죠. 경보 장치를 설치해 두면 숨겨 둔 돈이 위조지폐일 거란 생각은 하지 않을 거고요. 다락은 어두우니 미묘한 차이는 알아채지 못할 테고 도둑이 장갑을 끼고 있다면 종이질이 다른 것도 숨길 수 있죠."

"괴팍해진 것은 알았지만 이렇게까지 하실 줄이야…….." 이쿠루는 기가 차다는 듯 고개를 설레설레 저었다. "복합기와 종잇값도 만만치 않았을 텐데."

"다른 것은 눈에 들어오지 않았던 거죠. 독거노인들이 흔히 그렇듯 말입니다. 괴짜라고 표현하면 고인에게 실례겠지만, 말씀을 들어 보니 납득이 가는군요. 하지만 범인이 한 수 위였나 봅니다. 위조지폐라는 사실을 깨닫고 발끈해 안자이 씨를 해쳤다면, 안전을 위한 방범 대책이 오히려 화를 부른 셈이니까요."

"고약한 심보로 남을 속이려 드니까 이런 꼴을 당한 거 아닙니까. 자업자득입니다."

무심결에 본심이 튀어나왔다. 구노가 상상하는 것과는 다른 맥락이었지만. 삼촌의 눈에는 조카인 이쿠루 역시 잠재적인 빈집털이나 강도로 비친 게 틀림없다.

"외삼촌이 하신 일은 위조죄에 해당됩니까?"

"걱정 마십시오. 통화 위조죄는 행사할 목적, 한마디로 진짜 지폐로서 유통시킬 의도가 없다면 성립되지 않으니까요. 방범용으로 보관했을 뿐이니 이에 해당되지 않습니다. 엄밀히 말하면 통화 및 증권 위조 단속법에 저촉될 가능성은 있지만 당사자가 이미 세상을 떠났으니 굳이 입건하지는 않을 겁니다."

"그 말씀을 들으니 마음이 놓입니다."

이쿠루는 사뭇 진지한 표정으로 말했다. 구노의 말투를 통해 이미 자신이 '유력한 참고인'이 아니라 '협력적인 피해자 유족'으로 구분되었다는 확신이 섰다.

현장 검증을 끝까지 지켜보고 나서 경찰차로 히카리가오카 경찰서까지 이동해 삼촌의 시신을 확인했다. 보살펴 준 은혜를 잊지는 않았지만, 생각보다 냉정할 수 있었던 건 위조지폐 이야기가 죄책감을 덜어 주었기 때문이다.

외숙모가 살아 계실 때는 그래도 이 정도는 아니었는데, 돌아가시자마자 눈 깜짝할 사이에 노망이 든 듯 완전히 변해 버렸다. 더 살았더라도 점점 괴팍해졌을 테니 곱게 죽지는 못했으리라. 늙은이가 부끄러운 줄도 모르고 세상에 민폐를 끼치기 전에 잘 보내 준 것이라고 생각하면 그리 슬프지도 않았다.

시신 인도에 대한 설명을 들은 뒤 필요한 서류에 서명하고 나서야 겨우 풀려났다. 밖으로 나오니 날이 어둑어둑했다. 경찰서에 있는 동안 이케부쿠로의 피시방에 간밤의 알리바이를 확인한 모양이었다. 히카리가오카 역으로 걸어가는 이쿠루를 붙잡거나 미행하는 사람은 없었다.

오에도 선에서 세이부이케부쿠로 선으로 갈아타고 히가시나가사키의 원룸으로 돌아왔다. 아침부터 신경이 곤두서 있던 탓인지 집에 도착하자마자 온몸에서 힘이 쭉 빠졌다.

편의점에서 도시락을 사 왔지만 손도 대기 싫었다. 인터넷 옥션 사이트를 둘러볼 기운도 없었다. 침대에 누의 멍하니 천장을 올려다보며 외삼촌의 유산에 대해 생각했다.

현장 검증에서 현금은 발견되지 않았다. 다다미 밑이 수상했지만 현금을 찾는 것은 경찰의 업무가 아니다.

유언장을 쓰면 재수가 없다. 그건 죽을 날을 받아 놓은 사람이나 하는 짓이다. 외삼촌은 입버릇처럼 그렇게 말했다. 외숙모가 돌아가시고 나서는 더욱 심해져서 은행이나 경비 회사에 대한 불신처럼 하나의 고정 관념으로 굳어졌다. 그러니 그 금기를 깨면서까지 죽은 동생의 외아들에게 불리한 유언을 남기지는 않았겠지. 이쿠루는 전부터 그렇게 믿었고, 외삼촌이 죽은 지금도 그 확신은 변함없었다.

위조지폐를 이용한 함정에는 충격을 받았지만 다르게 생각하면 그만큼 자신의 생명과 재산에 집착했다는 뜻이리라. 천박한 집착과 고정 관념에 사로잡혀 사후 준비를 소홀히 했다면 조바심 내지 않아도 외삼촌의 집과 땅은 이쿠루의 것이 된다. 세상의 관심이 사그라지기를 기다렸다 느긋하게 보물을 찾으면 된다.

휴대 전화 수신음에 이쿠루는 현실로 돌아왔다. 헤어진 여자 친구에게서 두 달 만에 온 문자 메시지였다. 저녁 뉴스를 보고 사건을 안 모양이었다. '너희 외삼촌 돌아가셨어? 라는 내용이었다.

　NPO(민간 비영리 단체)가 주최하는 봉사 모임에서 만나 반년쯤 사귀었지만 일하던 편의점이 망한 직후에 크게 싸우고 나서 지금까지 연락을 끊었었다. 전에 외삼촌을 헐뜯은 적이 있어서 이름을 보고 안 모양이었다.

　갑자기 사람이 그리워져서 이쿠루는 답장을 보냈다.

　바로 답장이 왔다.

　'잘됐네! 유산을 물려받으면 같이 축하 파티 하자!'

　맥이 빠졌다. 그것 때문에 다시 시작하자는 거로군. 반갑던 마음은 순식간에 사라지고, 만일 이 메시지를 누가 보면 큰일이라는 불안감이 뇌리를 스쳐 지나갔다.

　'그걸 말이라고 해? 다시는 연락하지 마.'

　곧바로 답장을 보내고 받은 메시지도 삭제했다. 금세 전화가 왔지만 짜증이 나서 받고 싶지 않았다. 수신 거부를 할까 고민하는 동안 손가락이 제멋대로 휴대 전화 앨범을 선택해 비밀번호를 누르고 있었다.

　빨려 들어갈 듯 남자의 얼굴을 바라보았다.

　자신이 죽이기로 한 상대의 사진.

　약속 날짜를 떠올리자 머릿속이 뜨거워졌다.

　전 여자 친구 생각은 지워 버리자. 그보다 더 중요한 일이 있다. 용의 선상에서 제외되었다고 마냥 들떠 있을 수는 없었다.

침대에서 일어나 옷장 문을 열었다. 옷 사이에 예금 통장과 인감, 계약 서류가 든 파일이 숨겨져 있었다. 그날 노래방에서 뽑은 두 장의 카드도 함께 보관해 두었다.

스페이드 잭과 하트 3.

계약서 대신 가지고 있으라고 했던 게 가네곤이었던가 유메노시마였던가. 그때는 별 뜻 없는 행동이라 생각했지만 카드 두 장의 존재감은 나날이 커져 갔다.

외삼촌이 죽은 지금, 그 중압감은 이루 말할 수 없었다.

자신의 임무와 똑바로 마주하기 위해 카드를 꺼내려던 이쿠루는 불현듯 누군가가 지켜보는 듯한 느낌에 불안해졌다. 동작을 멈추고 돌아보니 침대에 놓아둔 휴대 전화 화면 속 남자의 사진이 보였다. 기분 탓이겠지만 카드를 꺼내면 액지 행운이 날아가 버릴 것 같아서 이쿠루는 파일을 제자리에 돌려놓고 옷장 문을 닫았다.

표적의 사진을 확인하며 자기 손으로 녀석을 죽이는 장면을 상상했다. 온라인 게임의 가상 전장에서는 수많은 적들을 학살해 왔지만, 그 경험이 살아 있는 사람을 상대로도 통할까. 갑자기 영안실에서 보았던 외삼촌의 얼굴이 떠오르며 그제야 비로소 공포를 느꼈다.

하지만 프로젝트가 시작된 이상 돌이킬 수 없다. 자신의 목적을 달성했다고 도망칠 수는 없었다. 서로의 개인 정보를 알고 있는 이상 동료를 배신하면 기다리는 건 파멸뿐이다. 임무를 완수하고 프로젝트를 성공시키려면 중압감을 이겨 내야 했다.

두 번째로 죽음을 맞이하는 것은 스페이드의 여왕.

이쿠루가 움직이는 건 그다음 차례다.

범행 예정일까지 남은 날짜를 세어 봤다. 조바심 낼 필요는 없다. 지금은 일단 약속한 물건이 도착하기를 기다리면 된다. 물건을 직접 보면 기분이 고양되어 이 중압감은 흔적도 없이 사라지리라. 마음의 준비를 할 시간은 아직 얼마든지 있다…….

다시 전화가 울렸다. 전 여자 친구였다.

이 기분에서 벗어나기 위해서라면 누구든 상관없었다. 이번에는 무시하지 않고 통화 버튼을 눌렀다.

05

여왕의 죽음

"어린애 같은 짓은 그만둬요." 게르만은 노파의 손을 잡았다. "한 번만 더 묻겠습니다. 비법을 가르쳐 주시죠."
백작 부인은 대답하지 않았다. 다시 보니 이미 숨이 끊어져 있었다.

푸시킨, 「스페이드 여왕」

그날, 노리즈키 총경은 평소보다 일찍 집으로 돌아왔다.

오늘은 본청에 들르지 않고 조후 경찰서에 설치된 수사본부에서 바로 퇴근한 것이다. 그는 지난주부터 고마에 시의 가정집에서 주부가 살해된 사건을 수사하고 있었다. 마감이 다가온 원고를 처리하기 위해 린타로도 서재에 틀어박혀 있었던 까닭에 요 며칠은 제대로 대화를 나누지도 못했다.

"점심을 걸렀더니 뱃가죽이 등에 달라붙겠군. 뭐 먹을 것 좀 있나?"

"없어요." 린타로는 대답했다. "있는 걸로 차려 먹으려고요."

노리즈키 총경은 냉장고를 열어 보더니 실망한 표정으로 도로 닫았다. 행동거지 하나하나가 흡사 친구 장례식에 다녀온 사람처럼 침울했다.

"모처럼 일찍 왔는데 몸보신도 할 겸 장어 덮밥이나 시켜 먹자."

"그러죠. 무슨 좋은 일이라도 있어요?"

"좋은 일? 내 얼굴이 그렇게 보이냐?"

"아뇨, 전혀."

"그럼 아무것도 묻지 마라." 총경은 퉁명스럽게 대꾸했다. "네가 주문해. 제일 비싼 걸로. 장어 내장국도 달라고 하고. 난 옷 갈아입고 오마."

린타로는 어깨를 으쓱했다. 웬일로 일찍 들어왔다 싶었는데 심기가 영 불편해 보였다. 일찍 퇴근한 것도 무슨 까닭이 있기 때문이리라.

배달 주문을 마치자 옷을 갈아입은 아버지가 부엌 식탁에 앉았다. 식탁 위에 올려놓은 잡지를 집어 들더니 물어보지도 않고 표시해 놓은 페이지를 펼쳤다. 아까까지 린타로가 읽고 있던 과학 잡지였다.

"흰개미 여왕의 페로몬?"

노리즈키 총경은 커다란 기사 제목을 읽었다. 린타로는 맞은 편에 앉으며 말했다.

"여왕개미가 분비하는 페로몬의 성분을 오카야마 대학의 연구팀이 밝혀냈대요. 두 종류의 과일 향료를 섞은 듯한 물질인데 인공적으로 합성할 수 있다는군요."

"새 작품 자료냐? 흰개미 사기*는 생활 질서과 담당이다."

"언젠가 소재로 쓸 날이 올지도 모르잖아요. 벌이나 개미도 마찬가지지만. 흰개미 여왕의 페로몬에도 다른 암컷 개미가 여왕개미가 되는 것을 제어하고 무리의 번식을 조절하는 기능이 있대요. 인공 페로몬을 투여하면 여왕개미가 죽그 나서도 그 무리에서는 새로운 여왕이 나오지 않아요. 산란이 정지되니까 효율적으로 흰개미를 박멸시킬 수 있게 되죠."

"흐음, 여왕개미의 페로몬이 묻은 녀석은 여왕이 되지 못하는 숙명이로군."

총경은 건성으로 대답하며 잡지를 내려놓더니 돋보기를 끼고 석간을 펼쳤다. 잠시 말없이 기사를 읽다가 문득 생각난 듯 말문을 열었다.

"그러고 보니 와타나베 히나코도 집에서 개미를 키웠어. 흰개미가 아니라 평범한 검은 개미였지만. 그걸 뭐라고 하더라? 아크릴 케이스에 컬러 젤을 채워서 굴 파는 모습을 입체적으로

---

* 집에 흰개미가 있다고 겁을 주면서 엉터리 소독을 하거나 과도한 비용을 청구하는 사기 수법.

관찰할 수 있게 하는 거 말이다."

"앤트쿠아리움antquarium 말입니까?" 린타로는 이야기의 흐름을 끊지 않도록 자연스럽게 대답했다. "젤 자체에 영양분이 들어 있어서 먹이를 주지 않아도 키울 수 있죠. 나사NASA가 우주 실험용으로 개발한 소재를 상품화한 건데 몇 년 전에 유행했어요."

"아마 그거일 게야. 색깔이 다른 개미집 세 개가 있더라고. 힐링 상품이라고 들었는데, 아이 대신으로 여긴 걸까? 아니면 자신이 무리를 지배하는 여왕이 된 기분을 느꼈을지도 모르고."

"이름이 히나코妃名子라서요? 고마에 시에서 살해된 주부 말씀이시죠? 뉴스에서 봤어요."

"그래, 지금 수사하는 사건이다." 총경은 마지못해 인정했다. "요즘 눈 붙일 시간도 없어서 너한테 얘기를 못 했구나. 뭐, 네 도움을 받을 것도 없이 금방 해결될 사건이라 생각하기도 했지만……."

총경은 얼굴을 찡그리더니 소리를 내며 신문을 넘겼다.

말을 꺼내다 마는 아버지를 보고 린타로는 참다못해 물었다.

"수사에 무슨 문제라도 있습니까? 언론 보도를 보니까 SNS 사이트에서 만난 남자가 스토커로 돌변해 저지른 범행이라던데요."

"상황 증거가 있었거든." 총경은 무뚝뚝하게 대답했다. "한데 오늘 아침에 그 남자가 수사본부에 출두했다."

"자수했습니까?"

"아니. 변호사를 대동하고 나타나서 사건과는 전혀 상관없다고 주장하더구나. 체포를 피하기 위해 수사를 혼란시키려는 전술이겠거니 해서 알리바이를 확인해 봤더니 그쪽 주장과 한 치의 어긋남도 없더구나. 그러니 어쩌겠냐. 결백을 인정할 수밖에. 덕분에 점심도 못 먹었다."

그래서 심기가 불편하셨군. 흰개미 기사에 눈이 간 것도 '결백*'과 '알리(바이)'라는 단어의 조합** 때문이리라. (린타로는 그렇게 해석했다.) 이야기를 더 듣고 싶었지만 허기진 아버지는 건드리지 않는 게 좋다. 배달시킨 음식이 올 때까지 질문은 자중해야겠다고 생각했다.

그로부터 십오 분쯤 지나서 '구호물자'가 도착했다. 어지간히 배가 고팠는지, 노리즈키 총경은 순식간에 그릇을 비우더니 모자라다는 듯 린타로의 그릇을 뚫어져라 바라보았다. 린타로

* 결백은 일본어로 '시로'라고 한다.
** 일본어로 흰개미를 시로아리라고 한다. 동음이의어를 이용한 언어유희.

는 아직 반밖에 먹지 않았는데 말이다.

말없이 눈빛을 주고받은 끝에, 결국 린타로는 한숨을 쉬며
말했다.

"제 것도 드실래요?"

그 말을 들은 총경의 얼굴이 환해졌다. 그릇을 건네자 효자
를 뒀다는 둥 낮간지러운 소리를 하며 산초 가루를 듬뿍 뿌려
남은 밥을 싹 비웠다.

"입에 밥풀 묻었어요. 아니, 반대쪽요."

"아, 여기군."

밥풀을 떼어 날름하는 모습을 보니 기력을 되찾은 것 같았다.

"그래서 아버지는 어떻게 생각하시는데요?" 효자는 채근하
듯 물었다. "그 남자가 결백한 게 틀림없습니까?"

노리즈키 총경은 찻잔을 집어 들며 눈을 가늘게 떴다.

"내 보기에는 범인이 아닌 것 같다. 용의자는 나루세 기이치
라는 남자인데 병으로 요양중이라더구나. 딱 봐도 비호감 스타
일에, 피해자에게 치근댔던 적도 있다고 본인이 시인했지만 살
인은 이야기가 다르지. 알리바이에도 허점이 없어서 지레짐작
으로 무고한 사람을 살인범으로 몬다는 이야기를 들어도 할 말
이 없더군."

같이 온 변호사에게 꽤 시달렸으리라. 아직 수사 단계라 체

포에까지 이르지 않은 것이 그나마 다행이라는 투였다.

"고생하셨네요. 그 남자 말고 다른 용의자는 없습니까?"

"지금 그것 때문에 골치 아파 죽겠다. 현재로서는 없다고 봐야 한다. 와타나베 히나코는 지난 사월에 충동적으로 자살을 시도해 전문의에게 우울증 진단을 받았거든. 그때부터 반년 동안 정기적으로 통원 치료를 받을 때를 제외하고는 거의 집 안에만 틀어박혀 있었어."

"그래서 기분 전환용으로 앤트쿠아리움을 샀군요."

"그런 것 같다. 최근에는 상태가 좀 호전되었지만 인간관계의 범위가 좁아서 살해될 정도로 원한을 살 만한 이유를 찾지 못했다. 설령 있다고 하더라도 가까운 사람이라던 직접 손을 더럽힐 필요 없이 자살로 몰고 가는 게 훨씬 쉬웠을 텐데……. 그래서 다른 동기를 알아보려 해도 실마리조차 찾을 수가 없더구나."

"하지만 그 남자는 SNS 사이트에서 피해자와 만났다면서요. 그런 상대가 또 있었더라도 이상할 건 없죠. 정신적인 문제 때문에 집에 틀어박혀 있는 사람들은 인터넷상의 인간관계에 집착하는 경향이 있으니까요."

"하지만 그게 아닌가 보더라고. 분해서 하는 소리가 아니라, 나루세 기이치라는 남자를 주목한 데에는 그럴 만한 이유가 있었다."

딱 잘라 말하더니, 총경은 재떨이를 끌어다 놓고 담배에 불을 붙였다. 식후의 입가심이 아니라 본론으로 들어가기 위한 필수 의식이었다.

"같은 SNS 사이트라도 즉석 만남 사이트처럼 이상한 곳이 아니라, 우울증이나 자율 신경 실조증 환자들이 정보를 교환하기 위해 모이는 사이트였어. 피해자가 그 사이트에 드나든 건 작년 봄까지였다. 지금 남편과 결혼하기 전의 일이었지. 처녀 적 성은 시마타니였는데 당시에는 증상이 지금처럼 심각하지 않았다더구나. 결혼해 남편 성을 따르고 나서부터는 접속하지 않았다. 접속은커녕 사월에 우울증이 재발한 뒤로는 사실상 인터넷을 끊었다는 사실이 밝혀졌다."

"요양중인 남자라." 린타로는 천천히 중얼거렸다. "같은 사이트에 드나들었다면 나루세 기이치도 우울증 환자겠네요."

노리즈키 총경은 연기를 내뿜으며 고개를 끄덕였다.

"삼 년 전부터 통원 치료를 받았다는구나. 시마타니 히나코가 가입하기 전부터 그 사이트 단골이었고. 처음에는 약물에 대한 조언이나 불면증 해소 방법을 알려 주며 친절하게 상담을 해 줬지만 정모를 통해 실제로 만나고 나서부터 자기한테 관심이 있다고 착각한 모양이다. 남자 친구 행세를 하는 메시지를 여러 차례 보내더니 다른 일에까지 간섭하기 시작했지."

"웃기는 놈이네요. 그래서요?"

"휴대 전화 번호를 바꿨지만 소용없었지. 집 주소까지 알아내자 히나코는 위협을 느낀 모양이야. 당시 살던 맨션을 처분하고 야반도주하듯 지금의 남편 집으로 들어와서 간신히 위기를 모면했지. 우울증이 재발한 뒤에 인터넷을 끊은 건 또 같은일이 일어날까 두려워서였을 게다."

"그랬군요. 남편은 어떤 사람입니까?"

"와타나베 기요시, 서른여덟이다. 대형 제분 업체에 다니는데, 요쓰야 본사의 가공식품 사업부에서 기업용 프리믹스 영업일을 하는 모양이야. 상의도 없이 무작정 집에 쳐들어온 히나코와 반년쯤 동거하다가 작년 십일월에 정식으로 혼인 신고를 했다. 와타나베가 재혼이라 식은 올리지 않은 모양이지만."

총경은 의미심장한 어조로 덧붙였다. 린타로는 무슨 뜻인지 재빨리 눈치채고 물었다.

"뭔가 사연이 있는 것 같네요. 불륜입니까?"

"비슷하다. 그 얘기를 시작하면 길어지니 나중에 말해 주마. 여기서만 하는 이야기지만, 범인은 와타나베 히나코를 살해하고 나서 목을 매 자살한 것처럼 보이도록 현장을 위장했다."

"자살로요?"

처음 듣는 이야기였다. 언론에는 보도되지 않았다. 범인밖에 모르는 정보를 언론에 흘리지 않는 건 용의자를 선별해 자백을 받아 내기 위한 상투적인 수법이었다.

"말은 위장 공작이지만 수법이 어설프기 그지없었어. 남편에게 자살한다는 문자 메시지를 보냈는데, 현장에서 피해자의 휴대 전화를 조사하니까 죽은 지 두 시간이나 지나서 보냈더구나."

"두 시간이나 지나서요? 그거야말로 자살행위 아닙니까?"

"그러게 말이다. 사건을 처음부터 순서대로 설명하마."

요쓰야의 회사에서 일하던 와타나베 기요시가 문제의 메시지를 받은 것은 지난주 월요일, 오후 6시가 지나서였다. 와타나베는 황급히 조후 경찰서에 연락해 사정을 설명하고 빨리 출동해 달라고 부탁했다.

와타나베 부부의 집은 나카이즈미 파출소의 관할 구역으로, 자전거로 채 십 분이 안 되는 거리였다. 당직 경관이 급히 현장에 도착했을 때 현관문은 잠겨 있지 않았다. 집 안에 들어가 2층 침실에서 목을 맨 히나코를 발견한 시각이 6시 25분.

"창문 커튼레일에 빨랫줄로 목을 맸는데, 발끝이 바닥에 닿을락 말락 한 높이였다고 한다. 소생 가능성은커녕 그 시점에는 이미 숨진 지 오래됐다는 걸 알 수 있을 정도였다고 들었다. 현장에 도착한 조후 서 경찰이 사체를 살펴보니 믁에서 턱까지 사후 경직이 시작된 상태였고, 직장의 온도 측정 결과와 종합해 사후 두 시간 삼십 분에서 세 시간 삼십 분이 지났음을 알아냈다.”

“사망 추정 시각은 3시부터 4시 사이로군요. 죽은 사람이 6시에 지금 죽을 거라고 메시지를 보냈을 리 없겠네요.”

“메시지를 보낸 시각 말고도 타살로 볼 소지가 다분했다.” 총경은 말을 이었다. “목매 죽은 경우에는 경동맥이 닫혀서 혈액 순환이 안 되기 때문에 낯빛이 창백해지거나 일혈점도 나타나지 않는다. 하지만 사체의 얼굴에서는 울혈과 일혈점을 또렷하게 확인할 수 있었지.”

“색흔은요? 목을 맨 경우에는 줄이 위로 당겨지켄서 목덜미에 비스듬하게 흔적이 남잖습니까.”

정석적인 질문에 노리즈키 총경은 고개를 저었다.

“거의 수평이고 빨랫줄의 모양과도 일치하지 않았다. 시반의 발견 부위도 시신이 이동했음을 말해 주고 있고. 요시카와선線은 없었지만, 누군가에게 교살된 뒤에 자살로 위장됐다는 것은 의심의 여지가 없지.”

요시카와선이란 타인에게 목을 졸릴 때 끈 종류의 흉기에서 벗어나기 위해 색흔 주변 피부에 피해자 자신의 손톱자국이 남은 것을 말한다. 피해자가 방심했거나 저항이 불가능한 상태일 경우에는 방어흔이 생기지 않는 까닭이다.

"법의학 지식이 없는 아마추어의 솜씨라는 건 알겠어요."

동의하는 시늉을 하고 나서 린타로는 고개를 갸웃거리며 말을 이었다.

"그렇다고 해도 위장 메시지를 보낼 때까지의 공백은 뭐죠? 피해자를 목매다는 시간을 포함해도 두 시간은 너무 긴 것 같은데. 저녁까지 현장에서 떠나지 못할 이유라도 있었던 걸까요?"

"그걸 설명해 줄 유력한 단서가 있다." 총경은 바로 대답했다. "검시하는 중에 시신의 양손 손톱이 깔끔하게 깎여 있는 것을 발견했지. 피해자가 스스로 깎은 게 아니라 죽고 나서 범인이 깎은 거다."

"손톱에서는 생활 반응이 나타나지 않는데 어떻게 죽은 뒤에 깎은 줄 알죠?"

"열 손가락의 손톱이 모두 좌우 균등하게 깎여 있었거든. 스스로 손톱을 깎으면 오른손과 왼손에 뚜렷한 차이가 난다. 오른손의 손톱은 왼손으로, 왼손의 손톱은 오른손으로 깎을 수밖에 없으니까 말이다. 그렇지 않다는 건 범인이 깎았다는 증거지. 일부러 손톱을 깎은 건 목을 졸랐을 때 저항하던 피해자가 할퀴었기 때문일 게다."

"아하." 린타로는 무릎을 탁 쳤다. "시신의 손톱에 범인의 피부 조직이 남아 있었겠군요."

"그렇지. 피해자의 팔을 제압할 때 입은 상처라면 요시카와 선이 없는 이유도 설명할 수 있지. 그 실마리를 B-탕으로 우리는 이렇게 생각했다."

노리즈키 총경은 눈을 가늘게 뜨며 새 담배를 꺼내 불을 붙였다.

"와타나베 히나코를 살해하고 겁에 질린 범인은 일단 현장에서 도주했다. 그 시점에서 위장 공작을 하지는 않았을 거다. 지문을 지운 흔적이 있는 점으로 보아 계획적인 범행이 아니며, 목을 조른 것도 우발적이었을 거야. 하지만 도강쳐서 거울을 보고 얼굴에 할퀸 자국이 있는 걸 깨달았지."

"아주 미세한 피부 조직만 있어도 DNA 감정으로 범인을 알아낼 수 있으니까요. 법의학 지식이 없어도 요즘 세상에는 상식이죠."

"그래서 범인은 증거를 인멸하려고 어쩔 수 없이 현장으로 돌아왔어. 범행 자체는 충동적이었지만, 그동안 자구책을 생각해 낼 정도의 이성을 되찾았겠지. 범인이 다시 현장에 나타난 건 아마 5시쯤이었을 게야."

"요즘은 해가 일찍 지니까 주변은 어두웠겠죠."

"그래서 유력한 목격 정보가 없다." 총경은 한숨을 내쉬었다. "사건 전후로 그 집에 드나드는 사람을 본 목격자도 없으니 시간대는 상관없을지도 모르지만……. 어찌 되었든 아직 범행이 발각되지 않았다는 사실을 알고 범인이 더욱 대담해진 건 틀림없다. 그렇게 다시 돌아와 현장을 위장하고 자살로 꾸미는 작업에 착수했다면 위장 메시지를 보낼 때까지 두 시간 이상의 공백이 발생한 점도 설명할 수 있지. 그런 허술한 위장으로 경찰의 눈을 속일 수 있을 리 없지만 그래도 구태여 자살로 위장한 까닭은 히나코의 병을 알고 있었기 때문일 게다."

대략적인 이야기를 들은 린타로는 어느 정도 상황을 파악할 수 있었다. 도쿄 23구 밖에 있는 고마에 시에서는 변사체가 발견되어도 감찰 의무원에 보고할 의무가 없다. 그런 까닭에 우울증 환자가 자살로 추측되는 상황에서 사망했을 경우, 검시 단계에서 사건성이 없다는 판단을 내릴 가능성이 크다.

어설픈 아마추어의 수법이라 해도 그 가능성을 염두에 두고 위장 공작을 했다는 건 도둑이나 정신 이상자의 무차별 범행이 아니라는 뜻이다. 범인은 피해자의 개인적인 사정을 어느 정도 알고 있는 인물이라 봐야 하리라.

"그뿐만이 아니다."

재떨이에 담뱃재를 떨며 노리즈키 총경은 연기를 하는 듯한 말투로 말했다.

"와타나베 히나코가 다니던 고마에 시의 정신과에서 흥미로운 사실을 알려 줬다. 사건이 일어나기 일주일 전에 이상한 전화를 받았다고 하더구나."

"무슨 전화였는데요?"

"자칭 가족이라는 남자가 시마타니 히나코라는 환자가 그 병원에 다니는지 물어봤다는구나. 물론 병원 측에서는 개인 정보 보호를 이유로 답변하지 않았지만, 나중에서야 시마타니가 와타나베 히나코의 처녀 적 성이라는 걸 알았지. 통화 기록을 조사해 봤더니 오후 5시가 지나서 조후 역 안의 공중전화에서 건 전화더라고."

"공중전화라고요? 그런 전화를 받은 병원이 또 있나요?"

"피해자가 다녔던 병원뿐이야. 그곳을 콕 집어 전화한 거지."

"그런 일이……."

린타로는 수상한 전화를 건 인물을 범인이라 가정하고 머릿속에 사건의 구도를 대략적으로 그렸다. 처녀 적 성으로 문의했다는 건 결혼 전에 알던 사이지만 결혼하고 나서 히나코가 일방적으로 관계를 끊은 인물임을 알려 주는 사실이리라. 그 남자는 아주 최근에 어떠한(우연한?) 계기로 히나코가 고마에시의 정신과에 다니는 사실을 알게 됐고, 주소를 알아내기 위해 가족인 척 병원에 전화를 걸었다. 정보를 얻지는 못했지만 남자는 일주일의 시간을 더 들여 히나코의 집을 알아냈고, 남편이 없을 때를 노려 침입했다…….

"듣고 보니 나루세 기이치의 범행을 의심할 만한 조건이 모두 모여 있네요."

"그렇지?" 총경은 아쉬운 듯 담배 끝을 물며 말했다. "죽은 자식 나이 세기나 진배없지만 더 들어 볼 테냐? 어디서 삐끗했는지 확인하고 싶구나."

"당연한 말씀을. 그 전에 커피 한잔 드실래요?"

"그거 좋지."

"용의자의 범위를 좁힌다 해도 처음부터 스토커의 정체를 알고 있던 건 아니다. SNS 우울증 사이트에서 만난 남자가 성가시게 굴었다는 건 히나코의 담당 의사에게 들은 이야기야. 상담을 받을 때 직접 말했다는구나. 하지만 구체적인 이름이나 사이트는 밝히지 않아서 어떤 남자인지는 전혀 알 수 없었지. 옛날 휴대 전화는 처분한 상태였고, 일 년 반이나 지난 일이라 당시의 접속 기록도 남아 있지 않았다. 본인이 기억에서 지워 버리고 싶어 했는지 남편도 더 자세한 사정은 모른다고 했어."

"그럼 어떻게 나루세를 찾아낸 거죠?"

"고육지책으로 현재 운영되는 여러 우울증 사이 트에 단편적인 정보를 흘렸다. 결혼 전의 피해자를 알거나 스토커가 누군지 아는 사람을 찾을 수 있을지도 모른다고 생각했지. 특히 남자 쪽은 다른 곳에서도 비슷한 행동을 해서 구설수에 올랐을 가능성이 크니까. 게다가 정신 건강에 관련된 사이트는 대부분 외부에 대해 폐쇄적 성향을 띠지만 내부에서는 서로서로 얽혀 있거든. 소문이 순식간에 돌 테니 방문자 수가 많은 여러 사이트를 모니터하다 보면 언젠가 용의자가 그물에 걸릴 거라 기대했지."

수사 정보의 일부를 언론에 흘린 것도 바로 그런 까닭에서였다. 품이 많이 드는 작업이었지만 각오한 바였다고 한다. 중상모략과 억측이나 다름없는 황당한 제보가 쇄도해서 정보를 걸러 내는 것이 쉽지 않았지만. 지난 몇 년 동안에 획기적으로 발전한 경시청의 사이버 감시 기술이 한몫했다. 수사본부는 결혼 전의 피해자를 안다는 게시글 중에 신뢰도가 높은 것들을 선별해서 작년 봄까지 시마타니 히나코가 자주 접속했던 우울증 사이트를 찾아내는 데 성공했다.

"사이트들을 골라내서 스토커의 실명을 알아내는 데 얼마나 애를 먹었는지 모른다. 관계자들이 전부 우울증 환자라 하던 대로 할 수도 없으니까 말이다. 결과적으로 나루세 본인에게 심리적인 압박을 준 모양이다. 언론 보도와 인터넷상에서 오가는 소문을 보고 경찰이 자신을 의심한다는 사실을 알아챘으니까.˝

˝그래서 변호사를 대동하고 수사본부를 찾아온 건가요?˝

˝사건 당일의 알리바이라는 선물까지 들고 왔지.˝ 총경은 자조적으로 말했다. ˝고급 포장지에 곱게 싸서 말이다. 그러니 감사히 받을 수밖에.˝

˝어디서 뭘 했답니까?˝

˝기타센주의 한 병원에서 광선 요법이라는 치료를 받았대. 태양 광선과 비슷한 빛을 일정 시간 동안 쬐어서 체내 시계를 조절하고 세로토닌 분비를 촉진시키는 치료라는구나. 계절성 우울증이나 수면 장애에 효과가 있는 모양이야.˝

˝정말로요? 수상한 대체 요법은 아니고요?˝

린타로가 미간을 찌푸리자 노리즈키 총경은 고개를 저었다.

˝보기에는 정상적인 병원 같았는데 또 모르지. 나루세는 가을부터 매주 월요일마다 병원을 찾아 한 시간 동안 치료를 받았어. 사건 당일에도 대기 시간과 의사 면담 시간을 합쳐 오후 3시 반부터 5시 반까지 병원에 있었던 걸 여러 직원들이 증언했다. 범행은 불가능했고 얼굴에 할퀸 자국도 없었다.˝

린타로는 팔짱을 끼고 나루세의 알리바이를 곱씹어 봤다. 사망 추정 시각은 3시부터 4시 사이. 고마에 시에서 기타센주까지는 열차를 이용하든 자동차를 이용하든 최소 사오십 분은 걸린다. 와타나베 히나코를 3시 정각에 죽였더라도 3시 반까지 병원에 도착하기는 어렵다.

"아슬아슬하네요. 사망 추정 시각을 삼십 분만 앞당기면 나루세에게도 범행 기회가 있었을 텐데. 히나코는 우울증 환자니까 항우울제를 복용했을 거 아닙니까. 그 부작용으로 사후 변화의 진행이 일반적인 경우보다 늦어졌을 수도……."

린타로가 즉흥적으로 떠오른 생각을 말하자 총경은 기가 차다는 듯한 표정으로 대꾸했다.

"억지 부리지 마라. 그런 사례는 들어 본 적도 없고, 그게 아니더라도 사망 추정 시각의 폭이 넓어질 일은 없다. 법의학과는 별도로 제삼자의 증언을 통해 히나코가 3시 직전까지 살아 있었던 사실이 입증됐으니까."

"제삼자의 증언이라뇨?"

"피해자의 휴대 전화 통화 기록으로 사건 당일 오후 2시 반쯤에 마에바시 시에 사는 세리자와 사에라는 사람에게 전화를 건 사실이 밝혀졌거든. 마에바시는 피해자의 고향이고 사에는 고등학교 동창이었어. 본인에게 확인했더니 분명히 그 시간에 히나코에게 전화가 와서 이십 분쯤 통화를 했다고 증언했어."

지난달에 결혼한 세리자와 사에는 히나코에게 축하 편지를 받았지만 통화는 오랜만이었다. 그렇지만 피해자의 목소리가 틀림없다고 했다. 히나코의 병에 대해 알고 있었기에 부담이 될 정도의 깊은 이야기는 하지 않았지만 생각보다 밝아 보였고, 물론 자살을 암시하는 발언도 없었다고 한다.

"십 분 전 3시라." 린타로는 머리를 긁적였다. "범행과 이동을 사십 분 안에 끝내기는 불가능하네요."

"나루세는 범행뿐 아니라 오후 6시의 가짜 메시지도 보낼 수 없는 상황이었어. 전파가 피해자의 집 근처에서 발신되었다는 사실을 확인했거든. 시신을 자살로 위장할 시간적인 여유도 없었으니 사건과는 무관하다고 봐야겠지."

"히나코가 다니던 병원에 걸려온 수상한 전화는요?"

확실하게 해 두기 위해 묻자, 총경은 단단히 못을 박듯 고개를 저었다.

"전화가 온 건 사건이 일어나기 일주일 전이라고 했잖냐. 그 시간에 나루세는 광선 요법 치료를 받으러 기타센주의 병원에 있었다. 조후 역에서 전화를 거는 건 불가능하지."

"전화도 아니다……. 차라리 잘됐네요."

린타로는 다시 팔짱을 끼고 머릿속을 정리했다. 수사본부가 나루세 기이치를 의심한 건 병원에 전화했던 수상한 사람이 히나코를 와타나베가 아닌 시마타니라는 성으로 불렀기 때문이었다. 전화를 건 타이밍도 그렇고, 정체를 감추려고 공중전화를 사용한 점도 사건과 무관하다고 볼 수는 없었다.

하지만 이를 모두 알리바이가 존재하는 이상 나루세는 결백하다고 봐야 한다. 그렇다고 하더라도 수상한 전화를 건 인물과 히나코를 살해한 범인이 동일인이라는 추정은 흔들리지 않는다. 그럼 전화를 건 사람은 누구인가? '결혼 전에 알던 사이지만 결혼하고 나서 히나코가 일방적으로 관계를 끊은 사람'이라는 조건을 만족시키는 인물의 범위는 한정되어 있는데…….

아니, 그 조건에는 허점이 있다.

수사본부가 간과한 부분을 깨닫고 린타로는 씩 웃었다.

"나루세가 결백하다면 가능성은 두 가지로 좁혀지네요."

"두 가지?"

"네. 먼저 생각할 수 있는 건 문제의 우울증 사이트에 또 다른 잠재적 스토커가 존재했을 경우입니다."

"그건 우리가 이미 조사했다." 총경은 딱 잘라 말했다. "수사 단계에서 당시 사이트 관계자 여러 명과 접촉했는데, 그에 해당되는 인물은 나루세 하나밖에 없었어. 만일 또 다른 스토커가 존재했다면 나루세와 어떠한 마찰이 있었을 거야. 하지만 당사자인 나루세도 딱히 짚이는 사람이 없다고 진술했다."

"그렇겠죠. 그러면 남은 가능성은 하나뿐입니다. 범인은 수사를 잘못된 방향으로 유도하려고 일부러 그런 전화를 건 겁니다."

"처음부터 나루세에게 죄를 뒤집어씌울 작정이었다는 게냐?"

"네. 다니던 병원을 콕 집어 전화한 것도 바로 그 때문이겠죠. 수상한 전화를 건 인물은 전부터 히나코의 동정을 파악하고 있었습니다. 그의 진짜 목적은 나루세가 범행을 예고하는 듯한 흔적을 남기는 일이었죠."

연이어 지적하자 총경은 석연치 않은 표정으로 말했다.

"그건 네 생각이 좀 지나친 것 같구나. 당시 사이트 관계자 가운데 히나코를 살해할 동기를 가진 사람은 없었다. 나루세를 싫어하는 사람이 있었을 수도 있지만, 사람 하나를 궁지에 몰자고 무고한 히나코를 끌어들이는 건 그야말로 본말이 전도된 형국이 아니냐. 그런 번거로운 수고를 하지 않아도 다른 방법이 있었을 게다."

"그런 뜻이 아닙니다."

린타로는 아버지의 반박에도 끄떡하지 않고 고개를 저었다.

"말려든 건 나루세 쪽이고, 범인의 표적은 히나코였습니다.

병원에 처녀 적 성인 시마타니로 문의한 건 나루세에게 혐의를 씌우는 동시에 자신의 정체를 드러내지 않기 위한 연막이었던 거죠. 사이트 관계자가 아니라도 그가 스토커였다는 사실을 아는 인물이라면 흉내 내기는 어렵지 않으니까요."

"잠깐. 사이트 관계자 말고 그 사실을 아는 사람은 히나코 본인과 남편 기요시, 그리고 주치의뿐이다. 설마 주치의가 꾸민 일이라는 거냐?"

"물론 아니죠."

"그러면 남는 건 와타나베 부부밖에 없다. 하지만 히나코는 피해자고 남편 기요시에게도 완벽한 알리바이가 있다. 네 이야기는 당최 갈피를 잡을 수가 없구나."

"잘 생각해 보세요. 일 년 반 전에 히나코의 사생활에 큰 관심을 가졌던 인물이라면 나루세의 존재를 알고 있었을 가능성이 있습니다. 아버지는 유력한 용의자가 없다고 하시는데, 가장 중요한 인물을 잊고 계신 거 아닙니까? 와타나베 히나코를 죽일 가장 강력한 동기를 가진 사람을요."

"가장 강력한 동기를 가진 사람?"

"와타나베 기요시의 전처입니다." 린타로는 말했다. "히나코와는 직장 내 불륜이었다면서요. 남편의 외도를 알아챈 전처가 흥신소에 의뢰해 불륜 상대의 신변을 조사했다면 당연히 스토커의 존재도 알았을 겁니다. 동기는 남편을 빼앗은 여자에게 복수하는 것이고, 이혼하자마자 히나코를 죽이지 않은 건 시간차를 두어서 용의 선상에서 멀어지기 위해서죠. 병원에 전화했을 때는 음성 변조기를 이용해 남자 흉내를 냈을 겁니다.”

총경은 잠시 말이 없었다.

그러더니 겸연쩍은 듯 담배에 불을 붙이고 천천히 연기를 뱉으며 말했다.

“네 추리에는 치명적인 결함이 있다. 와타나베 기요시의 전처는 도모요라는 여자인데 유능한 이벤트 플래너였다고 한다. 작년 삼월에 교통사고로 세상을 떠났지만.”

이번에는 린타로의 말문이 막힐 차례였다.

삼 보 전진에 이 보 후퇴.

노리즈키 총경이 욕조에 몸을 담그고 있는 동안, 린타로는 흘러간 유행가를 흥얼거리며 거실을 빙글빙글 돌았다. 잘못된 결론에 다다른 것은 아버지의 설명이 부족했기 때문이다. 전처가 죽었더라도 수상한 전화를 건 인물에 대한 가설은 아직 살아 있다.

재혼 뒤의 관계자이자 스토커의 존재를 알고 있던 건 와타나베 부부와 정신과 주치의뿐이었다. 주치의의 자작극일 가능성은 없을 테고, 아내인 히나코는 피해자다.

인생은 원투 펀치.

"이런 시간에 흘러간 가요 부르기냐?" 목욕을 마치고 나온 총경이 상쾌한 얼굴로 물었다. "목욕물 식기 전에 너도 얼른 씻어라."

"그 전에 하나만 물어볼게요. 와타나베 기요시의 전처가 사망한 사고에 대해 확인할 게 있습니다."

연장전을 요청하자 총경은 끙 소리를 냈다. 오늘은 곧바로 잠자리에 들 작정이었다며 볼멘소리를 하더니 목에 수건을 건 채로 자리에 앉았다.

"하는 수 없지. 도모요의 사고가 뭐 어쨌다고?"

"작년 삼월에 사망했다고 했죠? 그러면 와타나베 기요시는 채 이 년도 되지 않아 두 번이나 아내를 잃은 셈이네요."

총경은 손으로 날짜를 세며 동정적인 어조로 말했다.

"딱 이십 개월이로구나. 정말 팔자도 사납지."

"단순히 팔자 문제일까요?" 린타로는 강조하듯 말했다. "직장 내 불륜 상대였던 두 번째 부인은 혼인 신고를 하고 나서 일 년 만에 살해됐습니다. 일반적으로 가장 먼저 남편을 의심해야 하지 않습니까?"

"네가 무슨 말을 하는지는 알겠다만 와타나베 기요시는 아니다. 히나코가 살해된 날은 아침부터 쭉 요쓰야의 회사에 있었고, 아내의 우울증 치료에도 최선을 다했다고 들었다. 전처인 도모요는 우발적인 사고에 휘말려 죽은 거고."

"하지만 그 사고가 조작된 것이라면? 기요시는 히나코와 불륜 관계였습니다. 그런데 아내가 갑자기 사고로 죽었다? 이런 행운이 또 있을까요?"

총경의 대답은 부정적이었다. 사고 조서와 공판 기록을 찾아 훑어봤지만 사고 당시 상황에 미심쩍은 점은 없었다고 했다.

"도모요는 결혼하고 나서 직장을 그만두지 않고 계속 일했다. 고객과 만나고 돌아오는 길에 트럭에 치였지. 운전사는 자동차 운전 과실 치사로 유죄 판결을 받았지만 집행 유예로 구속되지는 않았어. 가네코 나쓰오라는 사십 대 남자인데, 무사고에 속도위반 딱지 한번 뗀 적 없는 우수한 운전자였지. 실형을 면한 건 합의가 이루어졌고 피해자 측에도 과실이 있었기 때문이야."

"구체적으로 어떤 과실입니까?"

"당시 개인적인 문제 때문에 정신적으로 힘들어했었다고 들었다. 정신을 다른 데다 판 상태에서 주차하던 차 뒤에서 갑자기 차도로 뛰어나와 트럭 운전사도 미처 피하-지 못했다는구나."

"남편의 외도 때문이겠죠." 린타로는 딱 잘라 말했다. "그러면 사고와 상관없다고 할 수는 없지 않습니까. 사고의 간접적인 원인을 제공했다고 봐도 되고요."

"아니, 상관없다. 도모요는 생전에 고위험 레버리지 투자에 실패해 거액의 손실을 입었거든. 빚에 시달려서 정신적 고통을 받았던 모양이야. 사고 직전에 남편과 상의도 없이 자기 생명보험을 해약해서 그 돈으로 빚을 갚았다고 들었다."

"보험을 해약했다고요? 금액이 얼마나 됐습니까?"

"거기까지는 모르지만 맞벌이를 전제로 주택 담보 대출을 받았었다고 하니, 그 비슷한 금액이겠지. 합의금은 얼마 받지 못했고 생명 보험도 날아갔으니 엎친 데 덮친 격이었을 게야. 봐라, 이래도 팔자가 사나운 게 아니냐?"

아버지의 목소리에서는 의심이 느껴지지 않았지만 린타로의 의혹은 더욱더 깊어졌다.

연달아 아내를 둘이나 잃다니. 단순히 불운의 연속이라 보기는 어려웠다. 두 여자를 모두 죽이지는 않았더라도, 도모요의 갑작스러운 죽음이 히나코 살인의 계기가 되었을 가능성이 있다.

"전처가 죽었을 때 날린 보험금을 다시 받으려고 재혼을 서둘렀는지도 모릅니다. 히나코도 보험에 가입되어 있었죠?"

아들의 물음에 노리즈키 총경은 입을 꾹 다물고 고개를 끄덕였다.

"혼인 신고를 하고 나서 부부가 새로 보험에 가입했다. 원금까지 합치면 액수가 제법 클 거야. 그러고 보니 검시 보고에 대해 보험사 조사팀에서 여러 차례 문의가 들어왔다. 은근슬쩍 자살로 처리할 속셈이겠지만 어림도 없는 일이야."

"우울증으로 인한 자살이라면 면책 기간이라도 보험금은 나오지 않습니까?"

린타로가 고개를 갸웃거리자 총경은 고개를 저었다.

"그건 계약에 하자가 없었을 경우에나 해당되지. 보험사 측의 말로는 히나코는 결혼하기 전에 자율 신경 실조증 진단을 받았다는구나. 실제로는 우울증 초기였음에도 남편 기요시는 그 사실을 숨기고 보험에 가입하면서 과거 병력을 고지하지 않았어. 고지 의무 위반으로 계약을 무효화할 수 있기 때문에 자살이면 보험사로서는 잘된 일이지."

고지 의무 위반! 린타로는 그제야 사건의 핵심이 보이는 것 같았다.

"중요한 사실을 깜빡했네요. 정신 질환으로 치료를 받은 이력이 있으면 자살 고위험군에 속하기 때문에 보험 가입이 어려울 텐데……."

"그래서 남편을 의심하는 건 말이 안 된다는 거다. 네 말은 와타나베 기요시가 알리바이를 확보하기 위해 곧범자에게 명령해 대리 살인을 저질렀다는 거지?"

"네. 거액의 보험에 가입했다면 그게 가장 자연스러운 해석이니까요."

"하나만 알고 둘은 모르는 녀석 같으니. 히나코를 죽인 동기가 보험금이라면 범행을 자살로 위장하는 것만큼은 절대로 피하려 했을 게다. 보험금 살인을 계획한 녀석이 고지 의무 위반이 된다는 사실을 몰랐다니, 잠꼬대 같은 소리 마라."

"잠꼬대는 아니고요……."

린타로는 슬쩍 흘려 넘기고 몸을 앞으로 내밀며 말했다.

"딱 봐서 자살이 아닌 줄 알 수 있는 상황이었죠?"

"뭐라고?" 총경은 코를 씰룩거리며 물었다. "그게 무슨 뜻이냐?"

"말 그대로입니다. 아버지가 그러셨잖아요. 허술한 아마추어의 수법을 보고 타살인 줄 알았다고요. 덤으로 죽은 지 두 시간이 지난 뒤에 누가 봐도 가짜라는 것을 알 수 있는 메시지까지 보냈고요."

"그건 히나코를 살해할 때 그녀가 얼굴을 할퀴어서……."

"정말 그럴까요?" 린타로는 자신의 물음에 고개를 저으며 말을 이었다. "아까 말씀드린 결론은 조리가 맞지 않은 부분이 있었지만, 죽은 전처 자리에 남편인 기요시를 대입하면 논리적으로 설명할 수 없는 부분은 없으니까요. 수사를 잘못된 방향으로 유도하는 것이 병원에 걸려온 수상한 전화의 목적이었다면, 범행 현장을 자살로 위장한 이유 역시 의도를 의심해 봐야 하지 않겠습니까?"

"설마. 단박에 자살인 줄 알아채도록 일부러 그런 어설픈 위장 공작을 펼쳤다는 뜻이냐?"

린타로가 고개를 끄덕이자 총경은 얼굴을 찌푸렸다.

그리고 두 번이나 연이어 요란하게 재채기를 했다.

"그러다 감기 걸리시겠어요. 오래 붙잡아서 죄송해요. 오늘은 이쯤에서 끝내고 내일 다시 얘기하죠."

"웃기는 소리 마라."

총경은 코를 문지르며 버럭 소리쳤다. "이야기를 듣다 말고 잠이 오겠냐. 걸칠 것을 가져올 테니 꼼짝 말고 기다려라."

방으로 들어가 즐겨 입는 도테라*를 걸치고 돌아온 아버지에게 린타로는 뜨거운 차가 담긴 찻잔을 내밀었다. 총경은 혀가

---

* 일반 기모노보다 크게 만든 솜옷.

데지 않도록 차를 홀짝거리며 방금 전과는 전혀 다른 명령조로
말했다.

"계속해 봐라."

"아까 아버지가 지적한 대로 공범자가 존재했다면 와타나
베 기요시의 알리바이는 쉽게 무너뜨릴 수 있습니다. 하지만
타살 사건이라면 가장 먼저 보험금을 노린 대리 살인임을 간파
당할 위험이 있죠. 사고사로 위장하려 해도 사정은 마찬가지일
겁니다. 와타나베 기요시는 그런 위험을 피하기 위해 공범자에
게 범행을 자살로 위장하도록 지시해 용의 선상에서 멀어진 겁
니다."

"그건 무슨 말인지 알겠다. 히나코는 우울증으로 거의 바깥
출입을 하지 않았고, 도모요의 죽음도 아직 사람들의 기억에
남아 있었지. 사고로 위장하면 도리어 의심을 사리라고 보고
대리 살인을 저질렀을 수도 있다. 하지만 자살로 위장하면 또
다른 위험이 발생하지 않겠냐? 위장 공작이 역효과로 작용해
보험사에 지급을 거부할 빌미를 주면 모든 노력은 물거품으로
돌아가니 말이다."

린타로는 콧등을 긁적이며 차분한 목소리로 대답했다.

"그렇게 되지 않도록 히나코가 다니던 병원에 전화를 걸어
떡밥을 던진 거죠. 전화를 건 사람은 아마 공범자일 테지만, 그

러기 위해서 나루세 기이치의 정보를 알고 있을 필요는 없습니다. 오히려 와타나베 기요시가 바라던 건 과거에 스토커에게 시달렸다는 사실만 부각되어 그 남자의 정체를 알아내지 못한 채 사건이 미궁에 빠지는 결말이었겠죠. 설마 스토커 본인이 스스로 경찰서를 찾아와 선물까지 딸린 알리바이를 제시할 줄은 꿈에도 몰랐을 겁니다."

"나루세에게 휘둘린 것도 헛고생은 아니었나 보군."

총경은 농담 반 진담 반인 표정으로 말하더니 목을 뻣뻣이 세우며 말했다.

"다시 한번 와타나베 기요시의 신변을 조사할 필요가 있을 것 같구나. 하지만 현실적으로 대리 살인을 받아들일 자를 쉽게 구할 수 있을까?"

린타로는 새어 나오는 웃음을 참았다.

"이건 제 추측인데요, 도모요를 친 트럭 운전사 가네코 나쓰오 말입니다. 지금 어떻게 사는지 아세요?"

생각에 잠긴 표정으로 묻자, 총경은 눈을 깜빡이며 대답했다.

"거기까지 파악하지는 못했다만, 집행 유예 처분을 받았더라도 일은 그만뒀을 게다. 이 불경기에 재취업도 쉽지 않았을 테고……. 가네코 나쓰오가 히나코 살해에 관여했을 가능성이 있다는 소리냐?"

"금전적으로 어려웠다면 공범 후보로는 더할 나위 없지 않을까요. 가네코는 유족에 대한 죄책감이 컸을 테고, 살해할 상대는 자살 위험이 큰 우울증 환자라 내버려 둬도 그리 오래가지는 못했을 겁니다. 와타나베 기요시가 보험금을 나눠 주겠다고 제안했다면 도박하는 마음으로 두 번째 아내 살해에 가담했어도 이상할 건 없겠죠."

"음. 인생은 원투 펀치…… 그 말이냐?"

06

살인자와 공갈범

취급 주의
  − 본 제품은 잉크젯 프린터 전용입니다. 본 제품이 대응하는 프린터 괴에는 사용하지 마
    십시오.
  − 본 제품을 가공하거나 거칠게 다루지 마십시오.
  − 본 제품의 잉크는 식용이 아닙니다.
  − 본 제품을 사용하다 알레르기 반응을 일으킬 가능성도 있으니 유의해 주십시오.

'호환 잉크 카트리지 사용 시 주의할 점'

"기요시 씨 맞으시죠? 세리자와입니다. 무리한 부탁을 드려
서 죄송합니다."

"제가 감사하죠. 여기까지 오시느라 고생하셨습니다."

유메노시마는 정중하게 고개를 숙이며 세리자와 사에를 맞
이했다.

일요일 오후였다. 히나코가 죽은 지 벌써 이 주째였다.

장례식은 가까운 친지들끼리 간소하게 치른 까닭에 사에와
는 처음 만나는 자리였다. 처녀 적 성은 야부우치라고 들었다.
얼마 전에 엽서를 보내 결혼 소식을 알린 걸로 기억하는데, 신
혼의 들뜬 분위기는 느껴지지 않았다. 신경질적인 얼굴에 조문

용으로 옅게 화장을 한 탓인지 히나코와 동갑인데도 훨씬 나이 들어 보였다.

사실 별로 만나고 싶지는 않았지만, 그저께 밤에 전화를 걸어와 영전에 분향을 꼭 하고 싶다고 애원해서 거절할 수가 없었다. 고등학교 때부터 친했던 친구였고 생전에 히나코가 마지막으로 대화를 나눴던 상대이기도 했다. 무턱대고 거절했다가 공연히 오해라도 사면 일이 더 성가셔질 수도 있었다.

"이쪽입니다."

거실에 차려 놓은 제단으로 안내하자 발밑에서 먼지가 일었다. 지난 보름 동안 제대로 청소하지 않은 방에 손님을 들였지만 그리 창피하지 않았다. 아내를 잃고 슬픔에 젖은 남편을 연기하고 있는 까닭이리라.

영정에 합장을 하고 난 뒤 세리자와는 조의금을 건넸다.

"이렇게 와 주신 것만 해도 감사할 따름입니다. 마음만 받을 테니 넣어 두십시오."

마에바시에서 여기까지 왕복 차비만 해도 만만치 않았을 터다. 정중하게 사양하자 상대는 주저하는 기색을 보이며 봉투를 도로 넣었다. 기분 탓인지는 몰라도 그 모습이 진심이 담기지 않은 형식적인 동작처럼 보여서 유메노시마는 순간적으로 불쾌감을 느꼈다.

상대도 유메노시마의 속마음을 알아챘는지 느닷없이 가방에서 다른 봉투 하나를 꺼내며 말했다.

　"히나코에게 받은 결혼 축하 편지예요. 기요시 씨 이야기도 있어서 읽어 보시라고 가져왔어요."

　"마음 써 주셔서 감사합니다."

　봉투에서 낯선 냄새가 났다. 세리자와의 화장품 냄새가 밴 모양이다. 유메노시마는 편지지를 꺼내 조심스레 펼쳤다. 편지지를 빼곡히 채운 히나코의 글씨를 본 순간 코끝이 찡해져서 저도 모르게 눈물이 찔끔 났다.

　다시 그 냄새가 났다.

　곱슬머리 노인의 입 냄새. 그런 냄새가 날 리 없는데도 정로환 맛이 입안 가득히 퍼져서 숨이 막혔다. 이쿠루의 외삼촌을 해친 그날 밤부터 계속해서 그를 괴롭히는 냄새였다. 죄책감에 시달리고 있다는 사실을 인정하기는 싫었지만, 히나코가 죽고 나서 증상은 더욱더 심해지고 있었다.

　"저기, 괜찮으세요?"

　"연기가 눈에 들어가서요." 유메노시마는 애써 둘러댔다. "죄송합니다. 감정이 격해져서 도저히 읽을 수가 없네요. 당분간 제가 보관해도 되겠습니까?"

　"그러세요. 전 상관없어요."

죽은 아내가 그리워서 눈물짓는다고 생각한 모양이었다. 유메노시마는 고개를 숙이고 편지지를 다시 봉투에 넣어 제단에 올려놓았다. 입안의 불쾌한 냄새는 아직도 남아 있었다.

"차를 내오겠습니다."

세리자와는 일어서려는 유메노시마에게 괜찮다고 사양하며 말을 이었다.

"히나코를 죽인 범인은 아직 잡히지 않았나요? 방송에서는 스토커의 범행이라더니, 지난 며칠은 뉴스에 전혀 나오지 않아서요."

그 화제는 피할 수 없는 관문이었다. 유메노시마는 자리에 다시 앉아 고개를 저었다.

"경찰 조사에서 나루세라는 스토커에게 시달렸다는 사실이 밝혀졌지만 그놈에게는 알리바이가 있었습니다."

"알리바이요?"

유메노시마는 괴로운 듯 한숨을 쉬며 담당 형사에게 들은 이야기를 전했다. 유력한 용의자의 결백이 증명되어 실망한 모습을 감출 필요는 없다. 유족 입장에서는 당연한 반응이기 때문이었다. 더구나 정체불명의 스토커에게 죄를 뒤집어씌울 속셈이 실패로 돌아갔기 때문인 줄은 꿈에도 모르리라.

"그럼 진범이 따로 있다는 말씀이신가요?"

동요한 기색이 역력한 세리자와의 물음에 유메노시마는 어깨를 으쓱하며 대답했다.

"모르겠습니다. 경찰에서도 수사에 별 진전이 없는지 새로운 정보는 아무것도 없었습니다."

"혹시 그 일 때문인가?"

세리자와는 안절부절못하는 표정으로 중얼거렸다. 뭔가 짐작 가는 데가 있느냐는 유메노시마의 물음에 세리자와가 대답했다.

"실은 며칠 전에 이런 사람이 찾아왔었어요."

그녀는 다시 가방을 뒤져 명함 하나를 꺼냈다. 낯선 이름이었지만 보험 조사 업체의 조사원이라는 직함은 기억이 났다.

"히나코가 가입한 보험사의 하청 업체로군요. 저한테도 같은 회사에서 사람이 찾아왔었습니다. 뭐라고 하던가요?"

"사건 당일에 히나코와 통화했을 때 뭔가 이상한 낌새가 없었냐고 물었어요."

"이상한 낌새? 그게 무슨 뜻입니까?"

"자살 기도를 할 낌새를 느끼지 못했느냐며 꼬치꼬치 캐묻더군요."

"하지만 그런 낌새는 없었잖습니까." 유메노시마는 무심결에 힐난조로 되물었다. "자세히 듣지는 못했지만 담당 형사님한테 듣기로는 세리자와 씨와 통화할 때 생각보다 밝아 보였고 자살을 암시하는 발언도 없었다고 하던데요."

"조사원에게도 그렇게 말했어요. 하지만 순순히 받아들이지 않고 끈질기게 같은 질문을 하더라고요. 아무리 사소한 일이라도 상관없으니 생각이 나거든 언제라도 연락 달라고요."

"염치도 없는 인간들 같으니. 가족을 잃은 슬픔은 생각도 하지 않는 건가."

유메노시마는 어금니를 악물었다. 짜증이 솟구쳐서 주먹으로 무릎을 치다 조사원의 명함을 구길 뻔했다. 그래도 머릿속 한구석에서는 세리자와의 존재를 의식하고 있었다.

이 여자에게 짜증을 낸들 얻을 수 있는 건 없다. 보험사의 감언이설에 넘어가지 않도록 정에 호소해 자기편으로 만드는 게 중요하다. 유메노시마는 눈을 내리깔고 말할 기회를 엿보듯 숨을 들이마시고 나서 세리자와의 눈을 보며 말했다.

"히나코는 점점 좋아지고 있었습니다. 자살이라니 당치도 않습니다. 흉악한 살인범에게 귀한 목숨을 잃었고, 경찰도 타살이라고 인정했어요. 그런데도 보험사 놈들은 쥐새끼처럼 여기저기 쑤시고 돌아다니며 자기들에게 유리하게 정보를 날조해 히나코 목숨의 가치를 없애려 하고 있습니다. 정말 용서할 수 없는 행위죠."

의아한 표정의 세리자와에게 유메노시마는 사정을 설명했다. 생명 보험에 가입할 때 정신 질환 병력을 고지하지 않은 까닭에 만일 우울증으로 인한 자살로 인정되면 보험금을 받을 수 없다는 이야기였다.

"고지를 하지 않은 건 분명 제 잘못입니다. 하지만 나쁜 마음을 먹고 그런 것도 아니고, 애초에 이번 일과는 아무 상관도 없습니다. 아까도 말씀드렸다시피 히나코의 증세는 좋아지고 있었습니다. 갑자기 자살할 이유가 없단 말입니다."

"정말 그럴까요?" 느닷없이 세리자와가 되물었다. "우울증 환자는 회복기에 자살 위험이 크다고 들었어요."

"네?"

예상치 못한 반응에 유메노시마는 당황했다.

"아니, 그런 문제가 아닙니다. 히나코가 누군가에게 살해되었다는 건 이미 입증된 사실입니다. 담당 형사님이 단언했다고요. 얼굴의 울혈이나 목에 남은 흔적을 보면 범인이 자신의 범행을 위장하기 위해 자살인 것처럼 시신을 매단 거지. 자살이 아니라는 건 한눈에 알 수 있다고요. 저도 제 눈으로 직접 확인했습니다. 형사님의 말대로 자기 손으로 직접 목을 맸다면 그런 흔적은 남지 않았을 겁니다."

"목을 맸다면 그렇겠죠. 하지만 자기 목을 졸라 자살하는 사람도 있답니다."

"자기 목을 조른다고요?"

세리자와는 진지한 얼굴로 고개를 끄덕였다. 눈빛이 어두웠다. 왜 느닷없이 그런 소리를 하는 걸까. 유메노시마는 상대의 의중을 파악하지 못하고 물었다.

"그런 일이 가능할까요. 자기 목을 조른다고 단번에 숨이 끊어지는 것도 아닌데요. 의식을 잃은 순간부터는 팔에 힘이 빠져서 계속할 수 없으니까요."

"일반적으로 생각하면 그렇죠. 하지만 못 할 것도 없어요."

이상하게 자신만만한 말투였다. 세리자와의 눈빛이 더욱 어두워지더니 그 속에서 번뜩이는 빛이 느껴졌다. 유메노시마는 가슴이 울렁거렸지만 그 눈빛에 빠져들어 그녀의 불온한 이야기를 막지 못했다.

"자기 목을 졸라서 죽는 방법이라 자교사自絞死라고 불러요."

여자는 옷깃을 헤치더니 고개를 젖혔다. 피부 아래로 푸르스름한 정맥이 보였다.

"목에 끈을 꽉 묶고 수건 거는 봉이나 대걸레 자루 같은 데다 매듭을 묶어요. 그리고 막대 양쪽을 잡고 태엽을 감듯이 줄을 꼬아요. 끝까지 꼰 상태에서 풀리지 않도록 막대를 고정하면 의식을 잃어도 목을 조르는 힘은 남아 있어서 금방 질식사

하죠. 목을 매는 것과 다르게 경동맥은 완전히 막히지 않고, 끈 자국도 수평이라 겉보기에는 목 졸라 살해된 시체처럼 보이죠. 나중에 막대를 치우면 타살인지 아닌지 알 수 없고요."

"그만하시죠. 히나코의 영전에서 무슨 말씀이십니까."

유메노시마는 간신히 목소리를 쥐어짜 세리자와의 말을 막 았다.

세리자와는 영정을 힐끗 보더니 미안해하는 기색도 없이 옷 깃을 여몄다. 격앙된 것처럼 들리지 않도록 유메노시마는 낮고 무뚝뚝한 목소리로 말했다.

"네, 말씀대로 그렇게 죽는 방법도 있을 수 있죠. 하지만 히 나코가 그런 특수한 방법을 알았을 리가 없습니다.'

"알고 있었어요."

"뭐라고요? 그걸 어떻게 압니까?"

"저희 오빠가 그렇게 자살했거든요." 여자의 눈이 번뜩였다. "히 나코도 그걸 알고 있었어요. 그러니까 마음만 먹으면 똑같이 자 살할 수 있었을 거예요."

유메노시마는 숨을 삼켰다.

히나코의 영정에 자연스레 눈길이 갔다. 그래, 분명히 그런 이야기를 했었다. 친구의 오빠가 자신과 같은 병으로 자살해서 파혼당한 적이 있다고.

유메노시마는 동요했다. 무심코 세리자와의 이야기를 진심
으로 받아들일 뻔했다.

하지만 그럴 리 없다.

머릿속을 스쳐 지나가는 스페이드 퀸의 모습에 유메노시마
는 이성을 찾았다.

동요할 것 없다. 히나코의 죽음은 노래방에서 계획한 그대
로였다. 보험금을 노린 대리 살인이라는 사실을 들키지 않도록
목을 매 자살한 것처럼 위장하고, 임무 완료를 알리는 신호로
가짜 메시지를 보내 달라고 부탁한 것도 바로 자신이었다.

동지들과의 대화를 떠올리며 유메노시마는 단호하게 고개를
저었다.

"세리자와 씨의 말은 앞뒤가 맞지 않습니다. 히나코의 시신
에는 죽은 뒤에 손을 댄 흔적이 남아 있었단 말입니다. 거기다
가짜 메시지까지 받았고요. 자살한 사람이 그런 데까지 신경
쓸 겨를이 있겠습니까?"

"가능해요. 자살 지원 네트워크라고 들어 보셨어요? 사람들
의 눈이나 남은 가족 때문에 자살을 알리고 싶지 않다는 사람
들을 위해, 자살한 후 몰래 뒤처리를 해 주는 봉사 단체가 있대
요. 그런 곳에 부탁하면 타살로 처리되도록 손을 써 주지 않을

까요?"

답변이랍시고 어처구니없는 뜬소문을 지껄이는 세리자와의 모습을 보니 단번에 설득력이 사라졌다.

상대방도 진심은 아닐 터였다. 유메노시마의 계획을 알아챈 눈치는 아니었지만 뭔가 꿍꿍이가 있어서 일부러 말도 안 되는 거짓말을 하는 것이 틀림없었다.

유메노시마는 경계하는 빛을 띠며 정중한 말투로 물었다.

"그런 목적이라면 더더욱 목을 매달아 자살한 것처럼 꾸미지는 않았겠죠."

"모르는 일이죠. 도중에 차질이 생겼을 수도 있고요."

"정말 어처구니가 없군요. 설마 이 얘기를 보험 조사원한테 하지는 않았겠죠?"

"그럴 리가요. 히나코는 살해된 거잖아요?"

세리자와는 능청스럽게 말했다. 유메노시마가 얼굴을 찌푸리자 그녀는 말을 이었다.

"그렇지만 제가 오빠 얘기를 하면 보험사에서는 쌍수를 들고 환영하겠죠. 오빠가 어떻게 죽었는지 정도는 마음만 먹으면 금방 알 수 있으니까요. 히나코가 전화로 이상한 소리를 했다고 말하면 타살 판정도 뒤집힐지도 모르죠. 조사 협력비 명목으로 얼마쯤 사례금이 나오지 않을까요?"

"거짓 증언으로 사례금을 받는 건 사기입니다." 유메노시마는 단단히 못을 박았다. "그런 이야기는 하지 않았다고 아까 당신 입으로 직접 말하지 않았습니까."

"네, 맞아요. 히나코는 자살의 '자' 소리도 꺼내지 않았어요……. 그렇지만 진실을 아는 건 저 혼자라는 점도 잊지 마세요. 그걸 전제로 부탁이 하나 있어요. 아까 드린 히나코의 편지를 사 주시겠어요? 값은 최대한 깎아서 이십만에 드릴게요. 죽은 아내의 소중한 유품이니까 결코 비싼 게 아니라고 생각해요."

처음부터 이럴 속셈이었군. 유메노시마는 꿈쩍도 하지 않고 조용히 한숨을 내쉬었다.

"날 협박하는 겁니까?"

"어머, 그런 거 아니에요." 진심으로 그렇게 믿는 투였다. "그저 저희도 신혼이라 주택 대출이다 뭐다 해서 여기저기 돈 들어갈 데가 많아요. 이 집도 그렇다고 들었어요. 히나코 일은 안됐지만 산 사람도 마냥 편하지만은 않아요. 살아가려면 필수 불가결한 게 있잖아요? 그게 뭔지는 말하지 않아도 아시겠죠? 번거로운 일 없이 보험금을 받는다고 생각하면 이십만쯤이야 푼돈이죠. 히나코의 추억을 위해 그쯤은 쓰세요."

염치라고는 찾아볼 수 없는 뻔뻔함에 기가 차서 말이 나오지 않았다. 그나마 친구라고 있는 게 이런 막돼먹은 여자라고 생각하니 새삼 아내가 안쓰러웠다. 히나코의 죽음으로 금전적인 이익을 얻으려는 자신 역시 다를 바 없었지만 이런 천박한 여자와 같은 취급을 받고 싶지는 않았다.

한편으로 여자의 본심을 알고 나니 오히려 마음이 놓였다. 하는 행동을 보아 하니 눈앞에 있는 남자가 히나코의 죽음에 관여했다는 사실은 꿈에도 모르는 눈치였다. 조금이라도 그를 의심했다면 혼자서 겁도 없이 집으로 찾아오지는 않았을 것이다. 손쉽게 큰돈을 벌 요량으로 찾아온 게 분명했다.

이 여자가 할 수 있는 건 히나코의 자살 가능성을 슬쩍 내비쳐 보험금 지급을 늦추는 일뿐이다. 성가신 존재이기는 했지만 입막음을 해야 할 만큼 치명적인 약점을 잡힌 건 아니다. 더구나 본인도 그것이 사실이 아님을 인정했다. 강하게 나가면 오히려 자신의 입장이 위태로워진다는 걸 알기 때문이겠지.

그렇다면 얼마간은 두고 보는 편이 좋으리라.

"당장은 돈이 없습니다. 이번이 끝이라고 약속한다면 마련해 보죠."

유메노시마가 조심스럽게 말하자 세리자와의 표정이 밝아졌다. 이 집에 들어와서 여자가 처음 보인 미소였다.

"앞으로 두 번 다시 나타나지 않겠다고 약속하죠." 세리자와는 대단한 은혜라도 베푸는 양 말하더니 계좌 번호가 적힌

쪽지를 건넸다. "편짓값은 여기로 입금해 주세요. 너무 늦지는 마세요. 전 참을성이 있는 편이 아니거든요."

♔

그날 밤 유메노시마는 쓸모없어진 책을 정리했다.

모두 우울증 관련 안내서나 투병기로, 지난 반년 동안 사들인 것이었다. 책을 다 넣고도 박스에 공간이 남아서 히나코가 좋아하던 앤트쿠아리움을 쑤셔 넣었다. 안에 있던 개미들은 오래전에 모조리 바싹 말라 죽었다.

상자를 닫기 전에 문득 생각나는 게 있어서 방으로 갔다. 명함첩을 열어 에이스 카드 두 장을 꺼내 박스에 넣었다.

주어진 임무는 달성했고 히나코도 죽었다. 계약이 끝났으니 '프로젝트'의 성공을 비는 부적을 소중히 간직할 필요는 없다.

박스를 차에 싣고 시동을 걸었다.

그날 밤과는 정반대 방향으로 달렸다. 고마에도리에서 남쪽으로 내려와 시 남부를 동쪽에서 서쪽으로 가로지르는 도로를 지나 세타가야 방면으로 향했다. 기누타 정수장 앞에서 우회전해 고마에 시내의 빌딩 주차장에 차를 세웠다.

부동산 업자가 경영하는 개인 창고였다. 공터에 세운 컨테이

너 박스형 창고가 아니라 어엿한 건물이었다. 이십사 시간 자유롭게 출입할 수 있고, 공기 조절기와 보안 장치까지 갖춘 임대 수납공간이다.

유메노시마는 차에서 짐을 내려 입구로 옮겼다. 계약할 때 받은 카드 키를 리더기에 긁어 자동 잠금장치와 경보 장치를 해제했다. 신주쿠 역의 전자식 물품 보관함에서 오쿠루가 보낸 물건을 꺼내던 날을 떠올리며 로비에 있는 수레에 짐을 싣고 엘리베이터를 탔다.

엘리베이터 문이 열리자 횅한 복도에 불이 켜지며 감시 카메라가 작동했다. 건물 출입은 물론 공동 공간에서의 행동도 모두 기록에 남지만, 나중에 마음고생을 할 일은 없을 것이다. 일부러 쓸모없어진 책을 가져온 건 바로 그 때문이었다.

복도 중간에 있는 방의 문을 열고 불을 켰다. 수레는 복도에 놓아두고 짐을 들고 안으로 들어갔다. 문을 닫으면 보는 사람은 아무도 없다.

1.5제곱미터쯤 되는 공간에 켜켜이 쌓인 박스 더미들이 보였다.

모두 전처의 유품이었다.

히나코와 살림을 차리고 나니 집에 둘 수 없어 이곳으로 옮겨 둔 물건들이다. 도모요의 친정은 맨션이라 그녀의 짐을 맡아 둘 만한 공간이 없었다. 히나코는 얼른 처분하고 싶어 했지만, 아직 사고의 충격에서 벗어나지 못해서 정신적으로 지쳐 있던 시기라 좀처럼 결심이 서지 않았다. 결국 미련을 떨쳐 버리지 못하고 최소한 일주기가 지날 때까지는 보관해야겠다는 생각에 시내의 임대 창고를 빌린 것이다.

고작 1.5제곱미터 남짓한 공간인데도 한 달에 만 엔이나 했다. 비싼 임대료는 도모요의 친정 부모와 절반씩 부담하기로 합의했다. 그들도 히나코의 존재를 어렴풋이 알고 있었을 테지만 딸의 유품을 버릴 수도 없으니 달리 방도가 없었던 것이리라. 재혼하고 나서도 거르지 않고 매달 임대료를 송금해 주고 있었다. 외환 거래와 보험 해약 건으로 사위에게 미안한 마음이 조금이나마 있는 모양이었다.

책이 든 박스를 빈 공간에 밀어 넣고 벽과 박스 사이의 좁은 공간에 들어가 안쪽에 쌓여 있는 상자를 위에서부터 하나씩 내렸다. 표시해 둔 상자를 찾아 옆으로 몸을 튼 부자연스러운 자세로 테이프를 뜯고 상자를 열었다. 가득 든 옷가지를 한 손으로 헤집어 바닥에 있는 꾸러미를 꺼냈다.

한 달 전에 숨겨 놓은 꾸러미였다.

안에는 백만 엔짜리 돈다발 네 뭉치가 들어 있었다. 안자이 아키노리의 집에서 발견한 돈이다.

강도 살인으로 얻은 위험한 돈에 금방 손을 댈 생각은 없었다. 설령 경찰의 추적을 피하더라도 히나코가 죽고 나서 갑자기 씀씀이가 헤퍼지면 누군가는 수상하게 여길 것이 분명했다. 보험금이 나올 때까지 숨겨 놓기로 결심했지만 문제는 보관 장소였다.

집은 처음부터 고려 대상이 아니었다. 히나코가 죽으면 현장 검증이다 뭐다 해서 경찰이 집에 드나들 것이다. 공연한 걱정일 수도 있지만 혹시라도 사백만 엔이나 되는 현금을 찾아내면 일이 성가셔질 것 같은 예감이 들었다. 그렇다고 멀리 떨어진 산속에 묻기도 싫었다. 생활 반경 안에 있으면서 위험한 돈을 안전하게 감출 수 있는 곳은 이곳밖에 없었다.

현금과 귀중품을 보관하는 행위는 원래 금지되어 있지만 잠자코 있으면 알 턱이 없었다. 보안 장치도 잘 갖추어져 있고 컨테이너 박스와 달리 짐을 들고 내리는 데 직원의 도움을 받지 않아도 됐다. 도모요의 일주기가 지난 뒤에도 짐을 그대로 둔 것은 히나코에게 우울증이 발병한 탓에 유품을 정리할 정신이 없었던 까닭이지 다른 생각이 있던 건 아니었다. 설마 그게 이런 식으로 도움이 될 줄이야…….

유메노시마는 꾸러미 안에서 돈다발 하나를 꺼냈다.

가운데에 두른 띠를 찢고 서둘러 매수를 세어 이십만 엔을

뺐다. 나머지는 고무줄로 묶어 꾸러미에 도로 넣었다.

다시 그 역한 냄새가 났다.

숨을 참고 되도록 공기를 마시지 않았는데도 비좁은 공간에 정로환 냄새가 가득 찼다. 목구멍에서 시큼한 액이 올라왔다. 낮에 맡은 냄새보다 훨씬 강렬했다. 훔친 돈을 건드린 바람에 알레르기라도 일으킨 듯 정도가 심했다. 유메노시마는 무심코 고개를 돌려 신음하듯 입으로 숨을 내쉬었다 들이마셨다.

꺼낸 지폐를 봉투에 넣은 뒤에도 존재하지 않는 냄새는 계속해서 그를 괴롭혔다. 수도 없이 헛구역질을 반복하며 옷가지를 다시 상자에 넣고 간신히 테이프로 봉했다. 바닥에 내려놓은 상자를 원래대로 쌓고 나니 온몸이 땀에 흠뻑 젖어 있었다.

할 수만 있다면 이런 건 가지고 있고 싶지 않았다. 값어치가 없는 것이었다면 그날 밤 입었던 운동복, 운동화와 함께 없애버렸을 것이다. 그래도 역시 돈은 돈. 아무리 더러운 돈이라도 쓰지 않고 버리기는 아까웠다. 지금은 시기상조지만 시간이 지나면 언젠가 죄의식도 사라질 테니 거리낌 없이 만질 수 있는 날이 오리라.

그날이 언제 올지는 모르겠다.

하지만 하나 분명한 게 있다.

유메노시마는 숨을 고르고 나서 밖으로 나왔다. 문을 잠근 뒤에 빈 수레를 끌고 엘리베이터로 걸어갔다. 불쾌한 맛은 아직 입안에 남아 있었지만 아까만큼 괴롭지는 않았다.

세리자와 사에 같은 여자에게는 이런 더러운 돈이 어울린다.

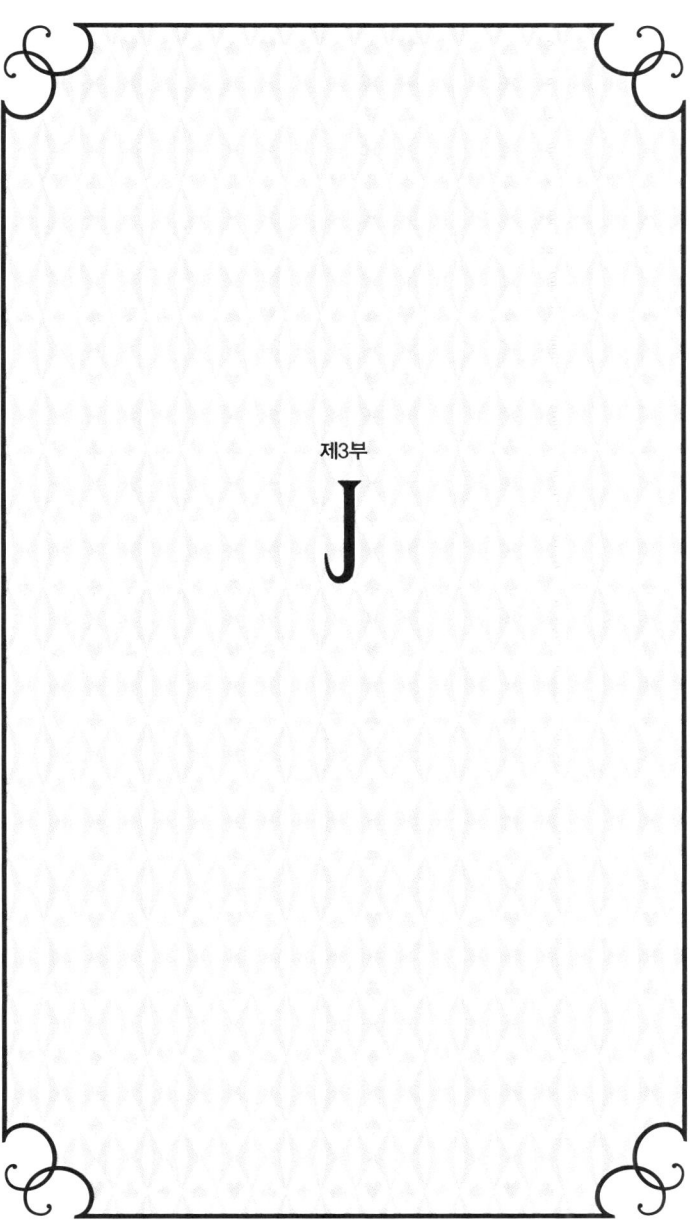

제3부

J

07

예측하지 못한 사태

니키: 알았어. 그럼 가르쳐 줘요. 저 사람이 뭘 찾아 달라는 거죠?
엘러리: 정보가 부족해. 그는 달려서 도로를 다시 가로질러…….
니키: (황급히) 엘러리! 차가!
엘러리: (고함을 지르며) 조심해, 이 얼간아! 차에 치이겠어! 멈춰!

엘러리 퀸, 「라스트 맨 클럽」

그건 말 그대로 마른하늘에 날벼락 같은 소식이었다.

훗날 노리즈키 총경은 일련의 사건들을 돌이켜 보며 '진정 사건이 움직이기 시작한 것은 바로 그때부터였다'라고 소회를 밝혔다. 상투적인 인과응보설은 제쳐 두고서라도 그 점은 린타로 역시 절실히 동감했다.

우연이라는 행운이 없었다면 정보 부족으로 추리를 시도할 여지도 없었을 테고, 사건은 그대로 미궁에 빠졌으리라. 각각의 피해자들이 고립된 점이 아니라 하나의 선으로 이어진 별자리의 별들이라는 사실을 깨닫지 못했을 것이 분명하다.

하지만 처음 그 소식을 들었을 때 수사 관계자들은 모두 '좋은 소식'이라 생각하지 않았다.

어딜 봐도 그것은 '최악의 소식'이었기 때문이다.

11월 15일 월요일 오후 1시.

소식을 들은 노리즈키 총경은 그 즉시 조후 경찰서의 수사본부에서 사고 현장인 요쓰야 방면으로 달려갔다. 이동중에 다시 연락이 들어와 부상자가 후송된 병원을 알려 주었다.

니시신주쿠의 T 대학 병원.

말을 할 수 있는 상태이기를 바랐지만 낙관할 수는 없었다. 최악의 상황도 염두에 두며 수도 고속 도로를 타고 힐튼 호텔 쪽에서 병원 안으로 들어갔다. 본관 입구에 차를 대고 먼저 내린 총경은 경찰수첩을 내밀며 응급 센터로 달려갔다.

중환자실 밖에 1과의 나카다이 형사가 대기하고 있었다.

"상태는 좀 어떤가?"

"위독합니다. 병원으로 실려 왔을 때는 이미 심폐 정지 상태였습니다."

나카다이의 미덥지 않은 대답에 총경은 혀를 끌끌 찼다.

"눈앞에서 트럭에 치였다고?"

"패닉 상태로 은행에서 나와 신주쿠도리의 차도로 뛰어들었습니다. 횡단보도가 없는 곳이라 브레이크를 밟았지만 이미……. 운전사 과실은 아닙니다."

사고를 낸 차량은 편의점 배송 트럭으로 나카다이는 그 자리에서 운전사의 신병을 확보하고 소방서와 경찰서에 긴급 출동을 요청했다. 부상자의 상태는 심각했다. 현장으로 달려온 요쓰야 서의 교통과 직원에게 사고 처리를 맡기고 구급차에 올라탔지만 피해자는 머리에 강한 충격을 받아 이미 의식이 없는 상태여서 아무리 불러도 대답하지 못했다고 했다.

"일이 어렵게 됐군. 좀 막아 보지 그랬나."

"죄송합니다." 나카다이는 고개를 숙였다. "순식간에 일어난 일이라 미처 말릴 겨를도 없었습니다. 가드레일을 넘어서 그대로 차도로 뛰어들었거든요."

말 그대로 자살행위였다. 총경은 불만스러운 표정으로 말했다.

"어쩌다 그런 짓을 한 건가? 미행당하는 걸 알아챘나?"

"그건 아닙니다. 그 전부터 거동이 수상했는데, 은행 경비원이 불러서……."

그때 중환자실 안의 움직임을 느낀 총경은 자세한 보고는 나중에 듣기로 했다. 숨을 삼키며 기다리고 있는데 소생 처치를 하던 의사가 밖으로 나왔다. 참을성 강한 쥐 같은 눈매의 사십 대 남자로, 말문을 열기까지 잠시 망설이는 듯했다.

"가족이나 직장 동료 되십니까?"

총경은 고개를 저으며 경찰수첩을 내밀었다. 의사는 마스크를 벗더니 다소 마음의 짐을 덜었다는 표정으로 말을 이었다.

"방금 운명하셨습니다. 다발 외상성 쇼크로 인한 즉사입니다."

나카다이가 소리 없는 신음을 흘렸다. 이제 다 끝났다.

"무슨 말을 남기지는 않았습니까?"

"없었습니다. 이미 그런 걸 기대할 상태가 아니었습니다."

말을 마친 의사는 고개를 숙이고 서둘러 자리를 떴다. 그 뒷모습을 바라보며 노리즈키 총경은 한숨을 쉬었다.

"우리 손이 닿지 않는 곳으로 가 버렸군. 죽은 아내가 데려간 모양이야."

"히나코를 죽인 죗값을 치렀다는 말씀이십니까?"

"아니, 전처 말이야. 와타나베 도모요도 트럭에 치여 죽었거든. 미신은 믿지 않지만 이렇게 가는 걸 보니 절로 그런 생각이 드는군."

아들이 콧노래로 흥얼거렸던 '인생은 원투 펀치'라는 노랫말이 떠올랐다.

케이오당한 건 사고를 당한 당사자가 아니었다. 수사본부로서는 나루세 기이치에 이어 두 번째 치명적인 실책이었다.

수사의 방향을 보험금을 노린 대리 살인으로 바꾸고 남편의 신변 조사를 시작한 지 일주일. 전처 도모요를 친 트럭 운전사 가네코 나쓰오의 소재를 파악해 알리바이를 확인한 결과 사건과는 무관하다는 사실이 밝혀졌다. 사고 직후 처자식을 처가로 보내고 기후의 자동차 공장에서 숙식하며 계약직 노동자로 일하던 가네코는 와타나베 히나코가 살해된 날에도 날이 저물 때까지 차체 조립 라인에서 근무했다. 도모요의 기일에 상경해 남몰래 성묘를 갔던 모양이지만 공판 이후로 유족과는 한 번도 만난 적이 없다고 했다.

린타로가 헛다리를 짚는 건 늘 있는 일이다.

그렇다고 대리 살인의 가능성 자체가 부정된 건 아니었다. 히나코 살해를 청부한 공범자를 찾아내기 위해 고마에 시의 자택과 남편을 계속해서 감시중이었다. 상대방도 경계하고 있을 테니 그리 쉽게 꼬리를 드러내지는 않으리라. 장기전이 될 것을 각오하고 있었는데 수사관의 눈앞에서 허망하게 죽어 버리다니…….

중환자실에서 나온 이동 침대를 피하기 위해 두 사람은 옆으로 비켜섰다.

침대에는 와타나베 기요시의 시신이 실려 있었다.

임의 동행하여 조사를 받은 중요 참고인이 자살 또는 그에 준하는 상황에서 급사하여 수사가 중단되는 경우는 드물지 않았다.

하지만 이번 일은 달랐다. 주모자로 추정되는 인물은 사망했지만 와타나베 히나코를 살해한 실행범은 아직 유유히 돌아다니고 있다. 신원을 알 수 없는 공범자를 찾아낼 실마리를 얻기 위해서는 와타나베 기요시가 그런 무모한 행동을 한 원인을 밝혀야 했다.

노리즈키 총경은 그날 있었던 일을 처음부터 자세히 들었다. 와타나베는 경조 휴가가 끝난 지난 주말부터 다시 출근했다. 월요일인 오늘도 정시에 출근했고 점심시간에 요쓰야의 본사에서 나와 근처 은행에 들렀다고 한다.

"현금을 인출하러 갔나?"

"처음에는 그런 줄 알았는데, 입금하러 간 것이었습니다." 나카다이가 말했다. "일부러 줄이 길게 늘어선 자동화 기기 앞에 줄을 섰습니다."

미행을 당한다는 사실을 알아채지 못하도록 나카다이는 줄 뒤에 서서 계속 감시했다. 자기 순서가 되자 와타나베는 지갑에서 지폐를 꺼내 매수를 셌다. 터치스크린의 조작 내용은 보지 못했지만 거기서 무슨 문제가 발생한 모양이었다.

"무슨 문제인가?"

"여러 번 다시 누르더니 갑자기 뻣뻣하게 굳어서 겁에 질린 얼굴로 주변을 두리번거렸습니다. 무슨 일이 있었는지는 모르겠지만 뒤에 사람도 많았는데 기계 앞에서 꾸물거린데다가 거동도 수상했던 탓인지 담당 경비원이 와타나베에게 말을 걸었습니다."

은행 경비원이 입출금기를 이용하는 고객들에게 말을 거는 건 사기 피해 방지 차원에서 흔히 있는 일이다. 난리 법석을 떨 일은 아닌데 와타나베의 반응은 극단적이었다. 느닷없이 홱 몸을 틀다가 바로 뒤에 있는 노부인과 부딪히는 바람에 상대는 뒤로 넘어졌다.

쓰러지는 노부인을 부축하느라 나카다이는 미처 와타나베를 잡지 못했다. 대경실색한 와타나베는 경비원의 제지를 뿌리치고 그길로 자동화 기기 코너에서 뛰쳐나갔다.

"어떤 상황이었는지 알겠네만 도통 이해가 가지 않는군."

총경은 미간을 찌푸리며 머릿속으로 장면을 재구성했다. 위험한 줄 알면서도 차도를 건너려 했던 모습하며, 흡사 범행 현장을 들킨 범죄자 같았다.

"맞습니다. 그런 느낌이었어요. 하지만 제가 미행하는 걸 알아챈 것 같지는 않았습니다. 입출금기를 조작하기 전까지는 정말 멀쩡해 보였는데…….."

세세한 부분까지 기억해 내려는 듯 나카다이는 고개를 갸웃거렸다. 어째서 갑자기 도주하려 했는지 짚이는 데가 전혀 없다고 했다. 미행을 그르친 것에 대해 변명하는 것 같지도 않았다. 총경은 나카다이의 어깨를 툭 치며 말했다.

"소지품을 조사해 보지. 뭔가 단서가 있을지도 몰라."

총경은 자신의 권한을 최대한 활용하여 응급 센터 책임자의 허가를 얻은 뒤, 관리직 직원의 동석하에 사망자의 옷가지와 소지품을 조사했다.

나카다이가 와타나베의 양복 주머니를 뒤져 구겨진 종이쪽지를 꺼냈다. 마른 피가 묻은 것 외에 주머니 안은 깨끗했다. 조심스레 쪽지를 펼치자 볼펜으로 메모가 적혀 있었다.

"계좌 번호네요. R 은행 마에바시 지점입니다."

"마에바시? 누구 계좌인가?"

"'세리자와 사에'라고 적혀 있습니다."

나카다이의 목소리에 활기가 돌았다. 아는 이름이 나왔으니 흥분할 법도 했다. 세리자와 사에는 히나코의 동창으로, 그녀가 살해되기 직전 통화를 했던 인물이었다.

그뿐만이 아니었다. 어제 고마에 시의 와타나베 자택을 감시하던 잠복반이 사에가 조문을 왔었다고 보고했다. 히나코의 장례식에 참석하지 못했으니 어느 정도 시간이 흐른 뒤에 옛 친구와 작별 인사를 나누기 위해 찾아오는 것 자체는 자연스러웠지만…….

메모를 확인하며 노리즈키 총경은 눈을 굴렸다.

"어제 조문 온 길에 이 메모를 건넸다는 건가?"

"그렇겠죠. 조문은 핑계고 돈을 뜯어내는 게 목적이었을 겁니다."

"입 다물고 있는 대가인가? 무슨 약점이라도 잡힌 걸까?"

총경이 고개를 갸웃거리자 나카다이는 의욕적인 표정으로 말했다.

"살인의 대가인지도 모릅니다. 와타나베의 공범자일 가능성도……."

"그럴 리 없네. 세리자와 사에는 히나코가 살해된 시각에 마에바시의 자택에 있었어. 고마에 시에서 범행을 저지르는 건 불가능해. 통화 기록을 조회해 알리바이 확인도 이미 끝났네. 애초에 세리자와가 와타나베와 공모했다면 그 대가를 받을 방법도 미리 정해 놨겠지. 일부러 집까지 찾아와 계좌 번호를 건네지는 않았을 게야."

"그건 그렇지만 와타나베가 거품을 물고 은행에서 도망친 걸 보면 아무 상관이 없지는 않을 겁니다. 세리자와를 불러다 추궁해 봐야 하지 않을까요?"

"아직 시기상조야. 지갑 안에는 얼마나 들어 있었나?"

총경은 실책을 만회하는 데 급급해 판단력이 무뎌진 나카다이를 넌지시 타일렀다. 그도 총경의 말뜻을 알아챘는지 재빨리 검은 가죽 지갑을 내밀었다.

"제법 두툼합니다. 하지만 모두 구권뿐이더군요. 음?"

지갑에 든 일만 엔권 지폐를 세던 나카다이가 불현듯 숨을 삼켰다. 그는 자신의 눈을 의심하는 표정으로 지폐를 처음부터 다시 한 장씩 셌다. 장갑 때문에 손끝이 무뎌져서 조바심을 내는 듯했다.

"왜 그러나?"

총경의 물음에 나카다이는 당혹스러운 기색을 감추지 못하며 상기된 목소리로 말했다.

"이것 좀 보십시오. 이것도, 이것도, 이것도…… 죄다 일련번호가 같습니다."

"뭐라고?"

나카다이의 눈은 정확했다. 지갑에 든 일만 엔권 스무 장은 모두 컬러 복사한 위조지폐였다. 언뜻 진짜처럼 보였지만 모두 일련번호가 같은 조악한 가짜 돈이었다. 증거 보존용 장갑을 끼고 있지 않았더라면 촉감만으로도 단번에 알 수 있을 수준이었다.

어째서 위조지폐 같은 걸 가지고 있었는지 이유는 밝혀지지 않았지만, 와타나베 기요시가 어떠한 범죄에 관여했다는 점은 의심할 여지가 없었다. 따라서 영장이 없어도 소지품은 그 자리에서 압수할 수 있었다.

"불행 중 다행이라고 할까요." 나카다이가 의기양양한 표정으로 말했다. "휴대 전화 데이터를 분석하면 공범자의 정체도 밝혀질 겁니다."

"그럼 다행이네만⋯⋯." 총경은 미간을 찌푸렸다.

소 뒷걸음질하다 쥐 잡은 격의 성과를 나카다이처럼 낙관적으로 생각할 수 없었던 건 위조지폐의 등장이 너무나도 갑작스러웠거니와 히나코 사건과의 연관성도 도무지 찾을 수 없었기 때문이다. 시중에 유통되는 위조지폐의 일련번호는 머릿속에 들어 있었지만 그 어느 것과도 일치하지 않았다. 피의자가 갑작스레 사망한데다 새로운 난제까지 눈앞에 나타났으니 앞으로 수사가 난항을 겪을 것은 불 보듯 뻔했다.

"일단 요쓰야의 은행에 들러서 사정을 알아보자고. 경비원의 이야기를 들어 봐야겠어."

신주쿠도리의 교통사고 현장에서는 교통과의 검증이 일단락되고, 사고 차량이 수습되는 중이었다. 방송국에서 나온 몇몇 취재팀이 기재를 운반하고 있었다. 눈치 빠른 보도 기자가 차에서 내리는 노리즈키 총경을 알아보고 당근을 본 말처럼 쏜살같이 달려왔다.

"고마에 시에서 일어난 살인 사건 피해자의 남편이 트럭에 치였다고 들었습니다. 목격자들의 이야기로는 누군가에게 쫓기는 것 같았다고 하던데 살인 사건과 관련이 있습니까?"

"대답할 수 없네."

총경은 기자의 질문을 뿌리치고 은행으로 들어갔다.

어디서 와타나베의 정보가 유출되었는지 몰라도 언론사에서 벌써 냄새를 맡은 모양이었다. 자동문 앞에서 나카다이 형사가 총경을 불렀다. 그는 인도에 서 있는 사람에게 슬쩍 눈빛을 보내며 나지막한 목소리로 속삭였다.

"저 남자, 사고가 일어나기 전에도 여기 있었습니다. 뒤쫓을까요?"

허름한 양복 차림의 머리숱 적고 뚱뚱한 중년 남자가 나카다이의 시선을 피하듯 은근슬쩍 발길을 돌리고 있었다. 총경은 콧방귀를 뀌며 말했다.

"그럴 필요 없네. 누군지 아니까."

"누굽니까?"

"보험 조사원이야." 총경은 자동문을 지나며 대답했다. "와타나베 히나코의 검시 검안 결과에 의문이 있다면서 수사본부로 찾아왔더군. 타살이라고 판단한 근거를 설명하고 정중히 돌려보냈는데 그 뒤로도 포기하지 않고 끈질기게 물고 늘어졌나 보군."

"와타나베를 감시한 겁니까? 전혀 몰랐습니다."

"보험사가 보험금 지급을 미루며 전문가를 붙인 모양이야. 어쩐지 언론 반응이 너무 빠르다 했더니……."

"저치가 정보를 흘린 걸까요?"

"아마도. 그쪽에서도 별 진전이 없으니 우리를 동요시키려는 게지."

"공연한 짓을 하는군요. 하지만 수령인이 사망했으니 얕은 수작을 부리지 않아도 보험금 지급은 없었던 일이 되는 게 아닌가요?"

"와타나베가 죽었는지 모르는 게야." 총경이 싸늘한 목소리로 말했다. "우리 움직임을 어디까지 파악했는지 모르지만 이런 식으로 계속 얼쩡거리면 곤란해."

"불러다 단단히 일러둬야겠군요."

"그건 나중에 해도 되네. 경비원은 어디 있나?"

경비 담당자는 야마지라는 오십 줄의 남자였다. 대형 경비 회사에서 파견된 경력자로, 창구를 찾는 고객뿐 아니라 자동화기기 코너를 이용하는 이들까지 항상 주목하고 있다고 했다. 야마지의 이야기는 나카다이의 보고와 거의 일치했다.

그렇지만 새로운 정보가 하나도 없는 건 아니었다. 야마지는 기계가 거부 반응을 보이기 전까지 와타나베는 자신이 가진 지폐가 위조지폐인 줄 몰랐던 것 같다고 했다. 전액 반환된 지폐를 정돈하다가 돌연 안색이 바뀌는 모습을 미심쩍게 여기고 말을 걸려 하자 허둥대며 지갑에 지폐를 넣었다고 했다.

은행의 방범 카메라에 녹화된 영상이 경비원의 증언을 뒷받침해 주었다. 카메라에는 방금 전 나카다이처럼 일련번호를 훑어보고 당황하는 와타나베의 모습이 찍혀 있었다. 터치스크린을 누르는 동작으로 세리자와 사에의 계좌로 송금하려 했다는 사실도 확인할 수 있었다.

"와타나베가 도망친 이유가 밝혀졌군."

방범 카메라 영상 압수 절차를 마친 총경은 상황을 정리했다.

"경비원의 제지를 뿌리치고 차도로 뛰어든 건 위조지폐 유통죄 현행범으로 체포될까 두려웠기 때문일 거야. 위조지폐를 소지한 상태로 붙잡히면 변명의 여지가 없을 테니⋯⋯. 하지만 이 사실만으로 해결되는 건 아무것도 없어. 밝혀내야 할 문제가 산더미로군. 와타나베는 언제 어디서 이 돈을 손에 넣었을까? 실제로 사용할 때까지 왜 위조지폐임을 알아채지 못했을까? 누군가에게 속아서 받은 돈이라면 왜 사실대로 밝히고 자신의 결백을 주장하지 않았을까? 가장 중요한 히나코 사건과의 연관성도 포함해서 시원하게 설명할 수 있는 게 하나도 없군."

"분명 떳떳치 못한 방법으로 얻은 돈이었겠지요." 나카다이가 딱 잘라 말했다. "히나코를 살해한 공범자에게 받은 돈일 가능성도 있습니다. 돈의 출처를 밝혀내면 사건도 마무리되지 않을까요?"

총경은 단호하게 고개를 저었다.

"그건 말이 안 되지. 대리 살인을 의뢰받은 상대에게 와타나베가 현금을 건넸다면 또 모르지만, 실행범이 그에게 돈을 건넬 이유가 있나?"

나카다이는 어깨를 으쓱하더니 이내 시원시원한 목소리로 말했다.

"어찌 된 일이든 위조지폐 사건의 데이터베이스를 조회하면 입수 경로를 알아낼 수 있을 겁니다. 돈의 출처를 따라가다 보면 언젠가 공범자가 나타나겠죠."

나카다이 형사의 낙관적인 예상은 바로 그날 벽에 부딪혔다. 휴대 전화 메시지와 통화 이력에 수상한 기록은 없었고, 경시청의 데이터베이스에도 해당 일련번호의 위조지폐는 등록되어 있지 않았다.

경찰이 수상하게 여긴 건 그녀 곁에 유서처럼 놓인 한 장의 카드였다.

"스페이드 잭이네요. 당신들과 게임을 하다가 한 장 가져왔나 봐요. 카드에는 다른 지문도 묻어 있었는데, 아까 조사해 본 결과 도가와 씨의 지문이라는 사실이 밝혀졌습니다."

다케모토 겐지, 『트럼프 살인 사건』

이튿날인 화요일 저녁.

오후 10시가 넘어서 귀가한 노리즈키 총경은 아침에 집을 나설 때와는 다른 사람인 양 기분이 좋아 보였다. 와타나베 기요시가 급사한 지 만 하루가 지난 그날, 수사에 극적인 진전이 생겨서 오후부터 눈코 뜰 새 없이 바빴다고 했다.

"극적인 진전? 위조지폐의 출처가 밝혀졌습니까?"

린타로는 제 일은 뒷전으로 미뤄 두고 아버지의 이야기에 눈을 빛냈다.

어제부터 고마에 시의 사건이 심상치 않은 움직임을 보이기 시작한 까닭에 제삼자인 린타로도 눈을 떼지 못하고 있었다.

여기서만 하는 이야기인데, 서재에 틀어박혀 원고를 집필하려해도 금세 집중력이 바닥나서 종일 일이 손에 잡히지 않았다.

"그래. 아마 네 상상을 훨씬 뛰어넘을 게다. 트럭 운전사가 수상하네 어쩌네 하는 어처구니없는 가설은 단번에 무너질걸."

"그러면 살인을 청부받은 공범자의 정체도 밝혀진 거예요?"

아버지의 빈정거림을 못 들은 척 흘려버리고, 린타로는 채근하듯 물었다. 총경은 빙그레 웃으며 대답했다.

"보채지 마라. 옷 갈아입고 올 테니 기다려."

방으로 들어간 총경은 몇 분 뒤에 편한 실내복으로 갈아입고 나와 부엌 냉장고 문을 열었다. 그리고 캔 맥주 두 개를 가져와 린타로의 맞은편에 앉았다. 아들에게 하나를 건네더니 들뜬 표정으로 캔을 땄다.

"축배를 들기엔 아직 이르다만⋯⋯. 아무튼 미리 축하하자꾸나."

한시라도 빨리 축배를 들고 싶다는 표정이었다. 어젯밤의 시무룩한 모습과는 천지 차이였다. 린타로는 잔을 높이 들어 건배를 하고 나서 입술만 축이는 정도로 마시며 물었다.

"대체 어떤 마술을 부리신 거예요? 경시청의 데이터베이스에도 등록되지 않은 위조지폐의 출처를 단 하루 만에 밝혀내다니요."

"천천히 이야기할 테니 기다려 봐라. 보채지 말라고 했잖니."

입가에 묻은 맥주 거품을 닦으며 총경은 뜸을 들었다.

"오늘 하루 동안 정말 많은 일들이 밝혀졌어. 필요한 것부터 순서대로 이야기하마."

"알았어요. 최대한 짧게 끝내 주세요."

총경은 트림으로 대답을 대신하고 이야기를 시작했다.

"먼저 오전에 마에바시에 파견한 수사관의 보고부터 들어 봐라. 와타나베 기요시가 가지고 있던 계좌 번호에 대해 세리자와에게 사정을 물었더니 그저께 일요일, 와타나베의 집을 찾았을 때 계좌 번호를 건넨 사실을 시인했다. 하지만 그 때문에 만난 건 아니라고 하더구나."

"그럼 왜 계좌 번호를 줬는데요?"

"분향을 하고 나서 히나코에게 받은 편지를 보여 줬더니 아내의 유품이니 자신에게 양도해 달라, 사례는 꼭 하겠다고 애걸복걸했다는구나. 돈은 필요 없다고 고사했지만 와타나베가 그럴 수는 없다고 고집을 부려서 옥신각신한 모양이야. 와타나베와는 그날 처음 만난 사이라 성격은 잘 몰랐지만 허락하지 않으면 돌려보내 주지 않을 것 같아 불안했다고 한다. 영전에서 현금을 주고받는 것도 고인에 대한 예의가 아니라 계좌 번호만 주고 빠져나왔다고 하던데……."

"죽은 아내의 편지에 이십만이나 줬다고요? 액수가 너무 큰데요."

"세리자와는 금액은 와타나베에게 전적으로 맡겼다고 둘러대더구나. 성의 표시를 하는 정도면 된다고 했다던데."

"죽은 사람은 말을 못 하니까요." 린타로는 상투적인 말로 응수했다. "공갈의 냄새가 나는데요. 애초에 히나코의 편지라는 게 정말 있기는 한 겁니까?"

총경은 캔을 흔들어 남은 맥주 양을 가늠하며 조심스레 고개를 끄덕였다.

"있다. 집을 수색했더니 제단 위에 있더구나."

"와타나베에게 불리한 내용이 적혀 있었나요?"

"우리도 그걸 기대했는데. 결혼 축하 인사와 자기 근황을 간략하게 적은 의례적인 편지였다. 공갈 협박에 이용할 만한 내용은 한마디도 없었고. 우울증 환자인 자기 때문에 남편의 마음고생이 이만저만이 아니었을 텐데 그래도 잘 보살펴 줘서 고맙다는 이야기가 적혀 있었으니 와타나베에게 불리한 편지는 아니지. 그래도 공갈 가능성은 부정할 수 없다. 편지는 나중에 문제가 생겼을 때를 위한 대비책이고, 실제로는 협박할 거리가 따로 있었을지도 모른다고 의심하고 있다."

"그게 뭔데요?"

"지난주 목요일에 세리자와 사에의 집에 지난번 말한 보험 조사원이 찾아갔었다는 사실이 밝혀졌다."

어제 오후 신주쿠도리의 사고 현장에 있던 남자와 동일 인물로. 히나코가 자살했을 가능성이 없는지 집요하게 물어봤다고 한다. 정황상 친구였던 세리자와의 입에서 자살설에 유리한 증언을 끌어내려고 유도 신문을 한 것으로 보였다.

"그렇게 된 일이군요. 세리자와가 지금까지의 진술을 뒤집어 사건 당일 통화 내용에 자살을 암시하는 내용이 있었다고 말하면 보험금 지급을 거부할 유력한 근거가 되니까요. 경찰이 타살이라 단정해도 범인이 잡히지 않는 한 민사로 처리하면 결과는 장담할 수 없죠. 세리자와의 말 한마디에 타살 판정이 번복될 수도 있다고 생각했나 보네요."

"네 생각이 맞을 게다."

린타로의 추론에 맞장구를 치며 총경은 담배와 라이터를 꺼냈다.

"세리자와 사에가 보험사의 꿍꿍이를 이용해 와타나베에게 금전적인 요구를 했다고 생각하면 앞뒤가 맞지. 신상을 조사해 보니 친오빠가 스스로 목숨을 끊었더구나. 우울증 때문이었다는데, 그런 공통점이 있으면 증언에도 힘이 실릴 테니 말이야. 문제의 조사원은 어제부터 꼭꼭 숨어서 연락이 닿지 않는

데……."

말을 마친 총경은 담배에 불을 붙이고 짜증스럽다는 듯 연기를 뿜었다.

린타로는 눈을 가늘게 뜨고 김빠진 맥주를 마셨다. 아버지의 예측대로라면 세리자와 사에는 사건이 일어난 뒤에 와타나베의 약점을 잡고 늘어졌을 뿐이지 범행 자체와는 아무런 관련이 없다고 봐야 한다. 물론 위조지폐의 출처와도.

"와타나베의 자택을 수색했을 때 히나코의 편지 말고 눈길을 끄는 물건은 없었나요?"

"집에는 없었다. 그 대신 잠복반이 흥미로운 보고를 올렸다. 세리자와가 찾아왔던 일요일 밤에 와타나베가 차를 몰고 나갔어."

"행선지가 어딥니까?"

"고마에 시내의 임대 창고. 히나코와 재혼하고 나서 전처의 유품을 거기다 맡겨 둔 모양이야. 건물 전체가 개인 창고인데, 이십사 시간 출입이 자유롭다더구나. 아침 일찍 영장을 받아서 와타나베가 계약한 창고를 뒤지니 낡은 옷가지를 넣어 둔 상자 밑에서 위조지폐 뭉치가 나왔다."

대수롭지 않다는 듯한 총경의 말에 린타로는 몸을 내밀며 물었다.

"모두 얼마였는데요?"

"띠를 뜯지 않은 다발 세 개와 띠를 뜯은 다발 한 개였는데, 모두 삼백팔십만 엔이었다. 전부 같은 일련번호였고."

린타로는 휘익 휘파람을 불었다. 원래는 사백만 엔이었는데 그중에 스무 장을 빼서 세리자와에게 부치려 했다고 생각하면 계산이 맞았다. 일부러 임대 창고의 옷가지 속에 숨겨 놓은 걸 보면 집에는 두지 못할 떳떳치 못한 돈이 틀림없었다.

"띠로 묶어 놓은 걸 보면 가짜 돈인 줄 몰랐을 가능성도 있네요. 입출금기가 반환할 때까지 와타나베는 진짜라고 믿었던 거죠?"

다시 한번 확인하자 총경은 우월감에 찬 얼굴로 히죽거리며 담뱃재를 떨었다.

"그렇지. 나중에 안 일이다만 세리자와가 나타날 때까지 와타나베가 그 돈을 건드리지 않았던 이유도 상상이 간다……. 하지만 그 이야기를 하기 전에 먼저 말해 둬야 할 것이 있다. 창고를 샅샅이 조사했더니 우울증 관련 서적이 담긴 상자에서 이상한 물건이 나오지 뭐냐."

연극 대사를 읊듯 그렇게 말하더니, 총경은 실내복 주머니에서 사진 두 장을 꺼내 탁자 위에 올려놓았다. 정보를 조금씩 흘리면서 아들의 의표를 찌르기 위해 방에 들어갔을 때 일부러

챙긴 모양이었다.

사진은 트럼프 두 장을 앞뒤로 찍은 것이었다. 앞면에는 스페이드 에이스와 하트 에이스, 뒷면에는 자전거를 탄 천사 두 명이 상하좌우 대칭으로 그려져 있었다.

"이게 뭡니까?"

린타로가 눈을 끔뻑이며 묻자, 총경은 누군가에게 들은 이야기를 전하듯 설명조로 말했다.

"바이시클 라이더백이다. 대중적인 미국산 트럼프지. 사진만 봐서는 모르겠지만 크기는 브리지 사이즈다."

"그건 저도 알거든요. 무슨 용도로 쓰는 물건이냐고 물은 겁니다."

"우리도 처음 찾았을 때는 뭔가 싶었다." 총경은 천연덕스럽게 말했다. "문제의 상자는 일요일 밤 창고로 와타나베가 들고 온 것이었어. 뭔가 사연이 있는 물건인 듯해서 일단 압수했지. 감식반에서 조사해 보니까 두 장 모두 와타나베 기요시의 지문과 또 하나, 정체불명의 지문이 묻어 있었다."

"정체불명의 지문?"

"편지에 묻은 지문과 대조해 봤는데 와타나베 히나코와 세리자와 사에의 지문은 아니었다. 조회해도 나오지 않는 걸 보면 전과자의 지문도 아니라는 뜻이지."

한층 더 뜸을 들이는 듯한 아버지의 말투에 린타로는 참다못해 성을 냈다.

"뜸 들이지 말고 얼른 말씀해 주세요."

"말하고 있잖아. 여기서부터가 본론인데, 그 전에 잠깐……."

총경은 뭉툭해진 담배꽁초를 재떨이에 버리고 빈 맥주 캔을 들고 일어났다.

"어디 가세요?"

"화장실 간다. 뭘 그런 걸 물어."

린타로는 한숨을 쉬었다. 아버지의 뒷모습이 사라지자 다시 탁자 위의 사진을 뚫어져라 바라보았다. 로마(집시)의 트럼프 점술에서 스페이드 에이스는 '죽음'을, 하트 에이스는 '부부 사이의 문제'를 상징한다고 하는데…….

"삼 주 전, 네리마 구 후지미다이의 단독 주택에 강도가 들어 혼자 사는 노인이 살해된 사건이 일어났다."

볼일을 보고 돌아온 노리즈키 총경은 뜬금없이 다른 사건 이야기를 시작했다.

"피해자는 네리마 구청에서 은퇴한 공무원 안자이 아키노리로 삼 년 전에 부인을 먼저 떠나보내고 홀로 살고 있었어. 슬하에 자식은 없었고. 퇴직금을 종잣돈 삼아 주식 투자를 해서 쏠

쏠한 재미를 본 모양이야. 사건이 일어난 건 10월 23일 토요일 늦은 밤. 강도는 단독범으로, 마당에서 키우는 개한테 수면제가 든 간식을 먹이고 나서 거실 창문을 깨고 집 안으로 침입했다. 자고 있던 안자이를 테이프로 결박하고 집 안을 뒤져 발견한 비닐 끈으로 목 졸라 죽인 뒤 금품에는 손대지 않고 현장에서 도주했다고 들었다."

총경은 범행의 큰 줄기를 말하고 나서 의견을 구하듯 턱짓을 했다.

전후 맥락을 모르니 대답할 도리가 없었지만, 그렇다고 잠자코 있기도 싫었다. 린타로는 두 장의 에이스가 찍힌 사진을 집어 들고 알아낸 점을 말했다.

"피해자의 이니셜이 A.A네요. 이 카드와 무슨 관련이 있는 건가요?"

"좋은 질문이다. 하지만 그건 나중에 이야기하기로 하자. 다시 사건으로 돌아가서, 이튿날 아침 이웃 주민이 시신을 발견해 경찰에 신고했다. 히카리가오카 서에 수사본부가 설치되었고, 구노 경감이 전담을 맡아 수사에 착수했다. 하지만 사건 발생 후 삼 주 동안 범인을 특정 지을 만한 유력한 단서를 찾지 못한 까닭에 어제까지는 완전히 두 손 두 발 든 상태였다고 한다."

구노 경감은 수사1과의 베테랑으로 노리즈키 총경의 오른팔이다. 고마에 시의 사건에서 빠진 것은 이 사건을 전담으로 수사하느라 여력이 없었기 때문이리라.

"어제까지? 오늘 뭔가 알아낸 건가요?"

결론만 듣고 싶은 마음을 꾹 참고 묻자 총경은 의기양양한 얼굴로 고개를 끄덕였다.

"극적인 진전이라고 할까. 마술을 부린 건 내가 아니라 구노 경감이다. 아니, 그보다 죽은 노인의 집념이 이제야 결실을 맺었다고 할까…….."

총경은 또다시 알쏭달쏭한 말을 흘리더니 불만스러운 표정으로 말했다.

"경감의 말에 따르면 안자이 아키노리는 괴팍하기 짝이 없는 노인이었다고 한다. 병적으로 의심이 많아서 은행이나 경비 회사는 절대 못 믿는다고 입버릇처럼 말했다는구나. 소중한 재산을 도둑맞지 않으려고 응접실 벽장 다락에 팔백만 엔이나 되는 돈뭉치를 숨겨 두고 직접 제작한 경보 장치를 설치했을 정도야."

"직접 제작한 경보 장치가 뭡니까?"

"발명 마니아였다더군. 따로 묶은 돈다발에 송곳으로 구멍을 뚫어 잘 보이지 않도록 가느다란 낚싯줄을 꿰어 놓았어. 세

게 잡아당기면 실 끝에 달린 경보가 울리는 구조인데 범인은 그 장치를 알아챈 모양이다. 노인의 계략에 화가 났는지 돈다발은 건드리지 않고 침실로 돌아가 안자이 아키노리를 살해했다. 처음에는 그런 줄 알았지."

"띠로 묶은 돈다발이라……."

그제야 아버지의 말뜻을 알아들은 린타로는 턱을 쓸며 말을 이었다.

"피해자는 병적으로 의심이 많은 괴팍한 노인이었다고 하셨죠. 경보 장치만으로는 마음을 놓을 수 없어서 도둑의 눈을 속이기 위해 위장용 위조지폐를 준비한 건가요?"

총경은 조금 더 이야기를 끌 작정이었는지 아들의 말에 분한 표정을 지었지만 이내 위엄을 되찾으려는 듯 헛기침을 했다.

"네 생각이 맞다. 정말이지 고약한 심보지만, 원래 그랬던 건 아니고 아내를 먼저 보낸 뒤로 날이 갈수록 괴팍해졌다고 한다. 일부러 고가의 복합기까지 구입해 홀로그램이 없는 구권을 복사해서 방범용 위조지폐를 대량으로 만들었지."

히카리가오카 서의 수사본부는 강도 살인범이 거들떠보지도 않았던 팔백 장의 위조지폐를 압수했지만, 방범용일 뿐 유통시킬 목적이 없었던 것이 확실했기에 통화 위조죄에 부치지는 않았다. 통화 및 증권 위조 단속법을 적용할 수는 있지만 지폐를 복사한 본인이 이미 사망한 상태라 수사본부의 지량으로 입건하지 않았다고 한다.

"일련번호가 경시청의 데이터베이스에 등록되어 있지 않았던 건 바로 그 때문이었다. 설마 범인이 사백만 엔만 가져갔을 줄은 상상도 못 했고, 사건성이 없었던 까닭에 다른 압수 물품과 같이 취급해서 위조지폐의 정보를 입력하지 않았지. 전에도 그런 일이 있었던 게 생각나서 혹시나 싶어 경시청 관내에 와타나베가 가지고 있던 위조지폐의 번호를 돌리기를 잘했지. 오늘 오후에 공문을 본 구노 경감이 나한테 연락했다. 모두 똑같은 번호라 그쪽 사건의 설명을 들었을 때는 나도 내 귀를 의심했다."

전혀 상관없는 것으로 보였던 두 사건이 연관성을 띠기 시작했으니 놀랄 법도 했다. 그때 아버지가 지었을 표정을 상상하고 린타로는 히죽 웃었다. 나중에 구노 경감에게 물어봐야겠다. 분명 길에서 주운 복권이 일등에 당첨된 사람처럼 호들갑을 떨었으리라.

"위조지폐의 일련번호가 일치한다면 와타나베 기요시가 네리마 구의 강도 살인 사건에 관여했다는 건 기정사실이라 봐야겠군요. 직접 사건에 관여했는지 아닌지는 아직 모르지만요."

린타로가 신중하게 말하자 총경은 고개를 저었다.

"이제 와서 무슨 소리냐. 범인은 단독범이라고 했잖아. 안자이 아키노리는 와타나베가 죽인 게 맞다. 사람을 해치지 않았다면 은행에서 도망치기 위해 그렇게 위험을 무릅쓰지 않았을 게야."

"죽을힘을 다해 도망친 건 살인죄를 피하기 위해서였다고 말씀하시는 거예요?"

"그게 아니면 뭐겠냐. 가진 돈이 위조지폐라는 것을 알아챈 순간 강도 살인의 결정적인 물증이라는 사실도 깨달았겠지. 다락의 경보 장치를 본 사람이라면 누가 무엇 때문에 위조지폐를 만들었는지 즉시 깨달았을 테니까. 두고 온 팔백만 엔의 일련번호와 맞추어 보면 단번에 범행이 발각되는데. 소스라치게 놀랄 법도 하지."

자신만만한 대답에 린타로는 동의하는 시늉을 하며 말했다.

"위조지폐인 줄 몰랐는데 나머지 팔백만 엔은 왜 두고 왔을까요?"

"송곳 구멍이 마음에 걸렸겠지. 와타나베가 가져간 사백만 엔은 깨끗했다. 안자이 아키노리는 경보 장치의 존재를 숨기려고 낚싯줄이 연결되어 있지 않은 돈다발을 맨 위에 쌓아 위장한 것이 틀림없어. 같은 위치에 구멍이 뚫린 지폐는 금방 추적을 당할 테니 위험을 무릅쓰고까지 가져오진 않았겠지."

"자제력이 강한 강도네요."

"그래서 히카리가오카 서의 수사본부는 당초 강도가 다락의 현금이 위조지폐라는 사실을 깨닫고 보복으로 안자이를 살해했다고 생각했다. 하지만 와타나베는 훔친 사백만 엔이 진짜 지폐라고 믿고 있었으니 그 추측은 들어맞지 않지. 오히려 노인을 죽이는 게 와타나베의 진짜 목적이고, 돈을 훔친 건 강도의 범행으로 위장하려는 작전이 아니었을까? 세리자와 사에가 돈을 요구할 때까지 훔친 돈에 손대지 않은 것도 아마 그 때문일 테고."

"진짜 목적이 살인이었다고요? 그건 비약 같은데……."

린타로는 짐짓 알아듣지 못한 척을 하며 이야기를 재촉했다. 총경은 의미심장한 웃음을 흘리더니 뜸을 들이듯 담배에 불을 붙였다.

"어째서 비약이 아닌지 가르쳐 주마. 구노 경감에게 들었는데 살해된 안자이에게는 스물여덟 살 먹은 조카가 하나 있다더구나. 죽은 여동생의 외동아들로 이름은 나라자키 쇼타."

"유일한 혈육이네요."

"그렇지. 외삼촌의 지원으로 도내의 사립대를 졸업하고 히가시나가사키에서 아르바이트를 하며 살았는데, 세 달 전에 일하던 편의점이 망한 뒤로 일자리를 구하지 못했어. 인터넷 옥션으로 입에 풀칠은 하는 모양이다. 외삼촌의 죽음으로 유산을 물려받으면 힘들게 직장을 구할 필요도 없겠지."

총경의 눈빛이 날카로워지자 린타로는 자세를 바로 했다.

처음 수사에 착수했을 때부터 구노 경감은 가장 먼저 안자이의 조카를 의심했다고 한다. 나라자키 쇼타는 예전부터 안자이의 집에 드나들었기 때문에 현장의 구조나 피해자의 생활 습관도 잘 알고 있었다. 마당에서 키우던 개도 그를 잘 따랐다. 유산을 노린 범행을 강도 살인으로 위장하는 건 식은 죽 먹기였으리라.

"하지만 실제로 만나 보고 구노 경감은 나라자키를 용의 선상에서 제외했다. 이유는 다락에서 발견한 위조지폐를 보여 줬을 때의 반응이 범인 같지 않았기 때문이지. 그리고 사건이 일어난 밤, 나라자키에게는 완벽한 알리바이가 있었어."

"그게 뭔데요?"

"토요일 오후 11시부터 이튿날 오전 3시까지 이케부쿠로의 피시방에서 온라인 게임을 했다는구나. 단골 가게라 종업원이 나라자키의 얼굴을 기억하고 있었고, 게임 회사의 접속 기록도 확인했다. 대역이나 알리바이 조작을 의심할 여지도 없고. 이게 단독 사건이라면 나라자키 쇼타의 범행은 불가능하다고 판단했겠지만……."

"하지만 사건이 하나 더 있었죠."

여기까지 오면 상황은 불 보듯 뻔했다. 린타로는 싹싹하게
말했다.

"강력한 동기를 가진 용의자에게 알리바이가 있는 건 와타
나베 기요시의 경우와 마찬가지네요. 공범자의 존재를 가정하
면 알리바이는 문제 될 게 없죠. 와타나베가 강도의 범행으로
위장해 안자이를 죽인 게 분명하다면 그 반대도 성립한다는 말
씀이시죠?"

"그렇지." 총경은 의기양양하게 말했다. "나라자키 쇼타는
외삼촌을 없애 준 대가로 와타나베 히나코를 자살로 위장해 살
해했어. 네리마 구의 사건과 고마에 시의 사건은 둘이서 공모
해 저지른 교환 살인이야."

"브라보! 이제야 운이 트이네요. 두 장의 에이스에 남아 있
던 신원 미상의 지문이 나라자키와 일치하면 두 사람의 공모를
입증할 수 있겠죠? 나라자키의 신병은 확보했습니까?"

린타로의 물음에 총경은 갑자기 머리를 긁적이며 말문을 흐
렸다.

"그게 말이다⋯⋯."

소식을 들은 노리즈키 총경은 즉시 히카리가오카 서로 달려

가 구노 경감과 합류했다. 두 사건의 수사 정보를 맞춘 결과 나라자키 쇼타에 대한 혐의가 굳어졌고, 참고인 조사 목적으로 히가시나가사키의 원룸에 수사관을 급파했지만…….

"우리가 서둘러 움직인 건 마음에 걸리는 일이 있었기 때문이다. 아까 말했던 보험 조사원이 쓸데없는 짓을 해 준 덕분이었지."

신주쿠도리의 사고 현장에 있던 조사원이 초조한 마음에 부상자의 신원을 언론에 유출했다고 한다. 그 때문에 와타나베의 죽음이 일부 언론에 보도되었다.

위조지폐 건은 간신히 숨겼지만, 사고 상황이 부자연스러웠던 까닭에 와타나베의 자살을 암시하는 추측성 기사가 어젯밤부터 인터넷에 올라왔다고 한다. 나라자키가 그 기사를 읽었다면 분명 가만히 있을 리 없다. 최악의 경우 자신에게 수사망이 좁혀 올 것이 두려워 도주할 가능성도 있었다.

그리고 불길한 예감은 맞아떨어졌다.

"나라자키의 원룸에는 이미 아무도 없었다. 휴대 전화로 연락했지만 받을 생각을 않더군. 위치 추적을 당할까 봐 전원을 꺼 둔 모양이야. 위조지폐의 출처가 밝혀질 때까지 만 하루의 공백이 있었던 탓이지."

"저런……."

린타로는 과장되게 어깨를 으쓱하며 말을 이었다.

"구인지공휴일궤九仞之功虧一簣라더니. 축배를 들기에는 너무 이르잖아요. 어렵게 용의자를 찾아냈는데 신병도 확보하지 못하다니."

"너무 깐깐하게 굴지 마라. 오늘로 큰 고비는 넘긴 셈이니."

총경은 담배를 태우며 취하지 않은 척 멀쩡한 표정을 지어 보였다. 캔 맥주를 하나 더 따지 않은 것은 나름대로 자제한 것이다.

"특별히 뒷배 봐 줄 사람도 없는 일반인이 도망쳐 봤자지. 맨몸으로 도망친 것이나 다름없으니 금세 위치를 파악할 수 있을 게다. 이미 히카리가오카 서의 수사본부에서 조치를 취했고, 내일 본청에 특별 수사본부를 설치해 인원을 확보할 예정이다. 원룸을 뒤져서 교환 살인의 증거가 될 만한 물증을 찾아냈거든."

"나라자키 쇼타의 지문이 와타나베의 카드에 묻은 지문과 일치했나요?"

"아니. 그건 아니지만 사실상 일치한 것이나 다름없다."

총경은 피우던 담배를 재떨이에 내려놓더니 다시 주머니에 손을 넣었다.

"옷장에서 통장과 인감을 보관해 둔 케이스를 찾았다. 서두르느라 챙길 겨를도 없었던 모양이야. 그 안에 이런 게 들어 있더구나."

다른 사진을 꺼내 아까 꺼낸 사진 옆에 놓았다.

같은 구도로 트럼프 카드 두 장을 찍은 사진이었다.

스페이드 잭과 하트 3.

"와타나베 기요시가 임대 창고에 숨겨 두었던 카드와 같은 바이시클 라이더백이다. 아마 같은 세트일 게야. 감식반에서 두 장의 카드를 조사한 결과, 나라자키 본인의 지문과 또 하나, 누구 것인지 모를 지문이 묻어 있다고 하더라."

"누구 것인지 모를 지문요?"

낯익은 대사에 고개를 갸웃거리며 되묻자, 총경은 입가에 웃음을 지으며 대답했다.

"그 지문이 에이스에 묻어 있던 신원 미상의 지문과 일치했다. 동일인이 분명해. 내가 무슨 말을 하는지 알겠지? 지금으로서는 누군지 알 수 없지만, 그 지문의 주인을 통해 와타나베 기요시와 나라자키 쇼타가 의사소통을 한 것이 틀림없다."

린타로는 고개를 끄덕이며 두 손에 사진을 들고 네 장의 카드를 훑어보았다.

♠A, ♥A

♠ J. ♥3

교환 법칙과 결합 법칙. 공범자 중 하나가 사망했더라도 두 사람의 공모 사실은 이 지문으로 충분히 입증할 수 있다. 그렇지만…….

"두 사람의 관계는 분명한데, 제삼의 인물의 역할은 뭘까요?"

"교환 살인을 계획한 중개인이겠지." 총경은 말이 끝나기가 무섭게 대답했다. "불법 심부름 센터나 이벤트 업체의 전직 간부, 그런 술수에 능한 자가 한 명쯤 끼어 있었을지도 모르지. 너도 알다시피 공범자와의 접촉을 최대한 피하는 것이 교환 살인의 기본 아니겠냐. 그렇다면 당사자끼리 직접 연락을 주고받기보다는 사건과 전혀 상관없는 제삼자를 중개인으로 내세워 교섭을 대행하는 편이 발각될 위험도 적지. 물론 중개인은 그 둘에게 비밀 보장의 대가를 포함한 대행 수수료를 두둑이 챙겼을 테고."

"결혼 중개업자…… 아니, 불법 사이트의 관리자 같은 존재로군요."

"역할은 비슷하지만 인터넷의 익명성을 과신하면 위험하지."

"뭔가 알아내셨어요?"

"와타나베 기요시의 휴대 전화 메모리를 분석해 삭제된 메시지를 복원하는 중이다만 큰 기대는 하지 않는다. 내 생각에는 통신 기록과 접속 기록을 통해 범행이 발각되지 않도록 중요한 정보는 모두 오프라인에서 주고받았을 것 같다. 이 트럼프 카드도 중개인이 각 고객에게 보낸 것일 테니 범행 조건을 지정하는 부신符信 같은 것은 아니었을 게다."

"부신이라, 오랜만에 들어 보는 말이네요."

린타로가 장난스럽게 말하자 총경은 콧방귀를 뀌며 대답했다.

"그게 뭐 어때서. 디지털이 판을 치는 요즘 같은 세상에서는 오히려 고리타분한 수법이 맹점으로 작용하는 경우도 있다는 뜻이다."

"새겨들을게요. 처음에 발견한 두 장의 에이스가 A.A, 한마디로 안자이 아키노리의 이니셜을 감춘 부호라고 하면, 잭과 3은? 와타나베 히나코의 이니셜은 W.H이고 처녀 적 성은 시마타니예요. J와 3 둘 다 아무 관련도 없죠."

"조급해할 것 없다. 숫자 3을 옆으로 눕히면 W라고 읽을 수 있으니."

"뭐, 그것도 말이 안 되진 않죠. 그럼 잭은 뭡니까?"

아들의 떨떠름한 반응에 총경은 발끈해 말했다.

"이건 구노 경감의 가설인데, 히나코의 히는 로마자 표기로는 Hi야. 하이라고 읽을 수 있고. 그러니까 하이잭Hijack이라는 단어에서 Hi를 뺀다는 뜻으로 잭을 택한 게 아니냐고……."

"음……."

린타로는 끙, 하고 신음했다. 해석에 감탄했기 때문은 아니었다. 기발한 상상력이었지만 솔직히 억지스러운 느낌이 들었다. 자신이 같은 말을 했다면 아버지는 엉터리 같은 소리라고 일축했으리라.

"표정을 보아 하니 마음에 들지 않는 모양이로구나."

"재미있는 아이디어 같아요. 하지만 히나코의 히_妃는 퀸이죠. 억지로 갖다 붙이지 않아도 스페이드의 여왕이라고 보는 편이……."

그 순간이었다.

반사적으로 떠오른 뜬금없는 생각에 린타로는 숨을 삼켰다.

과연 그렇게 볼 수 있을까? 다시 한번 사진 속의 카드를 바라보며 마크와 대응되는 문자를 확인했다. 선입견 없이 보니 빠진 부분이 있다는 것을 한눈에 알 수 있었다.

"그런 거였군. 하트 에이스는 이니셜이 아니에요."

"뭐라고? 이니셜이 아니면 뭐란 말이냐?"

"숫자 1요. 스페이드는 피해자를, 하트는 순서를 가리키는 거예요."

"순서라니, 무슨 순서?"

"교환 살인을 실행할 순서지 뭐겠어요."

노리즈키 총경은 무슨 말인지 도통 알아듣지 못하겠다는 표정을 지었다.

말로 설명하기보다는 실제로 보여 주는 편이 빠르다고 생각한 린타로는 자리에서 일어나 서재로 달려갔다. 오랫동안 꺼내지 않았는데 어디 뒀더라?

찾는 물건은 책장 서랍 속에서 먼지를 뒤집어쓴 채 잠들어 있었다. 빙고 게임 경품으로 받은 플라스틱 트럼프였다. 바이시클 라이더백은 아니지만 디자인의 차이는 넘어가 달라고 해야지.

거실로 돌아가자 총경은 지루한 표정으로 담배를 뻑뻑 피워 대고 있었다.

"이 담배를 다 태울 때까지 돌아오지 않으면 먼저 자려던 참이었다. 너처럼 매일 밤을 새울 수 있을 만큼 팔자 편한 몸이 아니거든. 하고 싶은 말이 있으면 얼른 해라. 잠 좀 자게."

본인이 지금까지 이야기를 질질 끌었으면서 상황이 달라지니까 태도를 싹 바꾸다니. 린타로는 가져온 트럼프를 하나씩 고르며 자신만만한 얼굴로 말했다.

"제 이야기를 들으면 오늘 잠은 다 잤다고 생각하세요."

"녀석, 큰소리는. 카드는 왜 가져왔냐? 점이라도 보게?"

린타로는 대꾸하지 않고 네 장의 카드, 스페이드 에이스와 하트 에이스, 스페이드 잭과 하트 3을 꺼내 탁자 위에 늘어놓았다.

"두뇌 운동 좀 하게요. 아까도 말씀드렸다시피 스페이드와 하트는 저마다 다른 의미를 가지고 있을 가능성이 있어요. 만일 제 추측이 옳다면 와타나베 기요시가 가지고 있던 두 장의 에이스는 A.A가 아니라 A.1을 나타내는 뜻일 거예요. 그러면 나라자키 쇼타의 집에서 찾은 J.3 말고도 또 다른 한 쌍이 존재해야겠죠."

"다른 한 쌍이라고?"

"순서대로 생각하면 아마 Q.2일 겁니다. 이런 식으로요."

린타로는 스페이드 퀸과 하트 2를 추가했다.

♠A, ♥A

♠Q, ♥2

♠J, ♥3

"하트의 1과 3 사이에 2가 들어간다는 거냐?"

노리즈키 총경은 미간을 찌푸리며 고개를 들었다.

"아까 스페이드 퀸이 와타나베 히나코를 뜻한다고 했지?"

"네. 그리고 하트 2는 두 번째 피해자를 나타내죠. 마찬가지로 스페이드 에이스가 안자이의 A를, 하트 1이 첫 피해자라고 하면 잭과 3은…… ."

담뱃재가 떨어지는 줄도 모르고 총경은 꿀꺽 마른침을 삼켰다.

"J로 표시되는 인물이 세 번째 피해자라는 뜻이냐?"

여전히 반신반의한 표정의 총경을 향해 린타로는 힘주어 고개를 끄덕였다.

"그렇게 가정한다면 와타나베 히나코를 살해한 건 나라자키 쇼타가 아닙니다. 그의 집 옷장에 숨겨 놓은 카드의 조합으로 미루어 그는 J라는 이니셜을 가진 미지의 인물을 죽이기로 했을 가능성이 크니까요. 히나코를 해친 건 정체불명의 지문을 카드에 남긴 제삼의 인물입니다."

"그럴 수가…… ." 총경은 굳은 표정으로 고개를 저었다. "와타나베와 나라자키의 교환 살인이 아니라 제삼의 인물까지 포함한 삼중 교환 살인을 계획했단 말이냐? 그런 일이 실제로 있을 수가 있어? 아무리 그래도 네 생각은 너무 황당무계해."

"분명히 그런 구석이 있기는 하지만 근거 없는 추측은 아닙니다. 이 조합에는 필연성이 있어요. 와타나베와 나라자키 말고 제삼의 인물이 관여하고 있는 건 사실이니까요. 설령 직접적인 접촉을 피하기 위해서라고 해도 입장이 다른 제삼자를 끌어들이는 건 오히려 공연한 위험을 짊어지는 꼴이 될 뿐이에요. 지문의 주인이 단순한 중개인이 아니라 실제로 교환 살인에 관여했다고 생각하면 안 될 이유라도 있나요?"

"가만있어 봐라." 총경이 날카롭게 반박했다. '중개인의 손을 빌린 게 아니라면 이런 카드를 주고받을 필요가 없지. 네 가설은 탁상공론이야."

"아니죠. 공범이 셋이기 때문에 카드가 필요했던 겁니다."

린타로는 씩 웃더니 탁자 위에 늘어놓은 트럼프를 전부 뒤집었다. 스페이드 세 장과 하트 세 장을 나누어 따로따로 섞었다.

"세 명이서 교환 살인을 할 경우는 둘이서 할 때와 달리 표적을 정하는 법은 두 가지, 범행 순서는 여섯 가지니까 경우의 수는 모두 열두 가지죠. 불평등이 생기지 않도록 역할을 정하려면 가장 공평한 방법은 역시 제비뽑기예요. 그들은 이 카드를 이용해 저마다 표적과 범행 순서를 정한 것이 틀림없습니다. 네 장의 카드 모두에 제삼의 인물의 지문이 묻어 있는 이유는 아마 그가 패를 돌렸기 때문일 겁니다."

린타로는 동작을 멈추고 아버지를 향해 고개를 끄덕했다.

총경은 팔짱을 낀 채 입을 꼭 다물었다. 이내 단념한 듯 팔짱을 풀더니 두 더미의 카드에서 각각 한 장씩 빼서 뒤집었다.

스페이드 잭과 하트 3.

"잭과 3이라. 무슨 속임수라도 쓴 게냐?"

미심쩍은 표정으로 묻는 아버지를 향해 린타로는 고개를 저었다.

"우연이에요. 하지만 혹시 모르니 나라자키 쇼타의 11월 1일의 알리바이를 확인해 보시는 게 좋을 것 같아요. 제 생각대로 일련의 사건이 삼중 교환 살인이라면 나라자키는 히나코가 살해된 시간대에도 빈틈없는 알리바이를 준비해 두었을 가능성이 커요……. 갑자기 행방을 감춘 것도 어쩌면 와타나베 기요시의 사고와 상관없을지도 모르고요."

"사고와 상관없다고? 그게 무슨 소리냐?"

"와타나베 히나코가 살해된 지 벌써 보름도 더 지났어요. 이미 세 번째 희생자가 나왔어도 이상할 건 없겠죠."

그 말을 들은 총경은 눈을 동그랗게 떴다. 린타로는 말을 이었다.

"범행을 저지를 때 자신의 정체를 암시할 만한 실수를 저질러서 모습을 감춘 건지도 몰라요. 고마에 시의 사건이 일어난 지 만 하루 뒤부터 오늘까지 이니셜이 J, 또는 그와 비슷한 이름을 가진 사람이 살해된 사건은 없는지, 타살이라 단정되지 않은 변사 사건까지 포함해 기록을 모두 확인해 보세요."

"알았다. 나라자키의 알리바이도 포함해 알아보마."

총경은 진지한 얼굴로 고개를 끄덕이고 나서 앞으로가 걱정된다는 듯 말했다.

"그런데 피해자에 대한 단서가 J 하나뿐이라는 건 너무 막연하구나. 이름과 성 중 어느 쪽에 해당되는지 모르니 말이다. 더욱 확실하게 걸러 낼 수 있는 방법은 없을까?"

"있어요." 린타로는 즉시 대답했다. "수사가 난항을 겪고 있는 사건을 찾으면 됩니다. 나라자키가 맡은 J.3의 범행은 피해자를 죽일 명백하고 강력한 동기를 가진 용의자가 완벽한 알리바이를 확보하고 있는 사건에 한합니다. 그 용의자야말로 와타나베 히나코를 살해한 세 번째 공범이고, 네 장의 카드에 묻은 수수께끼 지문의 주인이에요."

11월 17일 수요일.

노리즈키 총경은 예정대로 본청에 네리마 구와 고마에 시 사건의 특별 수사본부를 설치하고 안자이 아키노리의 살해에 관여한 혐의로 나라자키 쇼타의 체포 영장을 발부받아 전국에 지명 수배했다.

나라자키의 행방은 여전히 오리무중이었다. 지난 며칠 동안의 행적을 전혀 파악할 수 없었을뿐더러 주말부터는 집에도 돌아오지 않은 모양이었다. 공범인 와타나베 기요시가 사고사하기 전에 다른 이유로 도주했을 가능성도 부정할 수 없는 상황이었다.

그날 오후 늦게 구노 경감의 탐문 조사로 더욱 우려할 만한 사실이 밝혀졌다. 와타나베 히나코가 살해된 11월 1일 오후, 나라자키 쇼타는 네리마 구의 변호사 사무실을 찾아 외삼촌의 유산 상속 절차에 대해 상담했다고 했다.

"안자이 아키노리는 유언을 남기지 않았습니다." 구노가 말했다. "상속인은 조카인 나라자키뿐이었지만, 소재가 불분명한 은닉 재산이라는 점이 상속 절차를 진행하는 데에 걸림돌이 된 모양입니다. 과거 거래 내역으로 보아 안자이가 은행에서 인출한 현금은 적어도 팔천만 엔입니다. 나라자키는 땅과 집에 대해서만 상속세를 납부하고, 안자이가 현금으로 가지고 있던 재산은 나중에 몰래 찾아내 세금을 내지 않고 슬쩍하고 싶었던 모양입니다. 그런 말도 안 되는 방법은 없지만, 어떻게든 세금을 한 푼이라도 적게 낼 묘안이 없겠느냐며 집요하게 물었다고 합니다."

"그랬군. 나라자키가 변호사와 만난 시간은 언제인가?"

"오후 3시에 와서 5시 반까지 계속 사무실에 있었습니다."

변호사 사무실은 네리마 구청 근처에 있다고 했다. 범행 현장인 고마에 시 나카이즈미까지 전철로는 한 시간 남짓. 자동차로도 삼사십 분은 걸리는 거리다.

"그럼 나라자키는 와타나베 히나코를 죽일 수 없었겠군. 상담 시간은 누가 정했나?"

"나라자키입니다. 알리바이를 확보하기 위해 그 시간대를 지정했겠지요. 제삼의 인물이 범행에 관여되었을 공산이 커졌네요."

"그러게. 아무래도 린타로의 추측이 맞은 모양이로군."

노리즈키 총경은 인상을 찌푸리며 깊은 한숨을 내쉰 뒤 쉰 목소리로 말했다.

"J.3에 해당하는 사건 수색을 서두르는 게 좋겠네."

09

형과 아우

"엘러리 씨, 나라고 좋아서 이러는 게 아닙니다. 정말이에요. 형을 해치는 계획이 어떻게 기분 좋을 수 있겠습니까. 하지만 누군가는 해야 하는 일이고, 전능하신 신이 심판할 때까지 기다릴 수가 없었습니다."

"일단 손에 피를 묻히면 당신도 킹과 똑같은 인간이 되는 겁니다. 주더 씨."

"나는 사형 집행인입니다. 사형 집행인은 모든 공무원 중에서 가장 존경받아 마땅한 이들이죠."

엘러리 퀸, 『킹은 죽었다』

"밥 먹고 나갈 건데, 같이 갈 테냐?"

늦은 아침을 먹으며 노리즈키 총경이 물었다. 일요일 아침이었다.

"네, 어디 가시게요?"

"가키오 쪽에 가 볼 곳이 있다. 너도 분명 관심을 가질 게야."

아버지의 말투를 보아 하니 예의 교환 살인에 관련된 현지 시찰인 것 같았다.

이번 주 후반, 노리즈키 총경은 집에 들어와도 잠만 자고 나갔던 까닭에 자세한 사건의 경과를 듣지 못했다. 나라자키 쇼타는 여전히 행방불명 상태라 수사 진척 상황이 신경 쓰이던

참이었다. 일부러 쉬는 날에 아들까지 데리고 나가는 걸 보면 생각하는 바가 있는 것이리라. 안락의자 탐정도 좋지만 가끔은 서재에서 나가 바깥바람을 쐬는 것도 나쁘지 않다.

삼십 분 뒤, 린타로는 운전석에 앉아 내비게이션을 켜며 말했다.

"가키오라면 마치다 근처네요. 도메이 고속 도로를 탈까요?"

"아니. 조금 돌아가지만 고마에 시에 들렀다 가자." 조수석에 앉은 총경은 안전띠를 매며 아들을 배려했다. "와타나베 히나코가 살해된 집을 보여 주마."

린타로는 아버지의 말에 따라 세타가야도리로 차를 몰았다.

기분이 상쾌해지는 화창한 가을날이었다. 징검다리 연휴의 둘째 날 오전이라 도로는 막혔지만 스트레스를 받을 정도로 정체되지는 않았다. 고마에 시에 들어서서 세타가야도리를 빠져나와 고마에도리의 사거리에서 좌회전했다. 나카이즈미의 주택가 한 귀퉁이에서 총경은 차를 세우라고 손짓했다.

"저 집이다. 밖에서 보는 건 괜찮은데 안에 들어가지는 마라."

린타로는 고개를 끄덕이며 차에서 내렸다. 문기둥의 문패를 확인하고 철제 울타리 너머로 주인 잃은 집을 들여다보았다. 화단에는 잡초가 무성했지만 고작 보름 동안 방치했다고 이 지경이 되지는 않았으리라. 와타나베 히나코는 우울증 때문에 마당을 손질할 여력이 없었을 테니 사건이 일어나기 전부터 이 상태였겠지. 남편이 죽고 나서 도착했는지 비닐 봉투에 든 광고 우편이 우편함에서 삐져나와 있었다.

창문이 모두 꼭 닫혀 있어서 집 안은 들여다볼 수 없었다. 린타로는 반응이 있었으면 하는 마음에 저도 모르게 문기둥의 인터폰을 누를 뻔했지만, 어린애 장난과 다를 바 없음을 깨닫고 손을 내렸다. 살던 사람이 연이어 세상을 떠난 사연 많은 집이라도 지금은 횅한 건물에 불과했다. 린타로는 느닷없이 앤트쿠아리움을 떠올렸다. 히나코가 키우던 개미들은 어떻게 됐을까?

차로 돌아와 묻자 총경은 무뚝뚝하게 대답했다.

"임대 창고의 상자 안에서 다 말라 죽은 채로 나왔다. 그건 왜?"

"아무것도 아니에요."

린타로는 시동을 켜고 차를 출발시켰다.

세타가야도리로 돌아가 더 서쪽으로 향했다. 다마스이도바시 다리에 들어서자 다마가와 강변에 나와 있는 수많은 사람들의 모습이 보였다.

나이도 성별도 모두 제각각이었다. 소풍이나 운동을 나온 것 같은 차림새로 저마다 커다란 비닐 봉투를 끌며 바닥을 쿡쿡 찔렀다. 네다섯 명씩 무리 지어 촐랑촐랑 돌아다니는 모습은 멀리서 보면 흡사 먹이를 줍는 개미 같았다.

"저 사람들은 뭐냐? 보물찾기라도 하는 건가?"

총경이 물었다.

"시민 봉사 단체의 환경 정화 캠페인이에요. NPO에서 정기적으로 개최하는 '다마가와 강 에코 워크'라는 행사일걸요. 연휴에 맞춰 대형 캠페인을 개최한다는 광고 못 보셨어요?"

"아, 그게 저거냐? 타는 쓰레기나 재활용품 같은 분리수거 캐릭터가 그려져 있던……."

정체를 알자마자 총경은 관심을 잃었다.

다마가와 강을 건너면 가나가와 현 가와사키 시, 세타가야도리도 쓰쿠이 가도라는 이름으로 바뀐다. 창문을 내리고 담배를 피우기 시작한 아버지를 힐끗 보며 린타로는 이제 슬슬 이야기를 꺼낼 때라고 생각하며 말문을 열었다.

"세 번째 피해자는 아직 소식이 없어요?"

"경시청 관내의 사건들을 샅샅이 뒤져 봤다. 피해자의 이니셜이 J, 이번 달 2일 이후에 일어난 사건 중에 두 건 정도 의심이 가는 게 있더구나. 에도가와 구와 시나가와 구에서 일어난 살인 사건인데 모두 유력한 용의자에게 알리바이가 있다."

"어떤 사건인데요?"

총경은 두 사건의 개요를 간략하게 설명했다. 에도가와 구의 사건은 11월 10일, 조타이메이라는 침술원의 원장이 자택에서 피살된 사건인데 육십 대 남성 환자와 금전적인 트러블이 있었던 모양이다. 남자는 그날 간사이 쪽을 여행중이었다. 다른 한 건은 12일 밤, 고탄다의 모텔 객실에서 진구지 미유라는 학생이 교살된 사건이다. 교제하던 이십 대 남성이 용의 선상에 올랐지만 범행 시간에는 다른 여자와 함께 있었다고 한다.

"그 두 사람의 지문은 조회하셨죠?"

"물론이지. 모두 카드의 지문과 일치하지 않았다. 또 한 건, 자하나 사요코라는 시민운동가의 집에 누군가가 총을 쏜 사건이 있었지만, 이건 우익 단체가 저지른 일로 추정되며 사상자는 없었다. 도내에서 일어난 사건 중에 의심이 가는 건 이 정도다. 만일의 경우에 대비해 피해자의 이니셜이 J가 아니라도 다른 조건이 일치하는 사건들을 빠짐없이 확인했지만 이렇다 할 만한 건 없더구나."

"이상하네요······."

린타로는 운전대를 집게손가락으로 톡톡 치며 말했다.

"아직 세 번째 사건이 일어나지 않았을 가능성도 있지만 그렇다면 나라자키 쇼타가 황급히 도주한 이유를 설명할 수가 없어요. 고마에 시에서 사건이 일어났을 때도 나라자키에게 알리바이가 있었다는 건 세 번째 공범이 존재한다는 뜻인데······."

"그래서 간토 지방의 여섯 현과 야마나시 현까지 수사 범위를 넓히기로 했다. 교환 살인은 관할이 다른 지역에서 사건을 일으켜야 쉽게 덜미가 잡히지 않을 테니까 말이다. 그랬더니 가나가와 현경 관내에서 수상해 보이는 사건이 나타났다."

"지금 우리가 가고 있는 가키오 시가 그 현장인가요?"

"그래. 조사에 착수한 지 얼마 되지 않아서 확증은 얻지 못했다만 내 생각에는 이 사건이 맞는 것 같다. 가나가와 현경의 관할을 침범하는 셈인데 어설프게 할 수는 없잖냐. 그래서 이 가설을 처음 제기한 네 의견도 들어 보고 싶어 같이 가자고 했다."

"그랬군요." 린타로의 신중한 말투는 자신감의 방증이리라. "피해자의 이름이 뭡니까?"

"조시마 에쓰시, 마흔이다. 사건이 일어난 건 딱 일주일 전이고. 자택에 화재가 발생했는데 화재 현장에서 불탄 시체가 발견됐다. 소방서에서 조사한 바로는 방화일 가능성이 있다고 한다."

빨간불에 걸린 린타로는 브레이크를 밟았다. 오다큐 선 요미우리 랜드 앞 역이었다.

"방화라. 계획적인 교환 살인이라면 각각 수법도 다르게 설정했겠죠."

"그렇지. 날짜와 이니셜도 일치한다. 피해자는 무직, 중년 백

수었어. 대학을 졸업하고 나서 도쿄의 무역 회사에 취직했지만 삼 년도 안 다니고 그만뒀다. 그 뒤로 재취업하지 않고 집에서 부모님에게 얹혀산 모양이야. 완전한 은둔형 외톨이는 아니었지만 날이 밝을 때 밖에 나간 적은 거의 없었다는구나. 너처럼 '자택 경비원'이었던 게지."

총경은 어디서 들었는지 인터넷 용어를 구사했다. 린타로는 어깨를 으쓱하며 대답했다.

"똑같이 취급하지 마세요. 부모님은 건재하시고요?"

"아니, 아버지는 사 년 전에 병으로 세상을 떠났고 일흔의 노모와 둘이서 살고 있었어. 장남인 에쓰시, 밑으로 세 살 터울의 여동생과 다섯 살 터울의 남동생이 있지. 여동생은 시즈오카로 시집을 갔고, 남동생인 쓰토무는 미혼인데 교사 자격증을 따서 가와사키 시 나카하라 구의 공립 중학교에서 과학 선생으로 일하고 있다."

그제야 신호가 파란불로 바뀌었다. 린타로는 액셀러레이터를 밟으며 물었다.

"화재는 어떤 상황에서 일어났나요?"

14일 일요일 오전 5시경. 가와사키 시 아사오 구 가타히라의 목조 이층집에서 화재가 발생해 눈 깜짝할 사이에 불길이 치솟았다. 이웃 주민들이 119에 신고한 덕에 주변으로 불이 번지는 건 막았지만 소방차가 도착했을 때는 이미 2층 장남의 방에까지 불길이 번진 상태여서 미처 손쓸 겨를이 없었다.

소방 당국의 현장 검증에 따르면 처음 불길이 치솟은 계단 주변에 기름을 끼얹은 흔적이 있으며 석유 난로의 기름통이 나뒹굴고 있었다고 한다. 시한 발화 장치 등을 설치한 흔적은 없었으며, 히터 본체는 바깥 창고에 놓여 있었기에 누군가가 작년에 쓰고 남은 기름을 바닥에 뿌리고 불을 붙였을 가능성이 크다고 한다. 현장에서 발견된 시신은 장남 에쓰시였다. 같이 살던 모친은 외출중이었던 까닭에 다행히 변을 피했다.

"일요일 오전 5시에 무슨 외출요?"

"현장에서 일 킬로미터쯤 떨어진 기도원에서 아침 기도를 드리고 있었다고 한다. 장남 걱정에 신흥 종교에 빠진 모양이야. 매주 일요일 오전 5시부터 8시까지 교주의 집에 모여서 기도문을 외우고, 끝나면 교주가 정화한 성수를 가지고 돌아와 그 물로 아들의 밥을 지었다는구나. 남편을 먼저 보내고 더욱 종교에 빠져들었다고 한다. 무슨 일이 있어도 일요일 아침 기도만큼은 거르지 않았다고 들었어."

"그게 완벽한 알리바이인가요? 석유 난로의 기름통도 그렇고, 분명 집안 사정을 잘 아는 사람이 범행에 관련되어 있을 텐데."

먼저 선수를 치자 총경은 고개를 저으며 말했다.

"그렇다고 아들의 처지를 비관해 노모가 저지른 범행 같지는 않단 말이야. 일흔의 고령이니 본인만 살겠다는 생각을 했을 리도 없고. 장남의 죽음도 죽음이지만 오랫동안 살던 집이 홀랑 타 버려서 죽은 남편의 위패까지 전부 잿더미가 된 것에 대한 충격이 더 큰 것 같다고 들었다. 애당초 누가 일흔 할머니를 교환 살인에 끌어들이겠냐."

"그 말씀도 일리가 있네요. 가나가와 현경에서는 뭐래요?"

"피해자는 십 년 이상 집에 틀어박혀 외부와 단절된 채 살아왔으니 원한에 의한 범행일 가능성은 희박하다. 살의를 품었다면 아마 가족, 여동생이나 남동생이 아니겠느냐. 앞으로도 가족들의 짐이 될 바에야 차라리 죽어 주는 게⋯⋯. 그렇게 생각한 적도 한두 번이 아닐 테지. 하지만 사건 당일 알리바이를 확인해 보니 두 사람 모두 범행은 불가능했어. 그리고 또 하나, 14일은 에쓰시의 마흔 살 생일이었단다. 가족의 범행이 불가능했던 점으로 미루어 현경에서는 신변을 비관한 자살이라는 결론을 낸 모양이야."

잠시 숨을 돌리고 나서 총경은 비밀 이야기를 하듯 말했다.

"하지만 담당 소방관 말로는 시신이 탄 상태도 이상하고 현장에 뿌린 기름의 양이 작년에 쓰고 남은 것치고는 너무 많았다는구나. 그런 걸 포함해 미심쩍은 점이 몇 가지 있는 모양이야. 방화 살인일 가능성도 배제할 수는 없지만 현경에서 사건성이 없다고 단정했으니 우리가 추궁할 수는…….”

총경은 이야기하다가 도로가에 자리한 청사를 가리키며 “저게 관할 서인 아사오 경찰서다”라고 쓸쓸한 목소리로 덧붙였다. 조시마 에쓰시가 교환 살인의 피해자라면 가나가와 현경은 범인들의 계략에 보기 좋게 걸려든 셈이다. 범행 일시를 생일로 정한 것도 충동적인 자살이라는 결론으로 유도하기 위한 포석이었으리라.

“동생들의 알리바이는 구체적으로 뭡니까?”

“여동생은 결혼해서 시모다 시에 사는데 오전 7시쯤에 아이와 함께 개를 산책시키는 모습을 이웃 주민들이 봤어. 이즈 반도의 시모다에서 가키오까지는 아무리 빨라도 세 시간은 걸리니까 오전 5시에 집에 불을 지르는 건 불가능하지.”

“개 산책이라……. 남동생은요?”

“늦은 밤부터 이른 아침까지 후추 가도의 패밀리 레스토랑에 있었어. 조시마 쓰토무는 무사시코스기의 맨션에서 혼자 사는데, 단골 가게인 모양이야. 노트북을 펼쳐 놓고 아침까지 있던 걸 종업원이 기억하고 있었다는구나. 소설 투고 원고를 쓰고 있었던 모양이야."

"소설요?"

"뭘 그렇게 놀라." 총경은 대수롭지 않다는 듯 말했다. "요즘 널리고 깔린 게 소설가 지망생 아니냐. 전공은 과학이지만 대학 시절에는 문예 동아리에서 활동했다고 들었다. 올해 구단샤 신인상에 응모한 원고가 일 차 예선을 통과했다던데."

"그래요?"

은근히 관심이 갔다. 구단샤라면 린타로도 같이 일한 적이 있는 곳이다. 담당 편집자에게 부탁하면 조시마 쓰토무가 응모한 원고를 보여 줄지도 모른다. 원고지에 손으로 쓴 원고라면 몰라도 프린터로 출력한 원고에서 그의 지문을 채취하기는 어려울 것 같지만…….

"쓰토무의 알리바이에 문제가 있다면 너무 빈틈이 없다는 점이야." 총경은 말을 이었다. "쉬는 날에 패밀리 레스토랑이라니 이렇게 앞뒤가 척척 맞을 수 있을까? 마치 화재가 일어날 시간을 알고 있었던 사람처럼……."

"그러게요. 외삼촌이 살해된 날 밤에 피시방에서 알리바이를 만들었던 나라자키 쇼타의 경우처럼 작위적인 느낌이 나네요. 그렇다면 그 조시마 쓰토무라는 자가 일련의 교환 살인의 세 번째 공범일 가능성이 크다고 봐야 할까요?"

"그렇지. 방화를 저지른 건 나라자키고 고마에 시의 사건은 조시마 쓰토무의 짓이 아닐까."

"하지만 그 사람은 공립 중학교 선생이라면서요." 린타로는 신중하게 물었다. "와타나베 히나코의 사망 시각은 오후 3시부터 4시 사이였어요. 요즘 교사들은 방과 후까지 할 일이 산더미라고 하던데 평일 오후 3시에 범행을 저지르는 건 어렵지 않을까요?"

"아니, 쓰토무는 계약직이라 수업 시간을 제외하고는 비교적 자유롭게 시간을 쓸 수 있다고 한다. 히나코가 살해된 월요일은 5교시에 수업이 끝나고. 가장 가까운 역인 무사시코스기에서 고마에 시까지는 전철로 삼십 분도 걸리지 않아. 2시 반에 학교에서 나오면 이동 시간을 포함해도 충분히 범행이 가능하지."

아버지의 말에 운전대를 잡은 린타로의 손에 절로 힘이 들어갔다. 가키오 사거리에서 우회전해 가타히라가와 강을 따라 북쪽으로 달렸다. 다마 언덕의 능선과 숲으로 에워싸인 평탄한 전원 지대의 한가로운 마을 풍경이 펼쳐져 있었다.

정비된 포장도로에서 벗어나 드문드문 민가가 보이는 비포장도로를 얼마쯤 달리다 보니 탁 트인 휴경지 옆에 불타 버린 집의 잔해가 보였다. 벌써 일주일이나 지났는데 새카맣게 탄 잔해를 파란 비닐 시트로 덮어 놓았을 뿐 나머지는 손도 대지 않은 채 방치되어 있었다. 타고 남은 기둥에 까마귀 몇 마리가 앉아 제집인 양 주변을 둘러보고 있었다.

"먼저 온 손님이 계신 모양이네요."

안전띠를 풀려는 아버지를 향해 린타로가 슬며시 말했다.

안채 현관이 있었던 것으로 짐작되는 곳에 꽃과 향이 놓여 있었다. 통통한 중년 남자가 그 앞에 쭈그리고 앉아 합장을 하고 있었다. 일행은 없었고 이 동네 사람인 것 같지도 않았다. 후줄근한 양복 차림에 정수리 주변부터 탈모가 진행된 듯 머리숱이 적었다.

남자의 모습을 보자마자 노리즈키 총경의 낯빛이 달라졌다.

"어떻게 된 일이지? 왜 저자가 여기에……."

총경은 차 문을 쾅 닫고 남자 쪽으로 성큼성큼 다가갔다.

영문도 모른 채 린타로는 아버지의 뒤를 따랐다. 문소리에 상대도 고개를 돌렸다. 그 역시 일어나 부자를 향해 다가왔다.

순수하게 놀란 표정이었다.

"노리즈키 총경님? 여긴 어쩐 일이십니까?"

"그건 내가 묻고 싶은 말이네."

뭐가 뭔지 모르겠군. 린타로는 마주 서 있는 두 사람 사이에 끼어들어 물었다.

"아는 분이세요?"

"전에 말한 보험 조사원이다. 와타나베 히나코 사건 담당 말이다."

조사원의 이름은 후루하시였다. 마에바시의 세리자와 사에를 찾아가 유도 신문을 했으며, 요쓰야의 사고 현장을 목격하고 피해자의 정보를 언론에 유출한 요주의 인물이다.

"설마 여기까지 따라온 걸까?"

속삭이듯 묻는 아버지에게 린타로는 고개를 저었다. 누군가가 미행했다면 진작에 알아챘을 테고, 상대가 먼저 도착한 것이 분명했기 때문이다.

"그럼 어떻게 먼저 왔지?"

후루하시는 질문의 의도를 파악하지 못한 것 같았다. 그는 가키오 출신으로 죽은 조시마 에쓰시와는 중학교 동창이라고 했다. 장례식에 참석하지 못해서 늦게나마 분향을 하러 온 참이며, 여기서 만난 건 단순한 우연이라고 진지한 표정으로 말했다.

"중학교 동창이라고? 면허증 좀 볼까?"

IC카드로 바뀌기 전에 발급받은 운전면허증으로, 본적은 가와사키 시 아사오 구 시라토리라고 적혀 있었다. 마을 이름은 다르지만 같은 학군이리라. 면허증을 확인하고 나서도 총경은 여전히 미심쩍은 얼굴로 물었다.

"궁여지책으로 꾸며 낸 얘기는 아니겠지? 조사하면 다 나오니까 얕은꾀를 부릴 생각은 말게."

"정말이라니까요. 정 의심스러우시면 조시마의 동생한테 물어보십시오."

"조시마 쓰토무와 아는 사이인가?"

총경의 추궁에 후루하시는 곤혹스러운 표정으로 대답했다.

"그게 뭐 잘못됐습니까? 대학 후배인데 같은 서클에서 활동해서 동생하고 더 친합니다. 제가 대학에 늦게 들어가서 나이 차이는 좀 나지만요."

문학 동호회라는 건 이름뿐이고, 남자들끼리 모여 허구한 날 술판을 벌였다고 했다. 니시무라 주코의 애독자라고 밝히더니 후루하시는 상대를 떠보듯 말했다.

"저는 총경님이 여기 계신 게 더 황당할 따름입니다. 여긴 가나가와 현경 관할이라 경시청하고는 상관이 없을 텐데요. 비공식적 참모라는 아드님까지 대동하고 현지 시찰이라니 수상한 냄새가 풀풀 나는군요. 조시마의 자살에 숨겨진 속사정이 있는 겁니까, 노리즈키 선생님?"

후루하시의 물음에 린타로는 시선을 돌렸다. 상대도 이런 일에는 프로다. 아버지 혼자면 몰라도 린타로의 얼굴까지 알려졌으니 둘러댈 여지가 없었다.

노리즈키 총경은 입을 앙다물고 아들의 생각을 묻듯 턱을 까닥했다.

린타로는 팔짱을 꼈다. 후루하시의 출현은 완전히 예상 밖의 일이었지만, 그가 한 얘기가 거짓말처럼 들리지는 않았다. 그의 말이 사실이라면 여기서 우연히 마주친 것도 인연이니 오히려 이 기회를 이용해야 하리라. 교환 살인의 시나리오를 알아낸 것도 와타나베 기요시의 사고사라는 생각지도 못한 변수 덕이었다. 이번 사건은 운이 따르지 않으면 해결이 요원할 것 같았다.

"터놓고 이야기해 볼 필요가 있을 것 같네요." 린타로는 그렇게 말했다. "조시마 쓰토무의 선배라잖아요. 물어볼 게 한두가지가 아니에요."

"그렇지? 이 근처에 조용하게 얘기할 만한 곳이 있나?"

"가키오 역 앞에 괜찮은 메밀국수 가게가 있습니다. 주인이 중학교 동창이니 부탁하면 2층 방을 내줄 겁니다."

후루하시는 가키오 역에서 버스를 타고 왔다고 했다. 셋이서 차를 타고 역 앞 메밀국수 가게로 향했다. 2층 방에 자리를 잡자 총경은 주인과 할 이야기가 있다며 혼자 1층으로 내려갔다. 후루하시와 조시마 에쓰시의 관계를 확인하기 위해서이리라. 이내 자리로 돌아온 총경은 귓속말로 "동창 맞단다" 하고 속삭였다.

"정말 우연이라니까요."

후루하시는 천연덕스럽게 대꾸하더니 부자의 안색을 살피듯 말을 이었다.

"그보다 고마에 시의 사건은 이상하게 돌아가더군요. 들리는 소문으로는 본청에 특별 수사본부를 설치해 공범을 지명 수배했다고 하던데요."

"나라자키 쇼타 말인가. 어느 친절한 분이 요쓰야 사고의 정보를 언론에 흘려 주신 덕에 고생이 이만저만이 아니야."

"그 일은 사과드리겠습니다." 후루하시는 고개를 숙였다. "주제넘게 나선 건 죄송하게 생각하고 있습니다. 하지만 수사를 방해할 의도는 눈곱만큼도 없었습니다. 그때는 저도 제정신이 아니었던지라 정상적인 판단을 할 수 없는 상황이었습니다."

"넉살도 좋군. 그런 사람이 꽁꽁 숨어서 연락도 받지 않나?"

"꽁꽁 숨다니요. 실은 세리자와 사에의 오빠가 자살했다는 이야기를 듣고 뒤를 캐고 있었습니다. 법의학적으로 드문 경우

라고 들었는데, 와타나베 히나코가 그 수법을 모방했을 가능성
도 있으니까요."

"구체적으로 말씀해 주시죠."

린타로의 물음에 후루하시는 잔뜩 뜸을 들이며 말했다.

"자교사라고 들어 보셨습니까? 목에 맨 밧줄의 매듭 사이로
막대기를 끼우고 자기 손으로 비틀면 마치 교살된 것처럼 자국
이 납니다. 그 가능성을 근거로 타살에 이의를 제기할 생각이
었는데, 거기에 정신이 팔려서 대리 살인 가능성을 깜빡 잊고
있었지 뭡니까."

"어찌 됐든 보험사 입장에서는 다 잘된 일 아닌가. 자네 조
사는 헛수고로 끝났지만 경비쯤은 나오겠지."

"완전히 헛수고는 아니었습니다. 결과적으로 제가 세리자와
사에와 접촉하지 않았더라면 와타나베도 꼬리를 드러내지는
않았을 테니까요. 미력이나마 진상 규명에 공헌한 셈이니 언론
유출 건도 모쪼록 양해해……."

계단을 올라오는 발소리에 후루하시는 입을 다물었다. 이내
풍채 좋은 여주인이 방으로 들어와 흥미진진한 표정으로 메밀
국수 그릇을 세 사람 앞에 놓았다. 후루하시는 총경의 안색을
살피며 그녀에게 얼른 나가 보라고 손짓했다.

"맛있게 드세요."

주인이 나가자 노리즈키 총경은 나무젓가락을 가르며 말했다.

"자네가 뭐라고 변명해도 없었던 일로 할 수는 없네. 마음만 먹으면 공안 위원회에 통지해서 탐정업법에 의거한 행정 지도 처분을 내릴 수도 있어. 우리가 요구하는 걸 들어주면 그런 꼴은 안 당하도록 신경 써 주지. 조시마 쓰토무와 형 에쓰시의 관계에 대해 자세히 알려 주게."

"거래를 제안하려면 먼저 사정을 알려 주셔야죠." 후루하시는 어깨를 으쓱하며 슬며시 항의했다. "지금 담당하신 사건만으로도 바쁘실 텐데 어째서 조시마의 자살에 관심을 가지시는 건지 전 도무지 이해가 안 가는군요."

"자네가 지금 질문할 처지인가? 묻는 말에나 대답하게. 설명은 나중에 할 테니."

총경은 완고한 태도로 말했다. 후루하시는 잠시 눈싸움하듯 총경의 얼굴을 쏘아보았지만 이내 두 손 들었다는 듯 말문을 열었다.

"알겠습니다. 이러고 있다간 국수가 다 불을 테니 제가 굽히고 들어가야죠. 그쪽 질문에 대답하면 저번 일은 조용히 넘어가 주시는 겁니다?"

"최대한 편의를 봐주겠네. 아까 얘기로는 동생하고 더 친하다고 들었는데, 졸업하고 나서도 계속 연락을 주고받은 건가?"

"네. 대학 때부터 서로 허물없는 사이였습니다. 다른 동기들과는 졸업 후에 금방 연락이 끊겼지만 녀석과는 오래 알고 지냈죠. 고지식해서 처음에는 대하기 어려웠지만 일단 마음을 터놓고 나니 좋은 녀석이더라고요. 서로 혼자 사는 처지라 지금도 제가 한잔하자고 연락하면 여간해서는 거절하는 법이 없습니다. 한 달 전에도 봤어요. 웬일로 먼저 연락을 했더군요. 일요일 아침까지 소설 얘기로 신나게 떠들었습니다."

"그럼 형인 에쓰시와도 자주 만났나?"

후루하시는 새우튀김을 먹으며 고개를 저었다. 에쓰시와는 고등학교도 달랐고 애초에 그리 친하지 않은 사이라 십 년 가까이 얼굴을 보지 못했다고 했다.

"에쓰시는 중학교 때부터 잘난 놈이었어요. 일류 고등학교에 진학해 유명 대학에 단번에 붙은 엘리트였으니 저 같은 놈하고는 천지 차이죠. 쓰토무가 저와 죽이 잘 맞은 것도 아마 잘난 형에게 콤플렉스를 가진 탓에 패배자 의식이 몸에 배어 있었기 때문이 아닐까요."

그다지 좋은 비유는 아니었지만 무슨 뜻인지는 알 것 같았다. 총경은 눈을 치켜뜨며 물었다.

"그렇게 친한 사이도 아니었다면서 왜 여기까지 찾아와 분향을 한 건가?"

"이 나이 먹으니 생각이 많아지더군요. 에쓰시는 자존심이 너무 세서 대기업에 취직했는데도 일이 잘 안 풀렸어요. 회사를 그만두고 고향으로 돌아왔다는 소식을 듣고 동창 모임에 몇 번 불렀죠. 쓰토무도 걱정이 이만저만이 아니라 저한테까지 상담을 했고요. 그래서 옛정을 생각해 도움을 주려고 했는데 그때마다 딱 잘라 거절하더군요. 그런 일을 몇 번 당하고 저도 연락을 끊었고요."

"그러면 조시마 쓰토무는 집에 틀어박힌 형을 걱정했다는 건가?"

"처음 몇 년은 그랬죠."

후루하시는 그렇게 대답했다. 처음에는 안쓰러운 마음에 배려도 많이 했다고 한다. 어렵게 좋은 대학을 졸업했는데 한 번의 좌절로 인생을 낭비하면 안 된다, 다시 일자리를 찾는 게 어떠냐고 거듭 설득했지만 번번이 귓등으로 흘려버리는 일관적인 태도에 끝내 포기했다고 한다.

"그 자존심에 말을 들어 먹을 리가 없죠. 쓰토무도 학교 선생이 되고 나서 형보다 더 마음고생이 심했거든요."

"마음고생? 계약직이라 여가 시간도 많아서 취미로 소설을 쓴다고 들었는데."

"요즘 들어서 그런 거죠. 원래는 정규직이었는데 담임을 맡은 반에서 왕따 문제가 생겼다고 들었습니다. 그 스트레스로 건강을 해친 시기에 몇 년 전부터 말도 잘 섞지 않았던 형이 심기를 건드리는 발언을 한 모양입니다. 그래서 완전히 인연을 끊었죠. 아버님이 돌아가시기 일 년 전 일이었는데, 그걸 계기로 대충 마음 정리를 했을 겁니다."

"오 년 전 일이로군?"

총경이 재차 확인하자 후루하시는 수영 선수가 숨을 들이쉬듯 국수를 후루룩 빨아들이며 말했다.

"그렇죠. 아버님이 쓰러지셨을 때도 형은 나 몰라라 했다고 들었습니다. 그 정도면 남보다 못하죠. 제일 안쓰러운 건 어머님입니다. 자랑거리였던 큰아들이 그 모양이 된 건 모두 자기가 잘못 키운 탓이라며 끙끙대다 아들 말이라면 뭐든지 들어주게 되었다는군요."

"동생은 그런 어머니에 대해 뭐라고 하던가요?"

"늘그막에 아들 뒤치다꺼리하느라 등골이 휜다고 가슴 아파했죠. 게다가 요새는 이상한 사이비 종교에 빠져서 아무 말도 안 듣는다고 힘들어했습니다. 시집간 누이하고 얘기도 해 본 모양인데, 집에 형이 있는 한 어머니는 변하지 않을 거다. 차라리 형이 없어지면 어머니도 정신을 차리지 않겠느냐고 하더군요. 그래서 죽은 에쓰시에게는 미안하지만 쓰토무가 드디어 해방되었다고 기뻐해도……."

"그 친구를 탓할 마음은 없다는 거지? 어머니는 지금 어디에 계시나?"

"시모다의 딸네 집에 가 있다고 들었습니다."

"그렇군."

그릇을 비운 총경은 담배를 한 대 물며 아들을 브았다. 린타로는 고개를 끄덕이며 물었다.

"듣고 보니 충분한 동기가 있네요. 집을 통째로 태워 버린 것도 어머니를 사이비 종교에서 손 털게 하려고 극약 처방을 쓴 거고요."

"잠깐. 그게 무슨 말입니까." 흘려 넘길 수 없다는 듯 후루하시가 앞으로 당겨 앉으며 말했다. "지금 무슨 뜻으로 하는 말입니까? 쓰토무가 에쓰시를 죽였다는 겁니까?"

"엄밀히 말하면 아닙니다. 조시마 쓰토무에게는 형을 죽일 동기가 있지만 불이 난 시각에는 알리바이가 있으니까요. 그러니까 말 그대로 그의 범행이라 할 수는 없지만……."

"당연하죠."

지금까지는 간신히 참았지만, 초면인 린타로의 말하는 본새가 영 마음에 들지 않았던 모양인지 후루하시는 반쯤 흥분한 어조로 말을 잘랐다.

"가나가와 현경은 에쓰시가 자살했다는 결론을 내리고 수사를 종결했습니다. 아마추어 탐정이 나설 자리가 아니란 말입니다."

"아들내미를 감싸려는 건 아니네만……." 총경이 말을 보탰다. "담당 소방서에서는 방화 가능성도 배제할 수 없다고 했네. 자살이라 단정 짓는 건 시기상조가 아닐까."

"그렇다고 총경님에게 참견할 권한은 없죠. 여기서 이러고 있을 게 아니라 얼른 히나코를 살해한 공범을 붙잡아야 하지 않습니까? 이야기하라고 해서 하긴 했지만 왜 이런 얘기를 들어야 하는지 어처구니가 없습니다."

"의외로 말귀를 못 알아듣는군. 아까부터 계속 힌트를 줬는데 아직도 모르겠나?"

"무슨 말입니까?"

"지금부터 하는 얘기는 어디다 흘리지 말게." 총경은 목소리를 낮췄다. "만일 에쓰시의 죽음이 방화 살인이라면 관할이 달라도 그냥 넘길 수는 없어. 고마에 시의 와타나베 히나코 사건에 자네 후배가 관련되었을 가능성이 있단 말일세."

말문이 막힌 후루하시의 얼굴이 순식간에 새하얘졌다. 하지만 프로답게 금방 사태를 파악한 것 같았다.

"그럴 리가요. 쓰토무가 와타나베 기요시와 함께 교환 살인에 가담했단 말입니까?"

"바로 그거야. 나라자키 쇼타까지 삼인조지. 자네 이야기를 듣고 보니 확신이 생기는군."

"말도 안 됩니다." 후루하시는 고개를 저었다. "저도 이 바닥에서 오래 일했으니 교환 살인이 허무맹랑한 소리가 아니라는 건 압니다. 하지만 하필이면 제 주변에서 그런 우연이……."

"그건 자네 개인의 문제지. 우연히 자네 일과 사생활이 맞물렸을 뿐이야. 우리에게는 수사상의 번거로운 수고를 덜어 주는 효과적인 수단일 뿐이고."

총경은 코를 긁적이더니 담배 연기를 뿜으며 말을 이었다.

"아무튼 정식으로 부탁이 있네. 조시마 쓰토무와 만나서 그의 지문을 가져다줄 수 없겠나? 세 번째 공범의 지문을 입수하고 싶은데 지금은 섣불리 움직일 수 있는 상황이 아니라 말이야. 대학 동창이니까 쓰토무도 수상하게 생각하지는 않을 테지. 물론 정보 유출 건은 없던 일로 해 주겠네."

총경의 제안에 후루하시는 불쾌한 듯 얼굴을 찌푸렸다.

"저 살자고 후배를 경찰에 팔아넘기라는 겁니까?"

"아직 조시마 쓰토무가 범인이라고 단정 지은 건 아닐세." 총경은 달래듯 말했다. "지문이 일치하지 않으면 혐의도 벗겨

질 테지. 그의 결백을 믿는다면 선배로서 적극적으로 해명을
해 주는 게 후배를 돕는 일 아니겠나?"

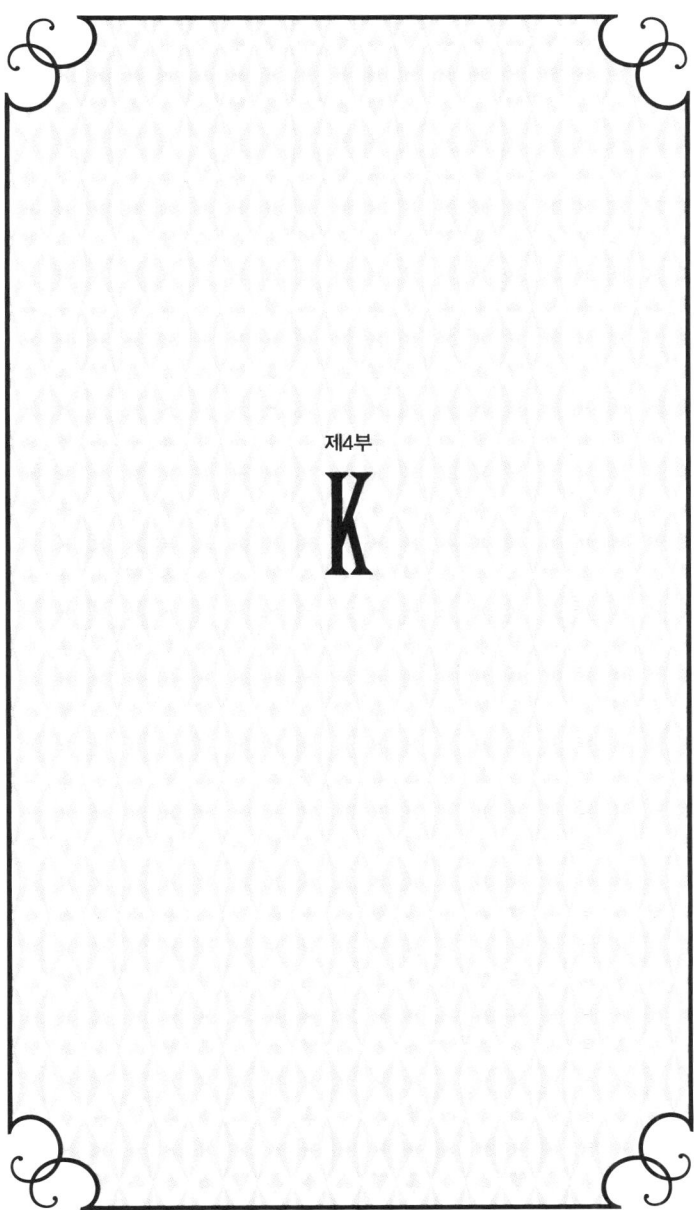

제4부

K

10

킹을 찾아라

문: 무슨 말인가?
버드부트: 겉모습만 믿으면 안 된다는 뜻입니다.
문: 무슨 소린지 모르겠네요. 부탁이니까 이리로 와요. 초콜릿 먹을래요? 편하게 생각하
자고요. 녀석들이 그런 식으로 당신을……
버드부트: (뒤돌아보며) 내가 없으면 인원이 부족해서 트럼프 게임을 시즈 할 수가 없다고요.

톰 스토파드, 「진짜 경감 하운드」

"분부하신 물건을 가져왔습니다."

노리즈키 총경의 휴대 전화로 연락이 온 것은 이틀 뒤인 근로
자의 날이었다. 점심시간에 본청에서 나와 히비야 공원으로 향
하자, 펠리컨 분수 앞에서 후루하시가 기다리고 있었다.

"공휴일에도 일하느라 고생이 많으십니다."

후루하시는 하지 않아도 될 인사말을 하더니 가져온 파일을
건넸다. 펼쳐 보니 물티슈 포장지가 들어 있었다.

"고맙네. 이걸로 언론 유출 건은 없었던 일로 해 주겠네."

"고맙다는 말은 하지 않겠습니다." 후루하시는 바지 주머니
에 두 손을 찔러 넣었다. "영장도, 본인 동의도 없이 피의자의

지문을 채취하는 건 불법 수사 아닙니까?"

"이 경우는 해당되지 않지. 민간인인 자네가 자발적으로 증거를 제공해 주지 않았나."

"자발적이라고요? 어처구니가 없군요. 뭐 상관없습니다. 그쪽이 확보한 지문과 일치할 리가 없으니까요."

모든 일이 해결되었다는 듯 여유로운 후루하시의 말투에 총경은 미심쩍은 생각이 들었다. 다른 사람의 지문을 가져온 게 아니냐며 다시 한번 확인하자 후루하시는 고개를 저으며 대답했다.

"그런 뻔한 짓을 왜 합니까. 쓰토무가 고마에 시의 사건과 상관없다는 걸 확인했을 뿐입니다."

"본인에게 말했나? 비밀로 하라고 그렇게 당부했는데……."

"설마요, 저도 프로인데." 후루하시는 씩 웃었다. "어제 쓰토무와 술을 마시면서 이런저런 얘기를 했습니다. 월요일 저녁이라 다행이었죠. 녀석이 근무하는 중학교의 월요일 수업이 5교시까지 있는 건 아십니까?"

"당연하지. 조시마 쓰토무는 계약직 교사라 방과 후에는 자유롭게 시간을 쓸 수 있지. 수업을 마치고 2시 반까지 학교에서 나오면 고마에 시에서 범행을 저지르고도 남아."

"그런데 그게 아니더란 말입니다."

후루하시는 윗옷 주머니에서 작은 광고지를 꺼내 노리즈키 총경의 손에 쥐어 주었다. 무사시코스기 역 앞에 있는 스포츠센터의 가입 전단지로 반질반질한 코트지에 컬러 인쇄되어 있었다.

"이게 뭔가?"

"쓰토무는 이 스포츠 센터 회원입니다. 계약직으로 전환되고 나서는 특별 활동 고문을 맡을 일도 없어졌으니 통 몸을 움직일 기회가 없지 않습니까. 집에 틀어박힌 형이 뒤룩뒤룩 살만 찌는 걸 봤으니 더욱 위기감을 느꼈겠죠. 매주 월요일 5교시 수업이 끝나면 퇴근길에 스포츠 센터에 들러 3시부터 4시까지 한 시간씩 운동을 하고 있답니다."

"월요일 3시부터 4시까지?"

총경의 가슴이 울렁거렸다. 와타나베 히나코의 사망 추정 시각이었다.

"그 이야기를 듣고 오늘 오전에 무사시코스기까지 가서 이 스포츠 센터에 다녀왔습니다."

"혹시 알리바이를 조사하러 간 건가?"

"민간인인 제가 자발적으로 간 거죠. 친구 소개로 왔다고 쓰토무의 이름을 댔더니 친절한 여자 트레이너가 삼 주 전 월요일에도 평소처럼 같은 시간에 운동하러 왔다는 얘기를 해 주었습니다."

말문이 막힌 총경을 남겨 두고 후루하시는 손을 흔들며 떠났다.

"그래서 지문 대조 결과는 어떻게 나왔습니까?"

그날 밤, 총경은 허탈한 마음으로 집에 돌아왔다. 린타로가 정전기 일어난 머리카락처럼 아버지에게 착 달라붙어 물었다. 여느 때보다 신이 나서 쉴 새 없이 질문을 던지는 아들이 오늘은 유독 얄미웠다.

"후루하시 말이 맞았다."

옷도 갈아입기 귀찮아서 양복 차림으로 식탁 앞에 털썩 주저앉았다. 넥타이를 풀었지만 목을 죄는 느낌이 사라지지 않았다. 감식반 직원과 나눈 성과도 없는 대화를 떠올리며 총경은 말문을 열었다.

"포장지에 묻은 지문은 카드의 지문과 일치하지 않았다."

"후배를 감싸려고 다른 지문을 가져온 건 아니고요?"

"아니야. 그렇게까지 멍청한 친구는 아니다."

후루하시한테는 아무 말 하지 않았지만 조시마 쓰토무에게는 미행을 붙여 놓았다. 어젯밤에 미조노구치의 술집에서 두 사람이 함께 술을 마신 것은 물론, 쓰토무가 뜯은 물티슈 포장지를 후루하시가 슬쩍한 것도 보고를 받고 알고 있었다.

"미행을 알아챈 건 아니고요?" 맞은편에 앉은 킨타로는 조그만 트집이라도 잡으려는 듯 집요하게 물었다. "자기 지문이 묻은 포장지와 바꿔치기했을지도 모릅니다."

"그런 얕은수를 쓰면 들키는 건 시간문제다." 총경은 참을성 있게 대답했다. "우리도 그쪽 말을 곧이곧대로 믿은 건 아니고. 스포츠 센터 전단지에서 후루하시의 지문을 채취해 포장지의 지문과 대조해 봤다. 혹시나 싶어서 카드의 지문과도 대조해 봤지만 모두 일치하지 않았어."

"아버지한텐 못 당하겠네요. 월요일 알리바이도 확인하셨겠죠?"

"후루하시의 이야기를 듣자마자 구노 경감을 스포츠 센터로 보냈다. 인정하긴 싫지만 후루하시는 유능한 조사원이야. 직원들의 증언과 출입 기록을 통해 11월 1일 오후 3시에서 4시 사이에 조시마 쓰토무가 무사시코스기의 스포츠 센터에 있었다는 사실을 확인했다. 그러니 와타나베 히나코를 살해하는 건 불가능하지."

"그렇군요. 지문과 알리바이의 원투 펀치라……."

린타로의 눈동자가 녹이 슨 듯 어두워지더니 멍한 표정으로 변했다. 이쯤 되면 말문이 막힐 법도 했다. 총경은 한숨을 내쉬며 말했다.

"삼 보 전진에 이 보 후퇴다. 세 번째 공범은 쓰토무가 틀림없다고 생각했는데, 이제 또 처음부터 다시 시작해야 하는구나."

린타로는 아무 반응이 없었다.

총경은 습관적으로 담배를 입에 물었다 담뱃갑에 도로 집어넣었다. 오늘 밤은 더 할 이야기가 없다. 수배중인 나라자키 쇼타의 신병을 확보하거나 지난 삼 주 동안 일어난 사건 파일을 다시 샅샅이 뒤져 새로운 목표를 찾아낼 때까지는.

씻고 잠자리에 들 생각으로 총경이 자리에서 일어난 순간이었다.

"어디 가세요? 제 얘기 아직 안 끝났는데."

"뭐라고?"

총경은 비틀거리는 다리를 지탱하기 위해 손으로 식탁을 짚으며 아들의 얼굴을 들여다보았다. 지금은 정신을 차린 것 같았지만 그렇다고 해결될 문제는 아니었다.

"이제 와서 네 얘기를 듣는다고 뭐가 달라지겠냐? 가정을 아무리 늘어놓은들 알리바이는 뒤집을 수 없는데."

"포기하기엔 이르죠. 전 아직 희망을 버리지 않았어요. 물론

Q.2의 알리바이까지 확보했다면 궤도를 수정할 필요는 있겠지만."

"궤도를 수정한다고?"

목소리를 쥐어짜 묻자 린타로는 능청스러운 표정으로 말했다.

"혹시나 해서 말인데, 조시마 쓰토무가 다니던 스포츠 센터에 와타나베 기요시나 나라자키 쇼타가 등록되어 있지는 않은지 회원 명부를 확인해 보셨어요?"

기대가 사라지는 걸 느끼며 총경은 혀를 끌끌 찼다.

"진작 알아봤다. 그 둘은 같은 스포츠 센터 회원이 아니야. 설령 알리바이가 없었더라도 그런 어처구니없는 실수를 하겠냐."

"그렇겠죠."

"그럼 왜 물어본 거냐? 궤도 수정은 또 무슨 말이고."

"너무 열 내지 마세요. 보여 드릴 게 있으니까 잠깐만 기다리세요."

린타로는 말릴 틈도 없이 서둘러 일어나 자기 방으로 들어갔다. 여전히 말과 행동이 모순덩어리다. 총경은 다시 자리에 앉아 아까 넣어 둔 담배를 꺼내 불을 붙였다.

돌아온 린타로는 커다란 집게로 묶여 있는 종이 뭉치를 식탁에 올려놓았다.

첫 장에 큼지막한 고딕체로 '「스탠드얼론」마조 무쓰토시'라고 적혀 있었다. 사 센티미터쯤 되는 두께에 접착식 메모지가 여럿 붙어 있었다.

"이게 뭐냐?"

"보고도 모르시겠어요?" 린타로는 의기양양하게 말했다. "마조 무쓰토시. 조시마 쓰토무의 애너그램이잖아요."

"그럼 이게 구단샤 신인상에 응모했다는 그 소설이냐?"

"네. 일 차 예선을 통과했다지요. 아는 편집자한테 읽어 보고 싶다고 부탁했어요. 이유를 둘러대느라 애를 먹었지만요. 회사 창고에 보관된 원고를 찾아서 오늘 오후에 퀵으로 부쳐 줬어요."

총경은 원고에 담배 연기를 후 뿜으며 말했다.

"지문 샘플은 이제 필요 없다."

"그건 저도 알아요. 물적 증거보다 쓴 사람의 성격을 알아낼 수 있지 않을까 싶어서 읽어 봤어요. 아버지께 배운 건 아니지만 수사상의 번거로운 수고를 덜어 주는 효과적인 수단을 활용해 본 거죠."

"아는 척은. 그래서 읽어 본 소감이 어떠냐?"

"이렇게 말하면 뭣하지만 딱 일 차 예선 수준이네요. 집단 따돌림을 당해 자살한 소년이 나오고, 십 년 뒤에 그의 저주로 당시 관계자들이 하나둘 의문의 죽음을 맞는다. 그런 내용의 호러 서스펜스인데요…….."

어디서 본 듯한 내용이라는 점은 넘어가더라도 집필 도중 플롯을 대폭 변경한 듯 후반부에서 아귀를 맞추려 애를 쓴 흔적이 있는데도 여전히 허점이 많다고 했다. 게다가 자기가 아는 지식을 하나부터 열까지 담으려 한 까닭에 전체적인 흐름이 지지부진해서 읽는 내내 하나도 무섭지 않았다고 한다.

"네가 그런 말을 하는 것도 우습구나. 그보다 쓴 사람의 성격에 대해서 뭐라도 알아낸 게 있는 게냐?"

어깨를 으쓱하더니 린타로는 진지한 표정으로 말했다.

"성격은 잘 모르겠지만 무척 흥미로운 기술이 있더군요. 주인공은 전직 중학교 교사인데 제자가 따돌림을 당해 자살한 사건을 계기로 학교를 그만두고 현재는 프리랜서 보험 조사원으로 일한다는 설정이에요. 우연히 담당하게 된 의문의 죽음을 조사하는 동안, 가는 곳마다 불가사의한 사건이 일어나자 옛 제자의 저주 때문일지도 모른다고 의심하게 되죠."

"억지스럽네. 자기와 대학 선배의 경력을 한데 섞은 거 아니냐."

"그렇겠죠. 과거의 집단 따돌림 사건은 자기 경험을 바탕으로 만들었고. 십 년 후의 사건은 전문가인 후루하시에게 들은 보험 지식을 활용한 것 같아요. 그 가운데 자살에 대한 면책 기간과 고지 의무 위반에 관한 이야기가 나오는데요."

"고지 의무 위반이라고?"

되묻는 아버지를 보고 린타로는 씩 웃으며 원고를 넘겼다.

"집단 따돌림 가해 학생의 아버지가 십 년 뒤에 사업 실패로 진 빚을 갚기 위해 보험금을 노리고 자살하는 게 사건의 발단이거든요. 스트레스로 인한 우울증 자살로 위장하지만 보험 가입 전에 정신과 치료를 받았던 사실을 주인공이 밝혀내서 계약은 무효가 되죠. 하지만 실은 다른 사람을 데려다 죽이고 자살한 것처럼 꾸민 거고 저주처럼 보였던 일련의 죽음도 모두 가해 학생 아버지가 저지른 짓이라는 황당무계한 전개예요."

"내용은 그렇다 치더라도 논리적이기는 하냐?"

"허점이 많다고 했잖아요. 어찌 되었든 조시마 쓰토무가 고지 의무 위반에 따른 계약 무효 사례에 대해 보통 사람들보다 많은 지식을 가지고 있는 건 확실해 보여요. 아마 선배인 후루하시에게 주워들은 이야기인 것 같은데. 고마에 시의 사건과 비슷하지 않아요?"

"어디 한번 보자."

총경은 돋보기를 끼고 린타로가 메모지를 붙여 놓은 페이지를 대충 훑어보았다. 주위들은 지식을 보강하기 위해 참고 문헌을 인용했는지 면책 기간 중에 자살한 우울증 환자에게 보험금을 지급한 판례와 정신 질환으로 인한 자살이 고지 의무 위반에 해당되어 계약이 무효 처리된 사례 등이 학술 논문처럼 딱딱한 문장으로 빼곡하게 적혀 있었다.

"네 말대로 와타나베 히나코의 사례와 비슷하구나."

총경이 인정하자 린타로는 다음 단계로 넘어가겠다는 듯 고개를 끄덕였다.

"하지만 이 소설은 고마에 시의 사건이 일어나기 훨씬 전에 쓴 거예요. 그렇다면 와타나베 기요시가 보험금을 수령하기 위해 아내를 죽이는 강행 수단을 택한 것은 조시마 쓰토무에게 고지 의무 위반에 대한 이야기를 들었기 때문이라고 생각할 수 있지 않을까요?"

"와타나베가 쓰토무에게?"

"네. 와타나베의 아내와 쓰토무의 형은 넓은 의미로 보면 모두 은둔형 외톨이에 속하잖아요. 그러니 서로의 문제를 이해하기 쉽지 않았을까요. 어떤 경위로 만났는지는 모르지만, 애초에 이 둘이 접촉하지 않았다면 히나코와 에쓰시에게 명확한 살의를 품을 일은 없었을지도 모르죠."

총경은 눈을 감더니 팔짱을 끼고 린타로의 주장을 검토했다.

후루하시라는 훼방꾼이 끼어든 탓에 우연과 필연이 어떻게 이어졌는지 짐작이 가지 않았다. 그러나 「스탠드얼론」이라는 제목의 소설이 와타나베 기요시와 조시마 쓰토무의 비밀스러운 '연대'를 뒷받침해 준다는 가설에서는 단순한 추측 이상의 설득력이 느껴졌다.

동기의 측면에서 보면 히나코 살해를 실행한 세 번째 공범으로 조시마 쓰토무만큼 의심스러운 인물도 없었다. 심증만 놓고 보면 범인이 틀림없었다.

그렇지만…….

"네가 무슨 말을 하려는지는 알겠다." 총경은 신중하게 말문을 열었다. "하지만 역시 탁상공론일 뿐이야. 월요일의 알리바이가 확실한 이상 조시마 쓰토무를 세 번째 공범으로 단정 지을 수는 없다. 그가 쓴 소설에 어떤 내용이 적혀 있더라도 교환 살인과는 무관해."

"정말 그럴까요?"

린타로는 깍지를 끼며 침착하게 말을 이었다.

"아버지는 겉모습에 속아서 스스로 사고의 폭을 좁히고 계신 거 아닌가요?"

"내가? 피해자는 셋이고 범인도 셋이야. 히나코 사건과 무관하다면 조시마 쓰토무가 삼중 교환 살인에 가담했을 여지는 없다. 와타나베 기요시는 물론, 또 다른 공범인 나라자키 쇼타도 월요일 오후에 알리바이가 있었다는 사실을 잊었느냐?"

"바로 그거예요." 린타로의 눈이 번득였다. "나라자키 쇼타가 외삼촌이 죽은 날뿐 아니라 히나코가 살해된 날에도 알리바이를 확보해 놓은 것은 미리 교환 살인의 시나리오를 파악하고 있었기 때문이잖아요. 그렇다면 조시마 쓰토무도 마찬가지라고 봐야 하지 않을까요? 집에 화재가 발생한 읱요일 아침뿐 아니라 고마에 시에서 사건이 일어난 월요일 오후에도 짜 맞춘 것처럼 딱딱 들어맞는 알리바이가 있잖아요. 오히려 부자연스럽게 느껴지지 않으세요?"

"나도 그렇게 생각하기는 하지만 역시 현실적인 문제가⋯⋯."

"그 두 알리바이가 전부가 아닌 겁니다."

린타로는 아버지의 말을 자르며 말했다.

"그저께 후루하시가 메밀국수 가게에서 했던 이야기 기억하세요? 한 달 전에 조시마 쓰토무가 웬일로 먼저 연락해서 일요일 아침까지 술을 마셨다고 했잖아요."

"그러고 보니 그런 소리를 하기는 했다만⋯⋯." 총경은 미간을 찌푸리며 말했다. "한 달 전 토요일이라면 안자이 아키노리가 살해된 날 아니냐."

"빙고! 조시마 쓰토무는 첫 사건이 일어난 날 밤에도 대학 선배를 자신의 알리바이를 입증하는 증인으로 이용했어요. '웬일로'라고 했죠. 거기서 수상한 냄새가 풀풀 나지 않으세요? 두 번까지는 우연이라 해도, 세 개의 사건에 전부 알리바이가 성립된다면 이건 더 이상 우연이나 행운으로 치부할 수 없는 수준이에요. 미리 공범의 범행 일시를 알고 완벽한 알리바이를 만들었다고 보는 게 더 설득력 있는 주장 아닐까요?"

공범 관계에 기초한 작위적인 알리바이?

노리즈키 총경은 혼란에 빠졌다.

"가만있어 봐라. 네 말에도 일리는 있다만 그렇다고 상황이 달라질 건 없다. 작위적이든 아니든 조시마 쓰토무는 세 사건 모두에 알리바이가 있어. 카드에 묻은 지문에 관해서는 우리가 못 보고 지나친 부분이 있을지도 모르지만, A.1, Q.2, J.3 중 어떤 사건도 물리적으로 범행을 저지르는 것은 불가능했어. 아무리 봐도 교환 살인의 공범은 아니다."

"사건이 세 개뿐이라면 그렇겠죠."

린타로는 천연덕스럽게 대꾸했다.

총경은 입을 떡 벌리며 말했다.

"뭐라고? 그게 무슨 소리냐?"

"실은 전부터 뭔가 모자란 느낌이 들었어요. 제가 생각해도 황당무계해서 계속 머릿속에서 지워 버리려고 했는데……."

말이 끝나자마자 비어 있던 린타로의 손에 카드 한 벌이 나타났다.

마술인가 싶었지만 속임수나 장치를 이용한 건 아니었다. 아까 방에 들어갔을 때 원고와 함께 가져와서 무릎 사이에 숨겨 놓았던 것이리라.

총경이 숨을 삼키며 지켜보는 가운데 린타로는 식탁 위에 카드를 한 장 한 장 늘어놓았다.

♠A, ♥A

♠Q, ♥2

♠J, ♥3

그리고······

♠K, ♥4

"킹!"

총경이 눈을 부릅뜨며 외치자 린타로는 태연한 얼굴로 말했다.

"뭐 잘못됐나요? 네 번째 공범이 있다면 조시마 쓰토무의 알리바이는 문제 될 게 없죠. 이번 사건은 세 건으로 끝인 게 아니라 사중 교환 살인일 가능성이 있다는 뜻입니다."

"사중? 쓰토무가 세 사건 발생 시각에 알리바이를 확보한 건 네 번째 범행을 저지르기로 되어 있었기 때문이라는 게냐?"

"그게 가장 자연스럽고 논리적인 해석이죠. 조시마 쓰토무의 알리바이에서는 뚜렷한 작위성이 느껴집니다. 그것이 교환 살인의 시나리오에 기초했다면 네 번째 공범의 존재를 인정할 수밖에 없죠. 쓰토무를 포함한 세 명의 지문이 카드에 묻은 정체불명의 지문과 일치하지 않는 것도 당연한 이치죠."

"으음……." 총경은 새 담배를 꺼내 물더니 생각에 잠긴 표정을 지었다.

린타로는 말없이 일어나 퍼컬레이터에 커피 가루와 물을 넣었다. 더운 김이 오르는 소리를 들으며 담배를 피우던 총경이 이내 말문을 열었다.

"하나 궁금한 게 있다." 꽁초를 재떨이에 버리고 총경은 조심스레 말을 이었다. "입수한 카드는 스페이드 에이스와 하트 에이스, 스페이드 잭과 하트 3 네 장뿐이다. 설령 네 사람이 사건에 관여되어 있더라도, 그 경우 나머지 네 장은 모두 두 가지로 조합할 수 있지. 제비뽑기 결과가 스페이드 퀸과 하트 4, 스페이드 킹과 하트 2였을 가능성도 고려해야 하지 않을까?"

"적절한 지적이네요." 린타로는 찻잔에 커피를 따르며 말했다. "하지만 그럴 가능성은 없어요. 퀸인 와타나베 히나코가 살해된 건 11월 1일, 스페이드 잭. 하트 3인 조시마 에쓰시가 그보다 나중인 14일에 살해됐으니 스페이드 퀸. 하트 4가 될 수는 없죠. 나머지 카드의 조합은 스페이드 퀸과 하트 2. 스페이드 킹과 하트 4로 확정이죠."

"무슨 말인지 알아들었다."

총경은 고개를 끄덕이더니 아들이 건넨 커피를 블랙으로 마셨다. 뜨겁고 썼다.

"네 생각이 맞는 것 같구나. 더 얘기해 봐라."

"네. 그럼 잠깐 정리해 볼까요?"

린타로는 빈틈없이 종이와 펜을 준비했다. 시간의 흐름에 따라 교환 살인의 용의자와 피해자의 조합을 표로 만들었다.

1	10월 23일(토)	와타나베 기요시	(Q)	A	안자이 아키노리
2	11월 1일(월)	?	(K)	Q	와타나베 히나코
3	11월 14일(일)	나라자키 쇼타	(A)	J	조시마 에쓰시
4	?월 ?일(?)	조시마 쓰토무	(J)	K	?

"왼쪽이 실행범이고 괄호 안은 그가 의뢰한 표적이에요."

"오른쪽이 살해한 상대로군." 총경은 턱을 쓸며 말했다.

"이렇게 표로 만들어 보니 동기와 범행 대상이 겹치지 않게 분배된 걸 알겠구나."

"사람 수가 늘어나도 교환 살인의 원리는 변하지 않으니까요." 린타로가 씩 웃으며 말했다. "참고로 수학 문제에 완전 순열이라는 게 있죠. n명이 참가한 파티에서 선물 교환을 했을 때, 모두 자신이 아닌 다른 사람의 선물을 받는 경우의 수를 구하라는 문제가 전형적이죠. 그 경우의 수를 n의 부분 계승 또는 몽모르 수라고 해요."

"선물 교환? 대체 무슨 얘기를 하는 게냐."

"교환 살인 이야기죠. n명이 관여한 교환 살인도 이론적으로는 선물 교환과 마찬가지예요. 자신이 죽이고 싶은 상대가 걸리지 않도록 제비뽑기를 이용해서 실행범과 피해자를 나눠야 하니 모든 경우의 수는 몽모르 수와 같죠. 계산식은 복잡해지니 생략하겠지만 두 사람이 관여할 경우는 한 가지, 세 사람일 경우에는 두 가지로 제한돼요*. 하지만 네 명 이상일 경우에는 조심해야 해요. n=4의 몽모르 수는 9지만, 그 가운데 둘이서 서로의 상대를 죽이는 단순 교환 살인으로 그룹이 둘로 나눠지는 경우가 세 가지 있거든요. 네 명을 A, B, C, D라 한다

---

* n개의 요소에서 완전 순열의 총수(몽모르 수) D_n을 구하는 식은 $D_n = n!(1 - \frac{1}{1!} + \frac{1}{2!} - \frac{1}{3!} + \frac{1}{4!} - \cdots (-1)^n \frac{1}{n!})$로 나타낼 수 있다. (저자 주)

면 AB와 CD, CD와 AB, AD와 BC의 쌍이 따로따로 교환 살인을 실행하게 되기 때문에 네 명이 공모하는 이점이 없어요. 범행이 발각될 위험을 분산하기 위해서라도 이 경우는 피해야 하죠. 따라서 네 명이 공모한 교환 살인의 경우 9 빼기 3으로 여섯 가지의 경우가 존재하는데요……."

"썰을 풀고 싶으면 다른 데 가서 해라."

아들의 장광설을 차단한 총경은 반론할 틈도 주지 않고 말했다.

"하던 얘기나 마저 해. 전에 정체를 알 수 없는 지문의 주인이 제비뽑기용 카드를 나누었을 거라고 했지? 만일 그렇다면 와타나베 히나코를 살해한 네 번째 공범이 그룹의 리더일 가능성이 크다."

"그렇겠죠. 제비뽑기를 제안하고 카드를 준비한 것도 녀석일 겁니다."

린타로가 동의하자 총경은 스페이드 킹을 집어 들며 말했다.

"공범 그룹의 리더는 K라 지칭되는 인물에게 살의를 품고 있어. 녀석의 정체를 밝혀내면 게임 끝이니, 적의 킹이라 해도 틀린 말은 아니겠구나."

"그건 트럼프가 아니라 체스죠. 그리고 네 번째 공범자가 가진 카드는 스페이드 퀸이에요."

"아무렴 어떠냐. 체스든 장기든 최종적인 목표는 적의 우두머리를 쓰러뜨리는 게 아니냐. 네 번째 공범이라기보다는 킹이라 부르는 게 훨씬 어울려."

"아버지가 그러고 싶으시면 마음대로 하세요."

아직 뭔가 할 말이 남은 눈치였지만 린타로는 한발 물러났다. 총경은 다시 사건과 범인을 짝지어 놓은 표를 보며 말했다.

"지금 시급한 문제는 다음 범행이 언제 일어날지, 또는 이미 일어났는지 밝혀내는 일이야. 처음과 두 번째 사건 사이의 간격은 거의 일주일이고, 두 번째와 세 번째 사건 사이에는 이 주 남짓한 간격이 있다. 요일에 주목하면 일요일 전후에 범행이 몰려 있고. 사건과 사건 사이에 최저 일주일의 간격이 있다. 조시마 쓰토무에게 사흘 전 토요일 밤부터 계속 미행을 붙여 놓았는데……."

수상한 낌새는 없었다고 말하자 린타로는 고개를 저었다.

"사건과 사건의 간격을 참고할 필요는 없어요. 범행 일시는 동기를 가진 인물의 알리바이와 실행범이 자유롭게 움직일 수 있는 날을 맞춘 결과일 테고, 조시마 에쓰시의 경우에는 그의 생일과 같이 사는 어머니의 습관도 고려해 계획했을 거예요. 범행에 필요한 조건을 모르는 상태에서는 네 번째 사건이 언제 일어날지 추측하기 어렵죠."

"난감하구나." 예상이 빗나가자 총경은 머리를 긁적였다. "이미 네 번째 표적이 살해됐을 가능성도 아예 없지는 않다는 소리지?"

"네. 가나가와 현경은 에쓰시의 사건을 자살로 처리했을 정도니 동생의 행동을 일일이 감시하지는 않았을 겁니다. 계약직 교사라면 비교적 시간을 자유롭게 쓸 수 있고, 평일 낮 시간의 범행도 불가능하지 않을 거예요."

"맞다. 그럼 먼저 지난주 사건 기록을 훑어봐야겠다. 15일 월요일부터 20일 토요일까지 일어난 변사 사건을 도쿄와 가나가와 현 중심으로 확인해 보마. J의 경우처럼 이니셜이 K인 피해자를 샅샅이 살펴보면 범행 유무는 확인할 수 있겠지."

"그러면 다행이지만……. 그게 반드시 성공하리라는 보장은 없으니까요."

린타로는 갑자기 자신감이 사라진 듯 미덥지 못한 목소리로 중얼거렸다.

맥이 빠진 총경이 이유를 묻자 그는 머쓱한 표정으로 대답했다.

"미리 말씀드려야 했는데, 스페이드 킹을 선택한 건 어디까지나 개연성이 높은 첫 번째 후보이기 때문이지, 그 외의 모든 가능성을 부정한다는 뜻은 아닙니다. 에이스와 잭에 관해서는 분명한 물증이 있고, 와타나베 히나코를 퀸이라 생각하는 것도 순 억지는 아니라고 생각해요. 하지만 A, Q, J가 모두 모였다고 해서 네 번째 카드가 K라고 장담할 순 없죠. 오히려 서로 아무 연관도 없는 피해자들의 머리글자가 이렇게 딱 맞아떨어지는 게 부자연스러워요. 네 번째 피해자의 속성에 따라서는 스페이드 2부터 10 사이의 숫자 중 하나라고 해도 이상할 건 없으니까요.”

“듣고 보니 그렇구나. 그래서 킹이라고 부르기를 꺼린 게냐?”

“네.”

“그래도 이니셜이 K인 인물을 우선적으로 살펴봐야 하지 않을까? 구태여 제비뽑기에 트럼프를 이용한 걸 보면 그렇지 않냐. 히나코의 Q는 예외로 쳐도, A, K, J라는 이니셜이 맞아떨어진 경우도 확률적으로 있을 수 없는 일은 아니지. 그리고 이런 대담한 범죄를 꾸미는 자들일수록 우연의 산물을 계시라 받아들이고 이상한 걸 신경 쓰는 경향이 있다. 다소 억지스럽더라도 에이스와 그림 카드로 통일하려는 게 인간의 심리가 아니겠냐.”

“그렇다면 더더욱 문제죠.”

린타로는 눈을 내리깔며 생각에 잠긴 표정을 지었다.

“히나코의 히妃를 퀸에 빗댄 것처럼 이니셜이 아닌 다른 속성을 킹에 비유했을 가능성이 커진다는 뜻이잖아요."

"그러면 왕王 자가 들어간 이름이나 13과 인연이 깊은 인물을 찾아보면 되지."

총경은 좀처럼 주장을 굽히지 않았지만 아들의 말이 기우가 아님을 인정할 수밖에 없었다. 조시마 쓰토무가 이미 범행을 끝냈더라도 J.3의 경우처럼 네 번째 피해자를 정확히 특정 지을 수 있다는 보장은 없었다. 최악의 경우, 범행 유무조차 밝혀내지 못한 상태로 벽에 부딪힐 수도 있다⋯⋯.

그래도⋯⋯. 총경은 마음을 다잡았다. 무슨 일이든 긍정적인 면이 존재하기 마련이다.

"네 번째 범행이 아직 일어나지 않았다면 우리에게 승산이 있지. 조시마 쓰토무는 지금 이 순간에도 이십사 시간 감시당하고 있으니까. 고생 끝에 낙이 온다고. 녀석이 범행에 착수하면 살인 미수 현행범으로 체포할 수 있다. 동료들에게 의리를 지킨답시고 묵비권을 행사해도 피해자의 신변을 조사하면 자동적으로 킹의 정체가 밝혀지겠지."

"수주대토守株待兎 하는 결과가 나오지 않아야 할 텐데요⋯⋯."

린타로의 마땅찮은 반응에 총경은 얼굴을 찡그렸다.

"기다리다 허탕만 칠 가능성이 있다는 뜻이냐."

"네. 아직 네 번째 범행을 실행하지 않았더라도, 불안 요소는 여전히 존재해요. 후루하시가 괜한 짓을 한 덕에 와타나베 기요시의 사망 정보가 유출되었고, 나라자키 쇼타의 행방도 오리무중이죠. 자신이 지명 수배된 사실을 알아채면 공범들에게 경고의 메시지를 날릴지도 몰라요."

"나라자키가 조시마에게?"

"그 정도 동료 의식은 있겠죠. 경찰이 교환 살인 계획을 알아챘을 가능성이 있다는 걸 알면 조시마 쓰토무가 독단으로 네 번째 범행을 무기한 연기할 수도 있고요. 만일 그렇게 되면 이십사 시간 내내 감시해도 킹의 정체는 밝혀낼 수 없어요."

"달리 뾰족한 수가 없다는 소리냐?" 총경은 머리를 싸안았다. "아니, 아직 방법이 있다. 조시마 쓰토무를 자극해 보자. 겁을 줘서 입을 열게 만들면 돼."

"너무 위험한 방법이에요. 지금으로서는 구체적인 증거가 아무것도 없잖아요. 사건과는 무관하다고 딱 잡아떼면 더 이상 추궁할 수도 없고요."

"그야 그렇지만……. 그럼 다른 방법이 있는 게냐?"

"이 상황이 우리에게 불리한 것만은 아닙니다. 설령 조시마 쓰토무가 어떠한 경고를 받았더라도 현 시점에서는 자신이 경찰에 미행당하고 있다는 것을 깨닫진 못했을 거예요. 킹과 접촉할 수밖에 없는 상황으로 몰아가면……."

"무슨 수로?"

린타로는 스페이드 킹을 들고 왕의 얼굴을 물끄러미 바라보았다.

그러더니 잭 카드로 시선을 돌려 날카로운 목소리로 말했다.

"하나 시험해 보고 싶은 게 있어요."

"폐하. 황공하옵니다만." 책이 말했다. "저는 아닙니다. 제가 썼다고 증명할 수도 없습니다. 마지막에 서명이 없거든요."
"네가 서명하지 않았다면······." 임금은 말했다. "입장이 더 난처해질 뿐이야. 처음부터 뭔가 꿍꿍이가 있었던 게야. 그렇지 않으면 정직하게 서명을 했을 테지."

루이스 캐럴, 『이상한 나라의 앨리스』

11월 25일 목요일.

5교시 수업을 마친 리사는 출퇴근용 오토바이를 타고 학교에서 나왔다. 역 앞 대형 마트의 서적 코너에서 잡지를 훑어보고 나서 무사시코스기의 집으로 돌아왔다.

가네곤과 약속한 날까지 앞으로 나흘 남았다. 신경이 예민해진 탓인지 지난 며칠 동안 누군가가 자신을 지켜보는 듯한 느낌을 지울 수 없었다. 출퇴근 길에 무의식적으로 사이드 미러를 들여다보는 횟수가 날로 늘어갔다. 지나친 의심은 해가 된다는 걸 알면서도 유일하게 긴장이 풀리는 건 집에 있을 때뿐이었다.

'503 조시마 쓰토무'

현관의 우편함을 열자 전단지 사이로 속달 우편이 보였다. 평범한 봉투에 삐뚤빼뚤한 글씨로 쓰토무의 주소와 이름이 적혀 있었다. 요코하마 소인에, 보낸 사람의 이름은 없었다.

봉투 안에서 명함 크기의 딱딱한 물체가 만져지자 리사의 가슴이 울렁거렸다. 집으로 가지고 올라와 문을 잠그자마자 황급히 봉투를 뜯었다. 거꾸로 흔들자 편지지와 함께 트럼프 카드 한 장이 떨어졌다.

자전거를 탄 두 천사의 그림. 바이시클 라이더백.

떨어진 카드의 앞면을 보니 스페이드 잭이었다.

이쿠루?

리사는 저도 모르게 고개를 저었다. 심장 박동이 빨라지면서 온몸에 식은땀이 흘렀다.

수차례 심호흡을 하고 나서 조심스레 편지지를 펼치자 프린터로 인쇄된 글씨가 빼곡하게 적혀 있었다.

혹시 모르니 내 이름은 적지 않겠어. 동봉한 카드를 보면 내가 누군지 알겠지. 나머지 카드는 저쪽으로 보냈어.

사태는 점점 악화되고 있어. 교통사고로 죽은 Q의 남편과 내 관계가 밝혀진 듯해. 난 지명 수배된 것 같아. 히가시나가사키의 원룸은 물론 후지미다이의 외삼촌 집에도 경찰들이 잠복하고 있어. 이미 당신 형을 그렇게 만들었으니 이제 와서 자수한들 죄가 가벼워지지는 않겠지. 방화 살인은 중죄라고 들었는데 그러면 나만 사형을 당할지도 몰라. 그럴 수는 없지.

지금은 도쿄를 떠나 피시방을 전전하고 있어. 도망치는 데까지 도망칠 작정이지만 추적당할 위험이 있어서 휴대 전화나 신용 카드는 쓸 수 없어. 들고 나온 현금도 이제 바닥났어. 어제는 노숙자처럼 공원에서 잤지만 아무리 허리띠를 졸라매도 앞으로 이삼일이 한계야. 그래서 부탁이 있어. 이 편지를 읽는 대로 돈을 부쳐 줘.

말해 두지만 이건 협박이 아니야. 우리는 같은 배를 탄 동료잖아. 도피 자금이 없어지면 언젠가는 붙잡힐 거야. 동료를 팔아넘기는 짓은 하기 싫지만 혹독한 조사를 받으면 너희 이름도 불어 버릴지 몰라. 그렇게 되기 전에 목돈이 생기면 외국으로 뜰 수 있어. 너희 정체는 아직 들키지 않았으니 나만 붙잡히지 않으면 경찰의 의심을 받지도 않을 거야. 우리 셋에게 그게 가장 좋은 해결 방법이야.

필요한 액수는 한 명당 현금으로 오십만 엔. 이번 한 번뿐이야. 다음에는 절대 이런 일 없을 거야.

장소는 신주쿠 역의 전자식 물품 보관함으로 할게. 27일 토요일. 작은 짐으로 위장해서 교통 카드를 쓸 수 있는 보관함에 넣어 놔. 인터넷 옥션 경험이 있으면 요령은 알겠지. 잔돈이 없을 수도 있으니까 비밀번호가 아니라 카드식으로(적당한 금액을 충전해 놔).

　현금이 준비되면 교통 카드와 보관함 번호가 적힌 영수증을 고마에 시 나카이즈미 X-XX. 와타나베 기요시 앞으로 보내 줘. 내가 직접 우편함에서 찾아서 그길로 신주쿠 역에 갈게. Q의 집에는 아무도 없고, 날 쫓는 경찰도 설마 그런 데 나타날 거라고는 상상도 못 할 거야. 괜찮은 생각이지?

　물품 보관함의 사용 기한은 사흘이야. 교통 카드와 영수증이 월요일 저녁까지 Q의 집에 도착하지 않으면 곧바로 너희의 정체를 경찰에 신고하겠어. 둘 중 하나만 보내도 마찬가지야. 교통 카드와 영수증을 모두 보내지 않으면 연대 책임으로 너희 둘의 이름을 밝힐 거야.

　돈만 받으면 절대로 배신하지 않겠다고 약속할게.

　그러니까 알아서 잘 처리해 줘.

눈앞이 캄캄해졌다.

머릿속이 끓어오르는 것 같아서 무슨 내용인지 도통 알 수 없었다. 아니, 문장 자체의 뜻은 알겠지만 사차원 괴문서처럼 지리멸렬하게 느껴졌다. 그래도 억지로 글자를 훑어 간신히 끝까지 읽었다.

최악의 사태다.

간신히 머리가 돌아가기 시작한 순간 가장 먼저 깨달은 건 입안이 바싹 말랐다는 사실이었다. 입안 가득히 뜨거운 모래를 씹는 듯한 갈증이 오감五感을 지배해서 다른 사고오·감정은 모두 증발해 버린 것 같았다. 리사는 떨리는 손으로 냉장고를 열고 콜라를 꺼내 페트병째 꿀꺽꿀꺽 마셨다.

—프로젝트의 성공을 위하여.

—위하여!

가네곤, 유메노시마, 이쿠루…….

콜라 맛이 방아쇠가 되어 그날의 기억을 불러일으켰다. 역류한 탄산이 코 점막을 자극해 타는 듯한 통증을 느꼈다. 입에 든 콜라를 죄다 쏟아 낼 뻔했지만, 코와 입을 막으며 간신히 버텼다.

따끔거리는 탄산의 자극으로 그제야 정상적인 단단 능력이 돌아온 것 같았다. 자위를 끝낸 직후처럼 머리에서 열기가 가시며 마음이 가라앉았다.

이것도 일종의 현자 타임인가.

그런 생각을 하자 갑자기 웃음이 터졌다.

최악의 상황이었지만 아직 희망은 있었다. 어디 마음대로 하게 둘 줄 알고? 이런 비열한 편지를 보낸 걸 후회하게 해 주마. 리사는 나머지 콜라를 개수대에 버리고 빈 페트병을 쓰레기통에 처넣었다.

재활용 쓰레기는 이쿠루의 담당이었다…….

"뭐야, 오늘은 다 아저씨잖아."

그게 이쿠루의 첫마디였다. 한눈에도 경박해 보이는 녀석이라 그 녀석과는 대화의 접점이 없을 것 같다고 생각했던 게 기억난다. 설마 그런 녀석과 동지가 될 줄은 상상도 못 했다.

구월 둘째 주 일요일. 다마가와 강의 환경 정화 캠페인에서 같은 조가 되었던 날이다.

각자 맡은 일은 다음과 같다.

타는 쓰레기는 가네곤.

타지 않는 쓰레기는 유메노시마.

재활용 쓰레기는 리사(종이, 상자, 플라스틱 등)와 이쿠루(병, 캔, 페트병).

'가네곤'은 개구리, '유메노시마'는 코알라, '리사'는 토끼, '이쿠루'는 돌고래를 본뜬 분리수거 캠페인 캐릭터였다. 조별로 담당을 정해 쓰레기를 주울 때 미리 분리수거해 두면 골인 지점에서 대량의 쓰레기를 나누는 수고를 덜 수 있다. 캠페인을 개최한 NPO 스태프가 나눠 준 캐릭터별 스티커가 그들의 명찰이 되었다.

네 사람 모두 그날 처음 만난 사이로, 이름도 모르는 생판 남이었다.

"유유상종이랬지."

한 사람이라도 아는 얼굴이 있었다면 가네곤은 그런 말을 꺼내지 않았으리라. 자신을 구속하는 굴레나 후환이 없어야 한다. 그것이 잠재적인 살의—'누구에게나 거슬리는 인간 한둘은 있는 모양이야.'—를 공유하기 위한 전제였다. 운명이 아니라 확률의 문제라도, 접점이 전혀 없는 네 남자가 한자리에 모인 시점에서 이미 다른 선택지는 없었는지도 모른다.

리사가 일요일 봉사 활동에 참가하게 된 것은 그가 근무하는 중학교의 생물부원들을 인솔하기 위해서였다. 생물부 고문인 무라카와 선생이 허리를 삐끗해 거동이 불편해지스- 갑작스레 리사에게 봉사 활동에 참가하는 학생들의 감독을 맡긴 것이다.

계약직인 리사에게 특별 활동 감독이나 휴일 출근 의무는 없었지만 이과 주임인 무라카와에게 평소에 신세 진 지 많았기에 거절하기 난감했다.

"집합하고 해산할 때 출석만 부르면 됩니다. 나ᄆ 지는 애들이 알아서 할 테니까."

그렇게 말하는데 어떻게 거절할 수 있겠는가. 그ᄅ 고 신인상에 응모할 다음 소설 소재로 써먹을 수 있을지 모른다는 생각도 있었기에 대타를 받아들였다.

집합 시간은 오전 10시. 주최자의 오리엔테이션이 끝나자 인원을 조정해 조 편성을 했다. 리사는 학생들과 따로 행동하게 되었다.

접수처에서 토끼 스티커와 장갑, 비닐 봉투, 금속 집게를 받아 개인 참가자의 대기 장소로 이동했다. 스태프의 지시에 따라 새로운 조에 들어갔지만 이름이나 소속을 따로 적지는 않았다.

"처음이라 어떻게 하는지는 잘 모르지만……. 오늘 하루 잘 부탁드립니다."

코알라 스티커를 손에 든 남자가 리사에게 인사했다.

유메노시마였다. 회사 방침으로 봉사 활동 참가가 필수라고 했다. 원래 회사 직원들과 한 조였지만 조원들이 모두 단체 미팅 기분에 젖은 독신 남녀들이라 인원 조정을 핑계로 빠져나왔다고 했다.

"사내 연애는 이제 신물이 나서."

물어보지도 않았는데 유메노시마는 자조하듯 말했다. 시선을 돌리며 한숨을 쉬는 모습에서 어머니를 떠올렸던 기억이 난다.

가네곤과 이쿠루는 처음부터 개인 참가였다. 익숙한 모습을 보아 하니 둘 다 경험자인 것 같았다.

아저씨 운운하는 첫마디로도 알 수 있듯 이쿠루는 여자를 만나러 참가했다는 걸 숨기지 않았다. 이런 캠페인에는 남자 친구가 없는 여대생 등 젊은 여성 참가자들이 많고, 야외에서 같이 땀을 흘리면 유대감도 쌓이는 까닭에 헌팅 성공률이 높다고 했다. 처음부터 뒤풀이 자리를 노린 눈치였고, 전에 사귀던 여자 친구와도 이런 캠페인에서 만났다고 했다.

인터넷 공지를 보고 참가자가 많아 보이는 캠페인을 고른 것까지는 좋았지만, 자기보다 나이 많은 남자들밖에 없는 조에 들어온 탓에 단번에 의욕이 사그라진 모양이었다. 출발 신호가 울리자마자 이쿠루는 볼멘소리를 쏟아 내기 시작했다.

"리사이클 담당이라 캐릭터 이름을 리사와 이쿠루로 지은 거래요. 센스가 그게 뭐야. 타는 쓰레기라 가네곤*이라는 것도 웃기고. 쓰부라야 프로덕션에서는 암말도 안 하나**."

가네곤은 말없이 어깨를 으쓱했다.

이쿠루가 투덜대는 것도 이해가 갔다. 캐릭터를 가공해 귀여워지긴 했지만 고전적인 특촬 괴수였던 원래의 디자인과 너무 차이가 났던 것이다. 비영리 목적이라 못 본 척해 준 것일까.

"오호, 타는 쓰레기라 가네곤이었구나."

유메노시마는 이쿠루가 말할 때까지 알아채지 못한 모양이었다. 자기 스티커를 다시 확인하며 말했다.

---

* 일본어로 타는 쓰레기는 가넨고미.

** 가네곤은 울트라맨에 등장하는 괴수로, 지폐와 동전을 먹는다.

"타지 않는 쓰레기 캐릭터가 유메노시마인 건 저곳이 예전에 매립장이었기 때문이겠지? 그런데 왜 코알라 그림이지?"

"유메노시마에는 유칼리 숲이 있어." 리사가 말했다. "코알라가 처음 일본 동물원에 들어왔을 때 먹이로 삼으려고 심어 놓았던 건데, 지금도 유메노시마 공원의 명물이지."

"잘 아네. 인상도 성실해 보이고. 혹시 학교 선생님인가?"

가네곤의 예리한 지적에 리사는 고개를 끄덕였다.

가네곤은 신기한 남자였다. 뚜렷한 이목구비에 까무잡잡한 피부. 마흔은 넘었으리라. 네 명 중에 가장 연장자로 자연스레 리더가 되었다. 행동거지에 군더더기가 없고 쓰레기 분리수거에 익숙한 모습을 보면 이런 캠페인에 자주 참가하는 것 같지만 봉사 정신이 투철한 느낌은 아니었다.

뭔가 다른 목적을 가지고 같은 조원들을 품평하듯 훑어보는 분위기도 풍겼다. 그러고 보니 보험 조사원인 대학 선배에게 유메노시마 공원이 게이들의 헌팅 장소로 유명하다는 이야기를 들은 적이 있다. 가네곤도 이쿠루와는 다른 방향으로 백주 대낮에 당당하게 헌팅 상대를 찾는 것일까? 불현듯 그런 생각이 뇌리를 스쳐 지나갔지만 리사의 상상은 빗나갔다.

"아까 언뜻 들었는데 혹시 사내 연애에 실패한 경험이라도 있나?"

한 시간 남짓 작업을 했을 때 가네곤이 화제를 돌렸다. 바닥에 정신을 팔고 있었던 탓인지 유메노시마는 무방비한 어조로 말했다.

　"응? 아, 지금 와이프랑 그렇게 만났거든. 비닐으산은 타지 않는 쓰레기야?"

　"우산살 부분은 타지 않는 쓰레기야." 가네곤이 대답했다. "비닐을 벗겨서 나한테 줘. 지금 와이프라는 걸 보니 사내 불륜이었나?"

　"눈치가 정말 빠르네."

　유메노시마는 쓴웃음을 지었다. 우산살을 구부리며 그는 또다시 한숨을 쉬었다.

　"진심은 아니었는데 타이밍이 좋지 않았어. 순간의 실수로 덜컥 재혼을 결정한 게 잘못이었지. 마음의 병이 있어서 집에서 한 발짝도 나가지 않아."

　"집에서 나가지 않는다고?" 리사는 저도 모르게 물었다. "당신 와이프가?"

　"그래. 이야기하자면 길어지는데……."

　거기서부터는 일사천리였다. 푸른 하늘 아래에서 함께 몸을 움직이다 보면 처음 만나는 이들이라도 연대감 비슷한 감정이 피어나기 마련이다. 두 번 볼 일이 없는 사람들이기 때문에 평소에는 꼭 닫아 둔 마음의 문이 슬며시 열린 것인지도 모른다.

지금 와서 돌이켜 보면 그게 바로 가네곤이 노리던 것이었
다…….

네 명이서 하는 교환 살인. 이야기 속에서나 나올 법한 계획
을 가네곤이 처음부터 의도했는지는 알 수 없었다. 원래는 제
눈에 차는 공범을 낚기 위해 봉사 활동에 나왔던 게 아니었을까.

하지만 그날 우연히 만난 면면들이 가네곤의 야심에 불을 지
핀 것은 분명했다. 세 사람뿐 아니라 가네곤 역시 그 자리의 분
위기에 휩쓸려서 어설픈 공범 의식에 젖은 것이다.

그 때문에 프로젝트에 불협화음이 생긴 건 부정할 수 없는
사실이다. 만일 리사가 가네곤이었다면 이쿠루를 동료로 받지
않았을 것이다.

처음 만났을 때부터 이쿠루는 인상이 좋지 않았다. 빈 페트
병처럼 얄팍하고 내실 없는 인간. 만일 동지의 맹세를 깨는 자
가 나온다면 바로 이쿠루일 것이라고 전부터 생각했다. 설마
자신이 뒤처리를 해야 할 줄은 몰랐지만, 지금은 불평할 때가
아니었다. 발등에 불이 떨어졌으니 말이다.

이 사태를 초래한 게 이쿠루 혼자의 책임이라고 생각하지는
않는다. 그래도 가네곤의 인선에 문제가 있었던 건 분명하다.

사태를 수습하기 위해 가네곤에게도 책임을 지워야 한다…….

리사는 생각을 털어 버리고 편지를 정독했다.

이미 당신 형을 그렇게 만들었으니 이제 와서 자수한들 죄가 가벼워지지는 않겠지. 방화 살인은 중죄라고 들었는데 그러면 나만 사형을 당할지도 몰라. 그럴 수는 없지.

이거다. 이게 마지막 기회야.

살을 내주고 뼈를 벤다. 스스로 생각해도 괜찮은 아이디어였다. 불확실한 요소뿐이지만 이쿠루가 사형을 당하는 일은 없을 것이다. 경찰도 그의 행방을 찾지 못하리라. 그것만은 확신할 수 있었다. 하지만 만에 하나 자신에게 불똥이 튀게 되면 가만있느니만 못하다.

연대 책임.

리사는 마음을 굳혔다. 가네곤을 한 번 더 만나야 한다.

이튿날인 금요일 오후 6시. 리사는 신주쿠의 노래방을 찾았다.

창단식을 치렀던 그 가게였다. 근 오십 일 만이었다. 종업원이 알려 준 방으로 들어가자 가네곤이 기다리고 있었다. 리사가 먼저 들어가 있으라고 일러두었다.

저번과 달리 오늘은 둘뿐이었고 건배 같은 것도 하지 않았다.

"대체 무슨 생각으로 휴대 전화로 연락한 거지?" 가네곤은 신경질적으로 말했다. "메시지는 바로 지웠지만 통화 기록은 지울 수 없어. 거사일이 코앞으로 닥쳤는데 이런 데서 같이 있는 걸 누가 보기라도 하면……."

"계획은 중지야. 위험한 건 나도 알아. 좌우지간 이 편지를 읽어 봐."

리사는 어제 받은 편지를 건넸다. 동봉된 스페이드 잭을 보고 가네곤은 얼굴을 찌푸렸다.

"이쿠루가 보낸 거야?"

"읽어 보면 알아."

처음 몇 줄을 읽자마자 가네곤의 낯빛이 변했다. 눈을 치켜뜨며 뭐라 말하려 했지만 리사는 고개를 저으며 마저 읽으라고 재촉했다. 끝까지 읽은 가네곤은 탁자에 편지를 내던지더니 분노를 드러내며 말했다.

"제 무덤을 파는군. 난 이런 편지 못 받았어. 자넨 걸려든 거라고, 모르겠어? 우리를 한자리에 모으려는 함정이야!"

"나도 알아."

"그럼 왜 날 불렀지? 혼자 감방 가기 싫어서 나까지 길동무로 삼으려고?"

"길동무라니 듣기 불편하네." 리사는 조용히 말했다. "연대 책임이지."

"연대 책임?"

말문이 막힌 가네곤은 괴로운 표정으로 머리를 싸안았다.

이렇게 동요하는 가네곤의 모습은 처음 봤다. 마지막으로 만났을 때는 목적을 위해서라면 수단 방법을 가리지 않는 냉철한 범죄자처럼 주저하는 모습은 전혀 보이지 않았는데 말이다. 수세에 몰리자마자 안절부절못하며 상황 판단조차 제대로 못 하는 꼴이라니.

역시 리더가 될 재목이 아니었다.

하지만 지금 중요한 건 그게 아니다. 리사는 힘주어 말했다.

"시간이 얼마 없어. 지금부터 내가 하는 말 잘 들어."

"변명은 듣기 싫어." 가네곤은 고개를 저었다. "이쿠루나 자네나 모두 쓸모없는 녀석들이야."

"당신 불평불만 들어 줄 시간 없어. 맨 처음 이 계획을 제안한 사람은 당신이잖아."

"그래. 동지들의 뒤통수를 칠 녀석을 알아보지 못한 내가 멍청했지."

"그러니까 연대 책임이라고 한 거야······." 리사는 숨을 들이마시고는 가네곤에게 고개를 숙였다. "부탁이야, 도와줘. 나도 동지들을 팔아넘기기는 싫지만, 이제 선택의 여지가 없어. 지금이라면 아직 늦지 않았어. 피해를 최소한으로 줄이기 위해서라도 당신 도움이 꼭 필요해."

"피해를 최소한으로?"

"그래. 이 난국을 벗어날 방법이 딱 하나 있어. 다소 타격을 받겠지만 지금 상황에서는 어쩔 수 없지. 나뿐 아니라 당신에게도 그게 최선의 해결책이라 생각해. 둘이서 힘을 합하면 최악의 사태는 피할 수 있어."

가네곤은 리사의 얼굴을 빤히 들여다보았다.

리사는 말없이 그의 눈을 바라보았다.

눈빛을 보고 상대가 넘어왔다는 것을 알 수 있었다.

"힘을 합쳐서 어쩌자고? 구체적으로 말해 봐."

가네곤이 신음하듯 물었다. 완전히 주도권이 넘어온 걸 확신한 리사는 바싹 마른 입술에 침을 묻혔다.

가네곤에게 아까 던져 버린 편지를 다시 한번 읽게 하고 자신의 생각을 대략적으로 설명했다. 처음에는 의아해하는 듯했지만 리사가 비장의 무기를 선보이자 자포자기했던 가네곤의 얼굴에 생기가 돌았다.

"이런 비장의 카드를 숨겨 두다니 자네도 보통내기가 아니군." 가네곤이 아첨하듯 말했다. "쓸모없는 놈이라고 했던 건 취소하지. 하지만 쉽지는 않을 거야. 큰 위험을 무릅써야 하는데 정말 생각처럼 잘 풀릴까?"

리사는 자신이 있었다. 밤새 머리를 싸매고 짜깁기로 만든 계획이지만 일 차 예선을 통과한 소설의 플롯보다 훨씬 완성도가 높았다.

"분명 잘될 거야. 당신이 제 역할만 실수 없이 해 준다면."

"알았어. 자네 말대로 하지."

가네곤과 헤어져 무사시코스기의 집으로 돌아왔을 때는 이미 10시가 지나 있었다.

시모다의 누나에게 연락해 어머니의 상태를 물었다. 앞으로 귀찮은 일이 생길지도 모르지만 걱정 말라고 에둘러 말해 두었다. 전화를 끊자마자 대학 시절부터 가깝게 지낸 선배에게 다시 전화했다.

통화가 길어지지 않도록 이번에도 용건만 말하고 끊었다.

가택 수색을 당할 경우에 대비해 집을 치우고 나서 콜택시를 불렀다. 집에서 나오기 전, 지갑을 열고 두 장의 카드를 다시 보았다.

바이시클 라이더백.

스페이드 킹과 하트 4.

가네곤에게 보여 준 편지는 겉옷 주머니에 넣어 두었다. 택시에 올라탄 리사는 기사에게 행선지를 말했다.

"신유리가오카의 아사오 경찰서로 가 주세요."

조시마 쓰토무를 미행하던 형사들이 경시청 특별 수사본부로 연락한 건 그로부터 한 시간 뒤, 날짜가 금요일에서 토요일로 넘어가기 직전이었다.

"쓰토무가 자수했다고? 아사오 서에 출두해서?"

"아사오 서의 내부 상황은 잘 모르겠지만 겉보기에는 그랬습니다."

예상치 못한 보고에 노리즈키 총경은 말문이 막혔다.

무사시코스기의 자택에서 택시를 타고 아사오 서로 직행한 쓰토무는 각오를 굳힌 표정으로 경찰서로 들어갔다고 했다. 앞으로 어떻게 해야 하느냐는 미행반의 물음에 아사오 서 형사들이 알아채지 못하게 밖에서 대기하라고 대답하는 수밖에 없었다.

"상황이 이상하게 돌아가네요." 구노가 중얼거렸다.

총경 역시 같은 생각이었다. 이제야 킹을 찾아냈는데 가나가와 현경이 어부지리로 얻어 간다면 지금까지 고생했던 게 모두 물거품이 된다.

아들을 볼 낯도 없다.

사중 교환 살인 수사는 절정으로 치닫고 있었다. 조시마 쓰토무가 신주쿠 노래방에서 네 번째 공범(킹)으로 츠정되는 인물과 접촉한 게 여섯 시간 전. 오후 9시가 지난 시각에 쓰토무와 킹이 따로따로 노래방에서 나오는 모습을 목격한 미행반이 둘로 나뉘어 뒤를 쫓았다.

킹은 미행을 경계했는지 계속해서 전철을 갈아탔다. 그래도 숙련된 수사관들의 추적을 따돌릴 수는 없었다. 방금 전 미행반의 나카다이 형사에게 킹의 거주지를 알아냈다는 노고가 들어왔다.

거기까지는 작전대로였지만…….

조시마 쓰토무의 행동은 총경의 예상을 완전히 뛰어넘었다. 물론 자수는 환영할 일이었지만 문제는 그가 아사오 경찰서, 가나가와 현경의 관내로 출두했다는 점이었다.

에쓰시의 사망 사건에 관여한 혐의로 경시청이 쓰토무를 주시하고 있다는 건 아직 가나가와 현경에 알리지 않았다. 현경에서 자살로 처리한 사건을 경시청의 독단으로 재조사한다는 사실이 알려지면 수사에 딴죽을 걸 게 불 보듯 뻔했기 때문이다. 언젠가는 합동 수사의 수순을 밟게 되더라도 상대방에게 트집 잡힐 빌미를 주고 싶지 않았다. 네 번째 공범을 색출해서 교환 살인 계획의 전모를 밝혀낼 때까지 현경에 협조 요청은 하지 않겠다는 게 특별 수사본부의 방침이었다.

쓰토무의 돌발 행동 때문에 그 방침이 역효과로 작용한 것이다. 그리고 또 하나 마음에 걸리는 일이 있었다.

쓰토무가 자수를 결심한 건 나라자키 쇼타에게 협박장을 받았기 때문이리라. 하지만 그 편지는 나라자키가 쓴 게 아니었다. 쓰토무를 동요시켜 킹과 접촉하게 만들기 위해 사흘 전에 린타로가 밤을 새워 날조한 가짜 편지다.

쓰토무가 나라자키의 필적을 알고 있을 경우에 대비해 히가시나가사키의 원룸에서 압수한 문서를 바탕으로 감식반의 필적 담당관이 봉투의 주소를 대필했다. 본문은 프린터로 인쇄해 수사관들이 요코하마에서 부쳤다. 스페이드 잭을 동봉한 것도 린타로의 제안이었다. 물론 증거품이 아닌 다른 카드였다.

총경은 머리를 싸안았다. 기사회생의 묘안이라 생각하고 협박장을 보낸 것인데, 그걸 아사오 경찰서의 형사들이 보면 일은 더욱더 복잡하게 꼬일 것이다. 그렇지 않아도 경시청과 가나가와 현경은 껄끄러운 사이인데, 그쪽에서 교묘한 수법으로 제 관할을 침범하려는 수작이라 여기고 비협조적으로 나온다

면 앞으로 사건을 해결하는 데 지장을 줄 수도 있다

"어떡하죠? 현경에 협조 요청을 할까요?"

구노가 물었다.

"아니, 그건 나중에 해도 돼. 킹을 미행하는 형사들에게 연결해 주게."

나카다이 형사가 무선을 받았다.

"피의자의 신원은 알아냈나?"

"파출소의 주민 명부와 대조해 확인했습니다. 고가네이 시 가지노 정 X번지에 사는 세키모토 마사히코, 자영업쟈입니다."

"집에 들어간 뒤로 뭔가 움직임이 있나?"

"현재까지 딱히 눈에 띄는 움직임은 없었습니다 단독 주택인데 현관과 집 뒤를 감시하고 있습니다. 인원 보충을 해 주셨으면 좋겠습니다."

"알았네."

노리즈키 총경은 결심을 굳혔다. 여기까지 와서 가나가와 현경에게 추월당할 수는 없었다. 쓰토무가 공범의 이름을 불기 전에 먼저 킹의 신병을 확보해야 한다.

"조시마 쓰토무가 아사오 서에 출두했네. 지금 그쪽으로 지원을 보내겠네. 도착하는 즉시 세키모토 마사히코에게 임의 동행을 요청하게."

가네곤

캘링은 조용히 책상에서 카드를 꺼내 그 가운데 한 장을 뽑아 남자의 눈앞에 내밀었다.
"스페이드 킹!" 남자는 외쳤다. "자네는 악마가 분명해."
"그럴지도 모르지."
캘링은 침착하게 말했다.

S.A. 두저, 『스페이드 킹』

"킹이 범행을 자백했다."

토요일 저녁. 노리즈키 총경이 본청에서 날아온 낭보를 전했
다. 사중 교환 살인의 주모자는 세키모토 마사히코. 나카노에
서 모델 건 가게를 운영하는 인물이라고 했다.

"카드에 묻은 정체불명의 지문도 모두 세키모토의 지문과
일치했다. 그의 표적은 고이데 슌페이라는 인물이었어. 이니셜
이 K지. 네 예상이 맞았다."

"우연이죠." 린타로가 대답했다. "고이데 슌페이는 어떻게
됐습니까?"

"무사한 걸 확인하고 지금은 동기를 조사하고 있다. 다음 주

월요일에 조시마 쓰토무가 고이데를 죽이기로 했던 모양이다. 하마터면 위험할 뻔했지. 범행을 미연에 방지할 수 있었던 것은 다 그 편지 덕이다. 너한테 고맙다고 해야겠구나. 세키모토는 일단 고마에 시 사건의 시체 유기 혐의로 체포했다."

"시체 유기 혐의로요?"

린타로는 고개를 갸웃거렸다. 와타나베 히나코의 시체를 자살로 위장한 건 분명한 사실이지만, 이 경우 전체 범행에서 그 부분에만 시체 유기죄를 적용하는 건 법률 조문의 확대 해석이다.

"일부러 그런 무리수를 두지 않아도 세키모토가 자백했으면 히나코 살해 혐의로 영장을 청구할 수 있잖아요."

"아니, 그런데 그게 말처럼 쉽지 않더구나……." 총경은 갑자기 말을 흐렸다. "자세한 사정은 상황이 좀 정리되면 말해 주마. 그리고 지금 말한 편지 건 말인데 오늘 새벽에 조시마 쓰토무가 아사오 서에 제 발로 출두했다. 아마 편지를 보여 줬을 게야. 가나가와 현경을 자극하긴 싫으니까 네가 썼다는 건 절대 비밀로 해 다오."

이튿날은 종일 아무 연락도 없었다.

폭풍 전의 고요라고 할까, 아니면 단순히 사건에서 소외된 것뿐일까? 린타로는 교환 살인의 실행범과 피해자를 대응해 놓은 표를 바라보며 시간을 때웠다.

1	10월 23일(토)	와타나베 기요시	(Q)	A	안자이 아키노리
2	11월 1일(월)	세키모토 마사히코	(K)	Q	와타나베 히나코
3	11월 14일(일)	나라자키 쇼타	(A)	J	조시마 에쓰시
4	11월 29일(월)	조시마 쓰토무	(J)	K	고이데 슌페이 (실형 전에 발각)

상황이 예상치 못한 방향으로 돌아가기 시작한 것은 월요일 오후였다. 어떻게 번호를 알았는지 보험 조사원 후루하시가 느닷없이 집으로 전화를 걸어왔다.

"긴히 드릴 말씀이 있습니다. 잠시 시간 좀 내주실 수 있을까요?"

전에 이야기했을 때는 시비조였는데 오늘은 훨씬 유순했다. 린타로가 승낙하자 약속 장소로 신주쿠의 노래방을 지정했다.

평일 오후라 로비에는 앳된 얼굴의 젊은이들뿐이었다. 린타로는 괜히 주눅이 드는 걸 느끼며 후루하시가 기다리는 방으로 갔다.

후루하시는 저번에 만났을 때처럼 후줄근한 양복 차림으로 린타로를 맞이했다.

"또 뵙는군요. 저번에는 명함 안 드렸죠?"

"됐습니다. 그보다 이야기할 만한 곳이 여기밖에 없습니까?"

스스로도 어른스럽지 못한 대응이라고 생각하고 있는데, 후루하시가 의아한 표정으로 되물었다.

"어? 얘기 못 들으셨습니까?"

그의 말로는 금요일 밤, 조시마 쓰토무와 세키모토 마사히코가 이 노래방에서 접선했다고 했다. 후루하시는 일찌감치 와서 두 사람이 어느 방에 있었는지 종업원에게 확인했다.

"같은 방은 아닙니다만."

후루하시의 설명에 린타로는 어깨를 으쓱하며 대꾸했다.

"저는 주말부터 완전히 찬밥 취급입니다. 정식 권한이 있는 게 아니니까 수사관의 비밀 유지 의무에 저촉된다나요. 경시청 내부라면 몰라도 가나가와 현경이 얽힌 바람에 아버지도 여느 때보다 신중하게 나오시더라고요."

"퍽 서운하시겠습니다. 세상일이란 게 마음처럼 되지 않더라고요." 후루하시는 싹싹하게 말했다. "본청의 수사본부는 갑자기 보안이 철저해져서 사건에 관한 정보를 전혀 흘리지 않더군요. 와타나베 히나코 사건에 관련된 내부 정보를 아시지 않을까 반쯤 기대했는데 제가 잘못 짚었군요."

웬일로 유순하게 나온다 했더니 그게 목적이었군. 린타로는 씩 웃으며 말했다.

"유감이군요. 그보다 긴히 할 말이란 게 뭡니까?"

"일전에는 결례를 범했습니다."

후루하시는 자세를 바로잡더니 정중하게 말을 꺼냈다.

"아마추어 탐정 운운한 건 제가 생각이 짧았습니다. 금요일 밤 늦게 쓰토무가 전화해서 믿을 수 있는 변호사를 소개시켜 달라고 하더군요. 아는 변호사의 연락처를 가르쳐 줬더니 그길로 아사오 서에 출두한 모양입니다."

"그 얘기는 들었습니다. 변호사가 왜 필요한지 털어놓던가요?"

"자세히 말하지는 않았지만 에쓰시 일이냐고 물었더니 부정하지 않았습니다. 빨리 끊으려는 눈치라서 더는 묻지 못했고요."

"지난주 월요일에 갑자기 불러낸 일을 미심쩍게 여기지는 않았습니까?"

"그런 낌새는 없었습니다. 고마에 시 사건을 조사한다는 건 쓰토무에게 입도 벙긋하지 않았습니다. 어쩌면 어렴풋이 알아챘을지도 모르지만……."

"조시마의 진술을 듣고 그 변호사는 뭐라던가요? 아는 사이라면 대충 들으셨을 거 아닙니까."

쉬지 않고 질문을 퍼붓는 린타로에게 후루하시는 진정하라는 시늉을 하며 말했다.

"질문하고 싶은 건 접니다만……. 여기까지 나오셨으니 말씀드리겠습니다. 변호사에게 들은 이야기로는 쓰토무가 자수를 결심한 건 나라자키 쇼타에게 협박장을 받았기 때문이라고 합니다."

린타로는 금시초문이라는 표정으로 대꾸했다.

"행방불명된 나라자키가 협박장을 보냈다고요?"

"네. 도피 자금을 마련해 주지 않으면 경찰에 밀고하겠다는 내용이었던 모양입니다. 나라자키가 동료를 팔아넘기려고 한 시점에서 사중 교환 살인은 실패로 돌아갈 것이 불 보듯 뻔하고, 쓰토무는 네 번째 범행 담당이라 아직 죄를 짓지 않았으니 망설일 만도 했죠. 주모자인 세키모토를 불러내 경찰에 출두하라고 설득한 것도 그 때문이었답니다."

"그럼 나라자키는 세키모토에게도 협박장을 보냈답니까?"

시치미 뚝 떼고 묻자 후루하시는 고개를 저었다.

"거기까지는 모르겠습니다. 하지만 나라자키의 행동에 수상한 점은 그뿐만이 아닙니다. 실은 그 뒤로 신경이 쓰여서 개인적으로 녀석에 대해 알아봤습니다. 최근까지 사귀던 여자 친구와 같이 아르바이트를 하던 친구들에게 물었더니 입만 살았지

중압감을 견디지 못한다. 실전에서는 다리가 후들겨려서 아무 것도 못 하는 타입이라고 하더군요. 그런 녀석이 슬인을 저질렀을 리 없고, 시도했어도 분명 실패했을 거라고요.'

"주변 사람들의 증언이란 게 거의 그렇죠." 린트로는 말했다. "그리고 살인이라 해도, 녀석의 경우는 피해자에게 직접 위해를 가한 게 아니니까요. 중압감에 약한 타입이니 방화라는 간접적인 범행 수단을 택한 게 아닐까요."

"그렇게 생각할 수도 있겠군요. 하지만 나라자키에 대해 조사하다 알아낸 사실이 하나 더 있습니다. 녀석은 12일 금요일 이후로 한 번도 히가시나가사키의 집에 돌아오지 않았습니다. 에쓰시가 화재로 죽기 이틀 전부터 행방이 묘연했던 거죠."

역시 현직 조사원이라 빈틈없이 알아본 것 같았다

"그러고 보니 아버지도 그런 얘기를 하셨습니다."

"들으셨군요. 게다가 변호사의 이야기로는 가나기와 현경은 아직 나라자키의 범행을 뒷받침할 구체적인 증거를 입수하지 못했다고 합니다. 사건 당일의 행적을 전혀 파악하지 못한데다 현장 주변에서 나라자키로 보이는 인물을 봤다는 목격 증언도 없습니다."

"일요일 이른 아침이라 그런 게 아닐까요?"

"그렇다고 쳐도 교통편에 대한 의문이 남습니다. 나라자키는 자가용이 없습니다. 택시 영업 기록이나 가까운 역의 감시용 카메라도 조사해 봤지만 아무것도 나오지 않았습니다. 우리끼리만 하는 얘기입니다만, 녀석이 방화 살인과 무관할 가능성도 있지 않을까요."

"그럴 리가요. 나라자키의 범행이 아니라면 누가 그랬단 말입니까?"

"현경의 당초 예상이 맞을지도 모릅니다."

"조시마 에쓰시가 직접 불을 질렀다고요?"

후루하시는 고개를 끄덕였다.

짓궂은 농담인 줄 알았는데 진심인 것 같았다. 린타로는 고개를 저었다.

"그건 아닙니다. 조시마 쓰토무가 아사오 서에 출두한 이상 자살 가능성은⋯⋯."

"쓰토무도 형을 죽여 달라는 의뢰를 한 건 인정하고 있습니다." 후루하시는 말했다. "하지만 그것과 나라자키의 실제 범행 여부는 별개로 생각해야죠. 중압감을 이기지 못하고 사람을 죽이는 게 두려워서 포기했다면 금요일부터 모습을 감춘 이유도 짐작이 가죠. 주어진 임무를 완수하지 못해 동료들에게 제재를 받을까 두려워한 나머지 사전에 도망친 겁니다."

린타로는 다시 한번 고개를 저으며 말했다.

"별개로 보더라도 자살은 아니라고 생각합니다. 패밀리 레스토랑에서 알리바이를 만든 점을 감안할 때 형을 살해할 예정일이 일요일 아침이었다는 건 의심할 여지 없는 사실입니다. 나라자키가 갑작스레 범행을 취소한 당일에 우연히 에쓰시가 자살하다니 그런 우연이 일어날 리 없죠."

"거꾸로 생각해 보시죠." 후루하시는 히죽 웃었다. "에쓰시는 마흔 살 생일날에 죽었습니다. 계획을 세운 시점에서 자살할 것 같은 날을 골랐으니 날짜가 겹쳐도 이상할 건 없고, 어머니를 끌어들이고 싶지 않았으니 시간대도 한정되죠. 우연히 겹쳤더라도 절대 있을 수 없는 우연은 아니라는 겁니다. 쓰토무에게 보낸 협박장에서 나라자키는 자신의 범행을 인정한 모양입니다만, 그 말도 사실인지 아닌지 알 게 뭡니까. 금품을 갈취할 작정으로 협박한 거라면 자신이 했다고 고백하는 게 낫지 않겠습니까."

나라자키가 실행을 인정했다는 문장은 자신이 쓴 것이었지만 아버지가 함구령을 내린 까닭에 편지에 대해서는 아무 말도 할 수 없었다. 린타로가 팔짱을 낀 채 침묵을 지키자 후루하시는 몸을 내밀며 말을 이었다.

"교환 살인 계획에 동참한 건 변명의 여지가 없지만, 실행하기로 한 나라자키가 겁을 먹고 범행을 포기했다면 쓰토무의 죄도 꽤 가벼워지잖습니까. 녀석은 네 번째 표적을 죽이기 전에 자수했고 앞선 두 사건에도 직접적으로 관여하지 않았습니다. 정상 참작의 여지가 있다는 걸 말씀드리고 싶었습니다."

오늘 보자고 한 건 그 말을 하기 위해서였던 모양이다.

오랫동안 가까이 지낸 후배를 어떻게든 도우려는 그의 마음을 모르는 건 아니었다. 린타로를 제 편으로 끌어들인들 이제 와서 수사 방침을 좌우할 수 없다는 사실은 후루하시 역시 알고 있으리라. 새삼 아버지의 마음고생이 얼마나 심할지 짐작이 갔다. 가나가와 현경이라는 민감한 요소를 고려하면, 조시마 에쓰시의 분신자살이라는 억지스러운 선택지도 마냥 실없는 이야기로 치부할 수만은 없을 터였다.

린타로는 말없이 한숨으로 후루하시의 변명을 흘려 넘기고 나서 화제를 바꿨다.

"자살이라면 전에 만났을 때 이상한 말씀을 하셨죠. 세리자와 사에의 오빠가 자교사했다는 걸 근거로 와타나베 히나코의 타살에 이의를 제기하려 한다고. 확실한 증거가 있어서 그런 말씀을 하신 겁니까?"

"물론이죠. 오래전 일이라 사망 진단서를 작성한 의사는 이미 고인이 됐지만, 당시 관계자들에게 이야기를 들어 봤는데 틀림없습니다. 당연히 히나코도 그 사실을 알고 있었을 겁니다. 그런데 왜 이제 와서 그걸 물으십니까?"

"갑자기 생각이 나서요." 린타로는 말을 흐렸다. "말 나온 김에 하나 더 묻겠습니다. 조시마 쓰토무가 신인상에 응모한 소설을 읽어 봤는데 고지 의무 위반으로 생명 보험 계약이 무효가 되었다는 내용이 나오더군요. 후루하시 씨에게 들은 정보입니까?"

"맞습니다. 하지만 고마에 시 사건과는 상관없습니다. 흔히 일어나는 일이니까요."

"그 밖에도 그런 흔한 이야기들을 해 주셨습니까?"

"조금요. 보험 사기 수법이라든지, 법의학에 관련된 사소한 지식이라든지, 소설의 소재로 쓸 만한 이야기는 많이 해 줬는데……."

♛

노리즈키 총경이 집에 돌아온 건 그날 밤 늦게, 자정 무렵이었다.

"갈아입을 옷을 가지러 간다고 하고 나왔다. 시간이 얼마 없어. 아침까지는 다시 수사본부로 들어가 봐야 한다."

토요일에 통화했을 때보다 훨씬 더 지쳐 보였다 교환 살인

그룹의 주모자를 검거하고 자백을 끌어냈는데도 목소리에서는 패기가 전혀 느껴지지 않았다. 점수 차가 크게 벌어진 시합의 패전 처리 투수처럼 보였다.

"패전 처리라. 최소한 무승부로 끝냈으면 한다만."

"일이 잘 안 풀리는 건 나라자키 쇼타를 찾지 못해서예요?"

린타로가 넌지시 묻자 아버지는 한숨을 쉬며 말했다.

"그것도 그렇지만 가나가와 현경이 조시마 쓰토무의 신병을 우리에게 인도해 주지 않는구나. 합동 수사의 모양새는 갖췄지만 편지 건을 포함해 조정이 필요한 일이 한두 가지가 아니거든."

"신주쿠 노래방에서 후루하시와 만났어요." 린타로가 말했다. "조시마 쓰토무에게 변호사를 소개시켜 줬다는군요. 에쓰시가 자살했을 가능성이 있을지도 모른다는 희망 사항을 말하더라고요."

"그 친구의 희망 사항으로만 끝나면 다행인데, 현경 내부에서도 그렇게 처리하려는 움직임이 있는 모양이다. 그걸로 초동 수사의 실수를 만회하려는 속셈이겠지."

총경은 벌레 씹은 표정으로 말했다.

"우리도 비슷한 상황이라 강 건너 불구경할 수도 없는 노릇이다. 나라자키의 행방은 여전히 묘연하고, 범행을 뒷받침할 구체적인 증거를 찾지 못하면 구색이라도 갖추기 위해 그렇게 몰고 갈 수도 있다. 자살로 결론이 나면 서로 체면을 세울 수 있으니 말이야."

"비슷한 상황이라니요?"

"일단 앉아라." 총경은 앉으라는 시늉을 하며 달했다. "용두사미의 결말이 뭔지 알려 주마."

세키모토 마사히코, 마흔하나. 사중 교환 살인의 주모자.

주오 선 히가시코가네이에 살며 여섯 살 어린 아내와 초등학생 딸이 있다. 도쿄의 사립대를 졸업하고 잠시 회사에 다녔지만 취미인 서바이벌 게임의 대중적 인기가 높아지자 칠 년 전에 월급쟁이 생활을 청산하고 나카노에 모델 건 가게를 차렸다. 각종 에어소프트 건을 비롯해 고글과 군복, 서바이벌 조끼 등 각종 장비를 판매, 대여하고 있다. 초급자를 상대로 소규모 실내 이벤트를 개최하거나, 단골들과 팀을 짜서 수드권 근방에서 정기적으로 열리는 깃발 탈취전이나 모의전에 참가하기도 한다고 했다.

"서바이벌 게임 마니아라. 그게 네 명을 잇는 선입니까?"

린타로가 조급하게 묻자 노리즈키 총경은 고개를 저었다.

"아니, 그와는 상관없다. 그 넷이 만난 건 다마가와 강의 환경 정화 캠페인이란다. 요전에 지나가다 보았던 그 캠페인 말이다."

"환경 정화 캠페인이라. 같은 아웃도어라도 진흙탕 속에서 BB탄을 쏘아 대는 것과는 너무 다르네요."

"그렇지도 않은 모양이야." 총경은 담배에 불을 붙이며 말했다. "옛날과는 달리 요즘 게이머들은 환경 보호에 까다롭거든. 요새는 흙으로 분해되는 바이오 BB탄이 주류고. 게임이 끝나고 나서는 의무적으로 필드에 버려진 쓰레기를 주워야 하는 대회도 드물지 않다더구나. 열렬한 마니아일수록 그런 정신이 투철하기 마련이고. 세키모토의 경우에는 가게의 이미지를 위해 예전부터 나카노 구의 환경 정화 캠페인에 참가해 왔다고 한다."

"하긴. 참가자가 많은 그런 이벤트라면 실생활에서 접점이 없는 사람들과도 쉽게 만날 수 있으니까요. 그 점에 착안해 활동 범위를 넓힌 거군요."

"그렇지. 봉사 활동이라는 거죽을 쓰고 공범자를 찾기 시작한 건 칠월 말부터였다. 수도권에서 열린 환경 정화 캠페인 중에서 비교적 규모가 큰 곳을 골라 뻔질나게 드나들었다고 하는데. 서바이벌 게임의 참가자를 모집하는 것과 비슷한 느낌이었는지도 모르지. 흔적이 남지 않도록 매번 다른 이름으로 참가했다고 한다."

그런 노력이 결실을 맺은 건 구월의 둘째 주 일요일. 다마가와 강변의 캠페인에서 세키모토 마사히코, 와타나베 기요시, 조시마 쓰토무, 나라자키 쇼타가 같은 조가 되었다. 와타나베는 회사의 사회 공헌 활동으로, 쓰토무는 학생 인솔, 나라자키는 헌팅 목적으로 참가했다고 한다.

서로 접점도 없는 생판 남이었지만 그들에게는 공통점이 있었다. 세키모토 이외의 세 사람도 잠재적인 살의를 가지고 전전긍긍하고 있었던 것이다. 남몰래 공범을 찾고 있던 세키모토에게는 천재일우의 기회였으리라.

"네 사람은 만나자마자 의기투합해 세키모토가 넌지시 운을 띄운 교환 살인 계획을 모의하기 시작했다. 당시 분위기도 한몫했을 거야. 쓰레기 분리수거 캐릭터에 맞춰 나이 순서대로 가네곤, 유메노시마, 리사, 이쿠루라고 불렀다는구나."

"가네곤이라······. 그럼 세키모토의 동기는 금전 문제입니까?"

"아니, 뭐랄까······. 치정이라고 해야 할까."

총경은 의미심장한 목소리로 말했다.

"세키모토가 노리던 고이데 슌페이는 고가네이 시의 세무사야. 처음 나카노에 가게를 냈을 때부터 그의 사무소에 일을 맡겼는데, 원래 세키모토의 처와 아는 사이였던 모양이야. 집도 가까워서 개인적으로도 가깝게 지냈던 것 같은데, 올 초에 고이데 부부가 이혼하고 나서부터 세키모토의 처가 이상해졌다는군."

"이상해졌다고요? 외도를 했다는 뜻입니까?"

"그래. 유월 말에 어떤 사건으로 아내와 고이데가 불륜 관계라고 확신하게 됐고, 그때 그를 죽이기로 결심했다는군. 하지만 고이데를 죽이면 제일 먼저 의심받게 될 게 뻔했지. 그래서 자기 대신 고이데를 없애 줄 사람을 찾기로 했다, 세키모토의 주장은 그래."

"말씀대로 용두사미네요." 린타로는 솔직한 느낌을 말했다. "사중 교환 살인의 주모자라기에는 평범한데요. 다른 세 사람의 동기와 견주어도 설득력이 떨어지지 않나요?"

총경은 담배 연기를 내뿜고 나서 고개를 끄덕였다.

"그렇지. 게다가 그 동기 자체가 세키모토의 망상이었을 가능성이 크다."

"망상요?"

"고이데 슌페이와 세키모토의 처에게 얘기를 들어 보니 두 사람 다 말도 안 된다는 표정으로 불륜 사실을 부인했다. 실제로 확인해 봤는데 불륜 관계를 암시하는 증거는 하나도 찾지 못했다. 세키모토의 처도 고이데도, 그가 왜 그런 어처구니없는 상상을 했는지 전혀 짐작할 수 없다며 고개를 내젓더구ㅡ나.”

“망상 장애를 앓고 있을 가능성도 있겠네요. 환경 정화 캠페인에 다니며 교환 살인 동지를 구했던 것도 냉정하게 생각해 보면 상식에서 벗어난 행동이잖아요. 정신 감정을 해 볼 필요가 있을 것 같아요.”

“안 그래도 세키모토의 변호사가 정신 감정 청구를 했다.”

총경은 앞일이 걱정되는 듯 어두운 표정으로 말했다.

“여간 골치가 아픈 게 아니다. 의사에 따라서는 사중 교환 살인이라는 계획 자체가 병적인 망상의 산물이라 판단할 수도 있으니까. 나중에 공판에서도 세키모토의 책임 능력의 유무를 둘러싸고 아전인수 격의 논쟁이 벌어질 게 눈에 선하구나.”

“그러면 거기까지 내다보고 진술한 걸까요?” 린타로는 팔짱을 꼈다. “아니면 다른 동기를 감추고 있을지드 모르겠네요…….”

“그럴 수도 있을 것 같다. 세무 처리를 둘러싼 잡음이 없었는지 알아보는 중인데, 더 설득력 있는 동기가 나오기를 기대하고 있다.”

“그러게요. 네 명은 다마가와 강에서 처음 만난 날 바로 범행 계획을 세운 건가요?”

린타로가 하던 이야기를 재촉하자 총경은 힐끗 벽시계를 보았다. 아직 시간적 여유가 있는 걸 확인하고 조심스레 고개를 저었다.

"아니, 이 주 뒤에 시바 공원에서 열리는 다른 환경 정화 캠페인에서 만나기로 약속하고 그날은 흩어졌다고 한다. 세키모토의 말로는 정말 교환 살인을 실행할 결심인지, 다른 세 사람의 각오를 시험하기 위해 일부러 시간을 두었다고 하는구나. 다음 캠페인에 한 명이라도 빠지면 계획을 백지로 돌리고 두 번 다시 접촉하지 않을 작정이었다고 한다⋯⋯. 하지만 약속을 어긴 사람은 없었다."

범행 의지가 확고하다는 사실을 확인한 네 사람은 그로부터 이 주 뒤에 세 번째이자 마지막 모임을 가졌다. 10월 10일 일요일 밤, 신주쿠의 한 노래방에 모여 창단식을 거행하고 구체적인 범행 계획을 세웠다고 한다.

"금요일 밤에 쓰토무가 세키모토를 불러낸 그 노래방이다." 총경은 말을 이었다. "여기서 그 트럼프 카드가 처음으로 등장한다. 네 생각대로 그들은 세키모토가 준비한 바이시클 라이더백을 제비뽑기에 이용해 표적과 순서를 정했다. 분담을 정하는 데 사용한 건 스페이드 에이스, 킹, 퀸과 잭이었고, 이것은 안자이의 A, 고이데의 K, 히나코의 Q, 조시마의 J를 뜻하는 기

호였다. 저마다 살해할 상대를 정하고 나서 이번어는 하트 에
이스, 2, 3, 4 카드를 뽑아 범행 순서를 정했다고 한다."

"세키모토와 쓰토무도 자기가 뽑은 카드를 가지고 있었습니
까?"

"둘 다 고이 보관했더구나. 세키모토의 카드는 스페이드 퀸
과 하트 2로, 히가시코가네이의 자택에서 압수했다. 쓰토무는
아사오 서에 출두하면서 카드를 형사에게 제출했고. 스페이드
킹과 하트 4였다. 압수한 순서대로 카드와 소유자의 대응표를
만들어 봤다."

와타나베 기요시	스페이드 에이스	하트 에이스
나라자키 쇼타	스페이드 잭	하트 3
조시마 쓰토무	스페이드 킹	하트 4
세키모토 마사히코	스페이드 퀸	하트 2

"아무리 그래도 이런 우연이 있을까요." 린타로가 중얼거렸다.
"압수한 카드의 지문을 조사해 보셨어요?"

"물론이지. 세키모토의 카드에는 두 장 다 그의 지문만 묻어
있었다. 쓰토무의 카드에는 쓰토무 본인과 세키모토의 지문이
남아 있었고."

"그뿐이에요? 스페이드 킹이나 퀸에 와타나베나 나라자키의 지문은 없었고요?"

노리즈키 총경은 고개를 저었다. 린타로는 미간을 찌푸리며 말했다.

"이상하네요. 그러면 단 한 번의 제비뽑기로 각자 분담을 정했다는 건데……. 순서는 그렇다 쳐도 살해 대상 선정이 그리 쉽게 이루어졌을 리가 없는데."

"무슨 소리냐?"

"전에 설명했던 것처럼 넷이서 교환 살인을 할 경우에 역할 분담 경우의 수는 모두 여섯 가지입니다. 그리고 네 명이 랜덤으로 네 장의 카드를 뽑을 때 경우의 수는 $4 \times 3 \times 2 \times 1$로 스물네 가지고요. 따라서 제비뽑기를 한 번 해서 실행범과 피해자가 겹치지 않고 골고루 분담될 확률은 24분의 6이니 25퍼센트, 결코 높지는 않죠. 그렇다면 스페이드 카드에 소유자가 아닌 다른 사람의 지문이 묻어 있어야 자연스럽죠……."

"갑자기 무슨 소린가 했더니." 총경은 코웃음을 치며 말했다. "이상할 거 없다. 녀석들은 훨씬 효율적인 방법을 썼거든."

"효율적인 방법요?"

"제비뽑기를 진행한 세키모토의 설명을 요약하면, 처음 카드를 뽑는 사람은 A, K, Q, J 네 장 중에 자신의 표적을 제외한 세 장 중 한 장을 뽑았다는구나. 다음 타자는 첫 번째 사람이 뽑은 피해자를 죽일 동기를 가진 인물이고. 일대일 교환 살인이 되지 않도록 처음 뽑은 사람의 표적을 제외한 나머지 두 장 중에 한 장을 뽑아 자신의 표적을 정한다. 그러면 세 번째, 한마디로 두 번째 사람이 뽑은 피해자를 죽일 동기를 가진 사람이 고를 카드는 한 장밖에 없지. 카드는 아직 두 장 남았지만, 만일 처음에 제외한 카드를 뽑으면 삼중 교환 살인이 되어 네 번째가 남게 되니까 그 시점에서 담당은 자동적으로 정해지지. 누가 첫 번째로 뽑아도 경우의 수는 모두 여섯 가지. 몽모르 수니 완전 순열이니 그런 골치 아픈 계산을 하지 않아도 되지."

들고 보니 맞는 말이었다.

n명이 겹치지 않고 모두 한 번씩 교환 살인을 하는 경우의 수는 n−1의 계승에 가깝다. n=4라면 $3 \times 2 \times 1$로 여섯 가지다. n명이 손을 잡고 원형을 만드는 방법의 수(원순열)를 구하는 것과 같은 원리다. 린타로는 머리를 긁적이며 말했다.

"제가 지레짐작했네요. 실제로는 어떻게 진행된 겁니까?"

"먼저 와타나베가 Q를 제외한 A, K, J 세 장 중에서 A를 뽑았고, 다음으로 나라자키가 K, J 중에서 J를 뽑았다. K와 Q 두 장이 남았지만, 나머지 두 사람은 선택의 여지가 없지. K는 고이데 슌페이, 세키모토의 표적이라 쓰토무가 K를, 세키모토가

Q를 뽑아 스페이드 제비뽑기는 끝났다. 범행 순서를 정하는 하트 제비뽑기는 평범하게 뽑으면 되니까 카드를 섞은 세키모토와 카드를 뽑은 본인들의 지문밖에 묻을 일이 없지."

따지기 좋아하는 아들을 꼼짝 못하게 했으니 흡족해할 줄 알았는데, 노리즈키 총경의 표정은 여전히 석연치 않았다. 어색한 동작으로 담배에 불을 붙이더니 눈을 내리깔며 한숨과 함께 연기를 내뿜었다.

아직 말하지 못한 뭔가가 있는 모양이었다.

"Q.2의 히나코 살해에 대해 세키모토는 뭐라고 진술하던가요?"

린타로의 물음에 총경은 정신을 차린 듯 대꾸했다.

"그게 가장 골치 아픈 문제다. 히나코 살해 혐의로 세키모토의 영장을 받지 못한 데는 사정이 있다……. 히가시코가네이의 자택에서 압수한 증거는 두 장의 카드뿐이 아니었다. 말로 설명하기보다 실물을 보는 게 빠르겠구나."

총경은 가방에서 서류철을 꺼냈다.

"말없이 가져온 거니까 어디 가서 말하지 마라."

못을 박듯 말하더니 복사 용지를 내밀었다.

"이게 뭐예요?"

"와타나베 히나코의 유서를 복사한 거다."

기요시 씨에게.

내 병 때문에 당신을 너무 힘들게 했죠. 내 존재가 부담스러웠을 텐데 지금까지 돌봐 줘서 고마워요. 당신 덕에 전처럼 평범하게 살 수 있을지 모른다는 희망을 가진 적도 있었어요. 하지만 역시 지금보다 좋아지지는 않을 거예요. 여기까지가 한계인 것 같아요. 나에게도, 당신에게도.

얼마 전부터 당신이 어딘가 변했다는 느낌이 들었어요. 병 때문에 의심이 심해진 것뿐이라고 몇 번이고 자신을 타일렀지만 아무리 부정해도 그 생각은 커져 가기만 했어요. 당신의 의지를 확신한 건 오늘 아침이었어요. 구체적으로 무슨 일이 있었던 건 아니지만 출근하는 당신 얼굴을 보고 단번에 깨달았죠.

당신이 오늘 어떠한 형태로든 끝을 내려 한다는 걸.

하지만 오해하지 말아요. 당신을 탓하는 건 아니에요. 당신을 이렇게 벼랑 끝으로 몰아세운 건 바로 나니까. 당신 잘못이 아니에요. 나처럼 살아 있을 가치도 없는 인간을 위해 당신이 희생할 필요는 없어요. 그건 말도 안 되는 일이에요.

그러니까 오늘 당신을 놓아주기 위해 내가 직접 끝낼게요.

이건 내가 선택한 일이에요. 좀 더 빨리 이래야 했는데 좀처럼 결심하지 못한 건 생명 보험 때문이에요……. 내가 자살하면 보험금이 나오지 않잖아요. 나 때문에 고생한 당신에게 아무것도 남겨 줄 수 없다니, 그건 싫었어요.

자교사라는 자살 방법이 있어요. 자살처럼 보이지 않는, 누군가에게 목 졸려 살해된 것처럼 보이는 방법이죠. 사에의 오빠가 그렇게 목숨을 끊었기 때문에 방법은 잘 알고 있어요. 나도 할 수 있을 거예요. 큰 고통 없이 죽을 수 있을 거예요.

이 유서를 처음 읽는 건 아마 당신이겠죠. 내 죽음을 자살로 처리할지 타살로 처리할지는 당신이 정해요. 보험금이 필요 없다면 나를 그대로 두고 이 유서를 경찰에게 보여 주세요. 자살이 싫으면 끈과 막대기를 처리하고 타살로 경찰에 신고하세요. 난 당신이 어떤 선택을 하든 상관없어요.

병으로 하루하루가 괴로웠지만 당신에게는 고마운 마음뿐이에요.

나 같은 건 빨리 잊고 행복해져요.

히나코

"필적 감정은 하셨어요?"

린타로의 물음에 총경은 아쉬운 듯 고개를 끄덕였다.

"세리자와 사에에게 보낸 편지와 대조해서 히나코의 자필로 쓰인 편지임을 확인했다. 내용에도 수상한 점은 없었고. 원래 우울증 환자는 회복기에 자살할 위험이 큰데다가, 우연히 범행 당일에 선수를 치는 모양새로 자살한 것도 타당한 이유가 있어. 아내의 직감이라기보다는 병 때문에 신경이 민감해져 남편의 언동에서 미묘한 변화를 감지한 거지. 자살하기 직전에 세리자와 사에에게 전화를 건 것도 자교사를 염두에 두고 있었던 까닭일 게다."

"자살로 위장한 타살로 위장한 자살이라. 결국 한 바퀴 돌아 제자리로 돌아온 셈이로군요."

"교환 살인 계획이 없었다면 히나코가 죽음을 선택하지도 않았을 게다." 총경은 그렇게 말했다. "그런 맥락에서 보면 세키모토에게 살해된 것이나 마찬가지지."

"그러게요. 기요시는 이 유서를 봤나요?"

"몰랐을 게다. 세키모토의 입장에서는 자기 손을 더럽히지 않아도 된다는 사실을 구태여 공범들에게 알려 줄 필요가 없었겠지. 히나코를 죽인 것으로 하고 사전 계획대로 시신에 위장 공작을 하면 충분하니까. 유서를 버리지 않고 보관한 건 혹시라도 범행이 발각되었을 경우 자신이 죽이지 않았다는 사실을 증명하기 위한 보험이었고."

"그렇군요."

이번 사건에서 린타로는 아버지의 보좌역에 머물며 사건의 감정적인 측면까지는 파고들지 않으려고 했지만, 히나코의 유서에 가슴이 뭉클해진 모양이었다. 히나코의 심정보다는 그녀의 마지막 메시지를 모른 채 남편이 허망하게 세상을 떠나 버렸다는 사실이 사무친 듯했다.

린타로는 프랑스의 정신 분석학자의 말을 떠올렸다.

편지가 항상 목적지에 도착하는 것은 아니다.

"어째 별로 놀란 것 같지 않구나."

아들의 반응에 맥이 빠졌는지 총경은 의아한 표정으로 물었다.

"혹시 이렇게 될 줄 알았던 게냐?"

"네. 전에 후루하시가 그런 얘기를 했잖아요. 그리고 굳이 시체 유기로 체포한 건 세키모토가 죽이지 않았기 때문일지도 모른다고 생각했어요."

"그랬구나."

총경은 늙은이처럼 끙, 하고 신음을 흘리더니 볼멘소리하듯 말했다.

"그러면 내가 왜 용두사미라고 했는지도 알겠지? 교환 살인을 계획한 네 명 중에 와타나베 기요시는 사고로 죽어서 이제 세상에 없다. 나라자키 쇼타도 어디로 사라졌는지 행적을 찾을 수가 없고. 조시마 쓰토무는 범행 전에 출두해 가나가와 현경의 구속하에 있고, 세키모토 마사히코는 범행 직전에 피해자가 자살한 덕에 운 좋게 살인죄를 면했지……. 고마에 시의 사건이 일어난 지 한 달이다. 그동안 이리저리 휘둘린 끝에 얻은 결말이 이 모양이다. 사중 교환 살인을 공모하고 사망자를 낸 사실은 틀림없으니 세키모토와 쓰토무는 실형을 면치 못할 테지만 현경의 태도와 공판 전개에 따라서는 우리가 예상한 것보다 형량이 가벼워질지도 모른다. 자칫하면 그리 머지않아 둘 다 가석방으로 풀려날지도 모르지. 그러면 히나코를 비롯해 죽은 사람들만 너무 불쌍하지 않겠냐."

용두사미의 결말…….

아버지가 그렇게 불평하는 것도 무리는 아니었다.

하지만 새벽녘까지는 아직 시간이 있다.

"나가기 전에 잠시 눈 좀 붙여야겠다."

그렇게 말하는 아버지를 억지로 붙들어 앉히고, 린타로는 커피를 내렸다. 노리즈키 총경이 수사본부로 들어가기 전에 어떡해서든 확인하고 싶은 게 있었다.

"세키모토의 진술을 구체적으로 알려 주세요."

"알았다. 누워 봤자 잠도 안 올 것 같으니."

눈을 게슴츠레 뜨며 총경은 신경질적으로 기지개를 켰다. 밤새울 걸 각오하고 새 담뱃갑을 꺼내더니 턱을 까닥하며 말했다.

"사건이 일어나기 일주일 전 히나코가 다니던 정신과 병원에 수상한 전화가 왔다는 얘기를 했지? 그것도 세키모토의 짓이었다."

"조후 역의 공중전화에서 건 전화 말이죠?"

"그래. 스토커에게 죄를 뒤집어씌울 작정으로 와타나베가 그러라고 지시했다는구나. 작년부터 오프라인 매장보다 인터넷 판매에 주력하고 있어서 요즘은 나카노의 가게도 반쯤 창고로 쓰는 모양이고. 그래서 평일에도 자유롭게 시간을 낼 수 있었지. 범행 당일에도 일찌감치 가게 문을 닫고 신주쿠에서 오다큐 선을 타고 고마에 역으로 갔다."

"와타나베의 집에는 언제 도착했나요?"

"오후 5시가 지나서. 어둑어둑해질 시간이라 남의 눈에 띄지 않았던 모양이다. 뒷문으로 잠입했는데, 당일 아침에 와타나베가 마당에 보조키를 감춰 두기로 했었단다. 히나코가 남편의 의중을 알아챈 것은 아마 그때일지도 모르겠구나. 집에 들어간 세키모토는 1층 거실에서 히나코의 시체를 발견했다."

시신의 목에 감겨 있던 건 자전거 짐받이 밧줄이었다고 한다.

턱 밑의 매듭에는 대걸레 자루가 걸려 있었다.

밧줄은 꽈배기 모양으로 단단히 꼬여 있었고 대걸레 자루는 양 끝이 가구에 걸린 모양새로 고정되어 있었다. 생각지도 못한 광경에 세키모토는 자신의 눈을 의심했다. 숨진 히나코를 보고 처음에는 누군가에게 살해된 줄 알았다고 했다.

"하지만 유서를 보고 세키모토는 어떻게 된 일인지 파악했다." 총경은 커피를 한 잔 더 부탁하고 나서 줄담배를 피우며 설명을 계속했다. "피해자가 알아서 밥상을 차려 놓으니 자기는 거기다 수저만 얹으면 된다. 그렇게 판단하고 먼저 유서의 지시에 따라 밧줄과 대걸레 자루를 빼내 눈에 띄지 않는 곳에다 숨겼어. 예상하지 못한 사태는 거기까지였지. 히나코의 시체를 2층 침실로 옮겨 빨랫줄을 목에 걸고 커튼레일에 매단 건 사전에 모의한 대로였어."

경찰이 위장 공작을 간파할 수 있도록 하는 게 계획의 핵심이었으니 세밀하게 신경 쓸 필요는 없었다. 히나코의 휴대 전화로 요쓰야의 회사에 있는 기요시에게 가짜 메시지를 보낸 것도 계획의 일부였다고 한다.

"하지만 히나코의 자교사는 일종의 부정 출발이었다." 총경은 보충 설명을 했다. "그 때문에 사망 시각과 위장 공작을 한 시간 사이에 시간 차가 발생할 위험도 있었지만, 아귀를 맞추려고 쓸데없는 짓을 하면 오히려 덜미를 잡힐 수도 있다. 세키모토는 그런 생각에 일부러 계획에 없던 행동은 하지 않았다고 진술했다."

"그러면 시체의 손톱은 왜 깎은 거래요?"

린타로는 그제야 파고들 틈을 발견하고 아버지를 추궁했다.

"히나코는 자살했으니 세키모토의 얼굴을 할퀴지는 않았을 거 아녜요. 손톱에 남아 있는 피부 조직을 없애려고 다시 현장으로 돌아왔을 리는 없고, 시간 차를 메울 요량으로 다른 술수도 쓰지 않았다면 무엇 때문에 손톱을 깎은 거죠?"

"자교사일 경우에는 요시카와선이 생기지 않기 때문이지."

총경은 신랄한 목소리로 말했다. "처음부터 후루하시가 의문을 제시했던 점이다. 교살된 시체의 경우에는 피해자의 목에 방어흔이 남는 경우가 많다. 세키모토는 서바이벌 게임 마니아라 살인 기술 매뉴얼 같은 서적을 통해 그 사실을 알고 있었어. 손톱을 깎으면 목 주변에 할퀸 자국이 없어도 의심을 받지 않을 거라 생각한 모양이다. 순간적으로 저지른 일인데 우리가 너무 복잡하게 생각했지."

"살인 기술 매뉴얼이라."

린타로는 고개를 갸웃거리며 손가락으로 목을 긁적였다.

"순간적으로 저지른 일이라는 것까지는 수긍할 수 있어도,

세키모토의 취미와는 엄연히 분야가 다른데 과연 거기까지 생각했을까요? 요시카와선에 대한 건 쓰토무가 훨씬 잘 알 겁니다. 후루하시를 만나 확인했거든요. 소설 소재로 쓸 만한 이야기를 가르쳐 달라고 졸라서 법의학에 관련된 단편적인 지식들을 알려 줬다고 하더군요. 순간적인 판단으로 손톱을 깎았다면 쓰토무가 범인상에 더 가까운 것 같은데요."

"무슨 말을 하려는 건지 모르겠구나. 왜 여기서 쓰토무가 튀어나오는 거냐?"

"그 역시 범행이 가능했기 때문입니다." 린타로가 말했다. "히나코의 죽음이 자살이라면 쓰토무의 알리바이도 무효가 되죠. 그가 무사시코스기의 스포츠 센터에 있던 건 오후 3시부터 4시 사이였어요. 거기서 고마에 시의 사건 현장까지는 삼사십 분이면 도착하고도 남아요. 전주 월요일에 조후 역의 공중전화에서 병원에 전화를 건 사람도 쓰토무일 거예요."

"그게 무슨 소리냐."

총경은 기가 차다는 표정으로 고개를 절레절레 내저었다.

"이제 와서 쓰토무의 알리바이를 따진들 무슨 소용이냐. 세키모토의 집에서 스페이드 퀸과 하트 2가 나온 걸 잊은 게냐?"

"아뇨. 하지만 두 사람은 그 전에 노래방에서 만났으니 아마 그때 교환했을 거예요. 카드뿐 아니라 히나코의 유서도."

"뭐라고?"

노리즈키 총경은 눈을 휘둥그레 떴다. 반박하려 했지만 곧바로 말이 나오지 않았다.

니코틴과 카페인의 과다 섭취로 부대끼는 속을 달래듯 마른 침을 꿀꺽 삼키고 나서 간신히 목소리를 짜내 말했다.

"아니. 네 이야기는 이치에 맞지 않는다. 설령 스페이드 퀸과 하트 2를 뽑은 게 쓰토무고, 히나코를 담당했다면 K인 고이데는 누구 담당이란 말이냐? 와타나베와 나라자키는 이미 임무를 마쳤으니 남은 건 세키모토뿐이야. 하지만 자기 표적은 죽일 수 없잖냐."

"아버지 말씀이 맞아요." 린타로는 진지한 표정으로 고개를 끄덕였다. "그래서 아무리 그래도 그런 우연이 있을까라고 한 거예요."

"우연이라고? 카드에 관한 네 추리가 적중한 것이 말이냐?"

"네. 그뿐이라면 몰라도, 무심코 적에게 빠져나갈 구멍을 만들어 줘서 일을 망쳐 버릴 뻔했어요. 일이 용두사미로 끝날 뻔한 데는 저한테도 어느 정도 책임이 있어요. 하지만 이제야 알았어요. 제가 어디서 삐끗했는지."

총경은 눈을 끔뻑이며 영문을 모르겠다는 표정으로 말했다.

"네가 무슨 소리를 하는지 통 모르겠구나."

"지금 말씀드릴게요." 린타로는 씩 웃었다. "그 전에 궁금한 게 하나 있어요. 지난번에 가키오에 갔을 때 우익 단체의 협박으로 추정되는 총격 사건이 있었다고 하셨죠? 시민운동가의 집에 총알이 날아왔다고⋯⋯. 그게 언제 일어난 일이죠?"

　바깥에서는 희뿌옇게 날이 밝아 오고 있었다.

리사는 달관한 표정으로 고개를 저었다.

"이미 표적은 정해졌어. **나는 선택의 여지가 없어.**"

그렇게 말하고 나서, 그는 마지막 남은 카드를 뒤집었다.

앞면에는 (자전거를 탄) 왕이 그려져 있었다.

"그렇군." 이쿠루는 그제야 상황을 파악했다. "자기 표적을 뽑을 수는 없으니까."

노리즈키 린타로, 「킹을 찾아라」

"자하나 사요코라는 여자를 아나?"

"자하나? 외국 사람입니까?"

"아니, 오키나와에 많은 성이야. 자하나는 사례할 사謝 자에 꽃 화花 자를 쓰지. 나이는 쉰여섯. 오차노미즈에서 음악 전문 학교를 운영해. 동향 사람이자 성악가였던 남편이 설립한 학교인데 십 년 전에 남편이 세상을 떠나고 나서 사요코가 뒤를 이었지."

"무슨 말씀이십니까? 전 그런 사람 모릅니다."

동요를 감추며 가네곤은 고개를 저었다.

12월 2일 목요일. 시체 유기 혐의로 체포된 지 엿새째 되는 날이었다. 그동안 하루의 절반은 이 취조실과 유치장에서 보냈다. 실내 필드로 전장이 바뀐 것이다. 가네곤에게는 살아남기 위한 세컨드 스테이지였다.

전황은 압도적으로 불리했지만 아직 최악의 사태까지 가지는 않았다. 유치장에서는 최소한의 근육 운동과 스트레칭을 거르지 않았다. 무장 해제된 포로에게도 적을 속이고 후방을 교란시키는 중요한 임무가 있기 때문이다.

오늘의 취조 담당자는 노리즈키라는 나이 지긋한 총경이었다.

사각 턱에 검은 머리와 흰머리가 뒤섞인 회색 머리의 남자였다. 양복에 밴 냄새로 골초라는 것을 알 수 있었다. 변호사의 말로는 수사1과에서 잔뼈가 굵은 형사로 고마에 시 사건의 현장 지휘를 맡고 있다고 했다. 어제까지 주로 취조를 담당했던 구노라는 형사가 노리즈키의 보조를 맡았다.

"오키나와 출신의 자하나 사요코는 2004년부터 '히나부리* 를 부르는 모임'이라는 단체의 부대표로 활동했어." 노리즈키는 가네곤의 대답을 무시하고 말을 이었다. "기미가요 제창 시 교사들의 기립 의무에 반대하는 시민운동 그룹이야. 그 때문에 예전부터 종종 우익 단체의 협박을 받았지. 실제로 11월 9일

---

* 궁중 음악의 하나로 고대부터 전해 내려오는 율동과 노래.

화요일 늦은 밤, 분쿄 구 센다기의 자택에 두 발의 총격을 받았어. 이 사건에 대해서 아는 게 있나?"

"모릅니다." 그 말밖에 할 수 없었다.

"날아온 총알은 구 밀리미터 마카로프였어. 러시아나 중국제 마카로프 권총에서 발포된 총알이었지. 우익 단체나 조직 폭력배 사이에 널리 퍼진 밀반입 권총으로, 이웃 주민이 총소리를 듣지 못한 점으로 미루어 소음 장치를 장착했을 가능성이 커. 일일이 설명하지 않아도 마카로프 권총에 대해서는 자네도 잘 알고 있겠지만."

"총에 대한 지식은 있지만 제가 취급하는 물건은 겉모습만 본뜬 게임용 에어소프트 건입니다. 진짜 권총에 대해서는 잘 모릅니다."

"그 말이 사실이라도 손님 중에 그쪽 분야에 빠삭한 마니아가 있겠지. 밀반입 마카로프의 입수 경로쯤은 소문으로 들어본 적이 있을 거 아닌가."

"저희 가게는 서바이벌 게임 장비 전문점입니다." 가네곤은 힘주어 강조했다. "설령 그런 손님이 있더라도 저오는 상관없고, 아는 사람 중에 우익 인사도 없어요. 밀리터리 마니아라고 하면 흔히들 그런 눈으로 보는데, 저희가 즐기는 건 어른들의 전쟁놀이예요. 일장기며 기미가요 같은 불온한 정치 판과는 무관하단 말입니다. 왜 갑자기 그런 얘기를 꺼내는지 도통 모르겠군요."

"나도 그런 걸 물어본 적 없네." 노리즈키는 천연덕스러운 표정으로 가네곤의 항의를 흘려 넘겼다. "그건 그렇고 권총 사건에 대해 마저 얘기하지. 9일 밤 사요코는 외출중이었고 장남인 유야만 2층 자기 방에 있었는데, 다행히 다친 데는 없었지. 이 이름을 들어 본 적 있나?"

가네곤은 말없이 고개를 저었다.

심장 박동이 점점 빨라졌다.

"그럴 리가 있나. 어머니인 사요코와는 모르는 사이지만, 자네 가게의 고객 명단을 살펴보니 그 아들의 이름이 있더군. 자하나 유야는 자네처럼 서바이벌 게임 마니아이고, 삼사 년 전부터 자네 가게에 자주 드나들었잖아."

노리즈키는 돋보기를 끼고 가져온 자료를 넘기며 말을 이었다.

"자하나 유야. 스물일곱. 부모의 영향으로 음악가를 지망했지만 음대 시험에 떨어지자 꿈을 포기하고 일반 대학에 진학했어. 졸업 후에는 어머니의 학교에서 홍보 업무를 담당했지만 일에 별 관심을 보이지 않아 모자 사이도 좋지 않지. 자하나 유야는 전형적인 도쿄 도련님이야. 부모의 기대를 저버린 반작용으로 재학중에 서바이벌 게임에 푹 빠졌으니 어머니와 사이가 나빠질 만도 하지. 가게 단골이라 자네와도 가깝게 지냈어. 올봄까지는 함께 팀을 짜서 군마나 지바의 필드에서 열리는 정기 게임에 참여했다고 들었네만?"

노리즈키는 가네곤을 다그치듯 턱을 까닥했다.

가네곤은 꿈쩍도 하지 않고 바위처럼 침묵을 지켰다.

"묵비권을 행사하는 건가? 어제까지는 청산유수더니. 그럼 내가 대신 떠들 수밖에 없겠군. 알아보니 유야는 동호인들 사이에서 평판이 좋지 않았어. 서바이벌 게임에서는 자신에게 총알이 명중했을 경우 자진 신고하고 게임에서 빠지는 게 기본 중의 기본 규칙이지. 그런데 개중에는 총에 맞았는데도 시치미를 떼고 계속 게임에 참가하는 이들도 있다더군. 좀비 짓이라고 해서 동호인들이 가장 경멸하는 반칙이라는데, 자하나 유야는 좀비 상습범이었어."

식은땀이 겨드랑이를 따라 흘러내렸다.

가네곤은 이를 악물고 두 손을 꼭 쥐었다.

"가게 단골이니 자네도 눈감아 줬겠지. 하지만 규칙 위반이 너무 심해서 지난 사월 지바 대회에서 자하나에게 주의를 줬지만, 적반하장으로 나오는 바람에 주최자까지 끼어서 큰 소동을 일으켰다고 들었네. 그 일을 계기로 그의 좀비 짓을 못마땅하게 여기던 동호인들이 한목소리로 항의했고, 결국 자하나 유야는 수도권에서 열리는 이벤트에 출입 금지 처분을 받았어. 자하나는 자네에게 억하심정을 품었을 테지. 그 사건이 있은 뒤로 집에 장난 전화를 거는 등 집요하게 자네를 괴롭힌 모양이더군. 사정을 잘 모르는 친구들을 선동해 자네 가게에 중상모략을 퍼부은 사실도 확인했네. 그 탓에 가게 경영에 지장이 생겼고 불똥이 튈 걸 염려한 단골들도 발길을 끊었네."

노리즈키는 잠시 숨을 돌리며 가네곤을 동정하는 표정을 내비쳤다.

하지만 그것도 순간에 지나지 않았다. 총경은 이내 한층 더 매서운 목소리와 눈빛으로 가네곤을 추궁했다.

"그래서 자하나의 집이 총격을 당했을 때도 일부 동호인들 사이에서는 범인이 노린 건 시민운동가인 어머니가 아니라 망나니 아들일지도 모른다는 소문이 돌았다고 들었네. 하지만 우리가 알아본 바로는 그날 자네는 간사이에 사는 동업자가 개최한 에어소프트 건 입문 세미나에 강사로 초빙되어 오사카에서 하룻밤을 묵었어. 가게 블로그에 사진이 들어간 글을 올렸지? 총격이 있었던 날에 흠잡을 데 없는 알리바이가 있었던 거지. 이게 무엇을 뜻하는지 입 아프게 설명할 필요는 없겠지? 아직 자존심이란 게 남아 있다면 자신이 전사했음을 자진 신고하는 게 어떤가?"

"이건 그거랑 다르죠."

가네곤은 저도 모르게 그렇게 말했지만 이내 후회했다.

노리즈키는 돋보기를 벗고 오랫동안 가네곤의 얼굴을 쏘아보더니 옆에 있는 구노에게 눈짓을 보냈다. 구노는 품에서 네 장의 카드를 꺼내 뒷면이 보이도록 책상 위에 일렬로 늘어놓았다.

자전거를 탄 두 천사. 바이시클 라이더백.

가네곤은 눈을 내리깐 채 입술을 깨물었다.

"자네가 교환 살인으로 누군가를 죽이려 했다면." 노리즈키는 말을 이었다. "그 표적은 세무사인 고이데 슌페이가 아니라 자하나 유야라는 게 훨씬 설득력이 있지. 9일 밤 자하나가 마카로프 권총으로 살해될 예정이었다면, 카드의 제비 뽑기에 관한 진술도 곧이곧대로 믿을 수 없어. 피해자들 이름의 이니셜은 안자이의 A, 히나코의 Q, 자하나의 Ja, 조시마의 Jo였어. 이걸 네 장의 카드에 대입하면……."

노리즈키는 카드를 한 장씩 뒤집었다.

스페이드 에이스.

스페이드 퀸.

스페이드 잭,

그리고……

조커.

"스페이드 킹은 처음부터 없었어. 자하나와 조시마는 둘 다 이니셜이 J라 겹치기 때문에 잭과 조커로 구분한 거야. 그러면 나라자키 쇼타가 조시마 에쓰시를 살해했다는 전제를 뒤집어야 하지. 나라자키의 원룸에서 나온 카드는 스페이드 잭과 하트 3이었어. 잭은 자하나 유야고, 하트 3은 미수에 그친 세 번째 범행을 나타내고 있지. 친구들의 증언에 따르면 나라자키는 중압감을 이기지 못해서 실전에서 실패하는 유형이라고 하더군. 자하나를 죽이는 데 실패한 것도 당연하겠지. 이 추정을 바탕으로 실행범과 피해자를 다시 대응시켜 보면 이렇더군."

구노는 그림자처럼 소리 없이 책상 위에 표를 놓았다.

1	10월 23일(토)	와타나베 기요시	A	안자이 아키노리
2	11월 1일(월)	?	Q	와타나베 히나코
3	11월 9일(화)	나라자키 쇼타	Ja	자하나 유야(미수)
4	11월 14일(일)	?	Jo	조시마 에쓰시

"빈칸을 메우는 건 어렵지 않아." 노리즈키는 가차 없이 말했다. "조시마 쓰토무는 조커, 한마디로 자신의 표적인 형을 죽일 수는 없어. 네 번째 범행이 가능한 건 세키모토 마사히코,

자네뿐이야. 그러면 와타나베 히나코는 자동적으로 쓰토무의 담당이 되고."

1	10월 23일 (토)	와타나베 기요시	A	안자이 아키노리
2	11월 1일 (월)	조시마 쓰토무	Q	와타나베 히나코
3	11월 9일 (화)	나라자키 쇼타	Ja	자하나 유야(미수)
4	11월 14일 (일)	세키모토 마사히코	Jo	조시마 어 쓰시

"이 표에 따르면 쓰토무의 카드는 스페이드 퀸과 하트 2, 자네 카드는 조커, 하트 4여야 해. 하지만 아사오 서에 출두한 쓰토무는 스페이드 킹과 하트 4를 제출했고, 자네 집에서는 스페이드 퀸과 하트 2가 나왔어. 이미 지적한 대로 스페이드 킹은 제비뽑기에 사용되지 않았으니 금요일 밤, 신주쿠 느래방에서 자네와 쓰토무가 카드를 교환한 게 분명해. 자네들이 경찰에 덜미를 잡힐 위험을 감수하면서까지 그런 위험한 짓을 벌인 건 어째서일까?"

노리즈키는 거기서 말을 끊고 가져온 자료에서 복사한 편지 한 장을 꺼냈다.

신주쿠 노래방에서 리사가 보여 준 편지였다.

"그 답은 나라자키 쇼타가 조시마 쓰토무에게 보낸 협박장

이야. 아니, 자네도 잘 알겠지만 이건 네 번째 공범을 색출하려
고 우리가 준비한 가짜 편지지. 스페이드 잭이 동봉된 편지를
펼치자마자 쓰토무도 경찰의 함정임을 알아챘을 거야. 잭을 뽑
은 나라자키가 에쓰시를 죽였다는 내용이 적혀 있었기 때문이
지. 협박장의 내용을 보고 조시마 쓰토무는 경찰이 세 번째 사
건을 찾아내지 못했을뿐더러 조시마 에쓰시를 잭으로 착각하
고 있다는 사실을 깨달았어. 그 선입견을 이용해 자하나를 노
린 범행을 끝까지 숨기면 사건의 수를 하나 줄여서 죄를 가볍
게 할 수 있지. 하지만 그 계획을 실현하려면 공범의 도움이 꼭
필요했어.”

　그 뒷이야기는 듣지 않아도 알고 있었다.

　가네곤은 눈을 감고 자신의 껍질 속에 틀어박혔다. 금요일
밤 리사와 나눴던 대화가 뇌리에 떠올랐다…….

　“둘이서 힘을 합쳐서 어쩌자고? 구체적으로 말해 봐.”

　가네곤의 물음에 리사는 날름 입술을 핥으며 말했다.

　“이 편지를 다시 한번 읽어 봐.”

　가네곤은 다시 편지를 읽었다. 처음에는 흥분해서 대충 읽느
라 몰랐는데, 다시 보니 도중에 이상한 내용이 섞여 있다는 것
을 깨달았다.

"당신 형을 그렇게 만들었다니, 그게 무슨 뜻이지? 그 일은 내가……."

"경찰은 이쿠루가 우리 형을 죽인 줄 알아." 리사는 단언했다. "스페이드 잭이 조시마의 이니셜이라 착각한 거야."

"잭은 자하나의 Ja인데. 어째서 그런 착각을 했지?"

"이 편지의 내용으로 미루어 보면 경찰은 유메노시마와 이쿠루의 카드를 입수한 것 같아. 당신이 계약서 대신 가지고 있으라고 그랬잖아."

"난 아냐." 가네곤이 말했다. "계약서 대신이라고 한 건 유메노시마야."

"누구든 상관없어. 유메노시마의 와이프가 퀸이라는 사실을 알아챈 걸 보면 스페이드 에이스와 잭, 하트 에이스와 3은 경찰이 가지고 있다고 봐야 해. 아마 당신 정체도 지문으로 알아냈을 거야. 카드를 섞은 건 당신이니까 모든 카드에 당신 지문이 남아 있을 거라고."

가네곤은 꿀꺽 침을 삼키더니 고개를 저으며 말했다.

"난 지금까지 살면서 체포된 적이 없어. 전과가 없으니 내 지문이라는 걸 알 리가……."

"앞으로 무슨 일이 생길지 몰라. 시한폭탄을 껴안고 있는 것이나 마찬가지지. 피해를 최소한으로 줄이려면 선수를 치는 수밖에 없어."

"기다려 봐. 이해할 수 없는 게 하나 있어." 가네곤은 이의를 제기했다. "자네가 가지고 있는 카드는 스페이드 퀸과 하트 2야. 경찰이 잭을 조시마의 이니셜이라 착각했다면, 에이스, 퀸, 잭 세 명으로 교환 살인은 끝나. 내가 나설 자리는 없을 텐데 어떻게 네 번째 공범이 있다는 걸 알아챘지?"

"역시 예리하군." 리사는 쓴웃음을 지으며 말했다. "경찰은 스페이드 퀸과 하트 2 사건을 내가 저지른 줄 몰라. 그래서 하나가 모자라다는 걸 알아챈 거야. 이유는 차차 설명할 텐데, 우리는 경찰의 착각을 이용해 시나리오를 다시 쓰면 돼."

"가키오의 방화 살인을 이쿠루의 짓으로 꾸미자고?"

"그렇지. 경찰도 의심하지 않을 거야. 하지만 재판에서 그걸 입증할 수는 없어. 이쿠루는 상관없으니까 증거 불충분으로 풀려나겠지."

"그렇군. 그래 주면 나야 고맙지만, 그런다고 앞뒤가 맞을까?"

"맞춰야지." 리사는 강하게 말했다. "당신이 가진 카드는 조커와 하트 4지? 그걸 내 카드와 바꿔."

가네곤도 자기 카드를 꺼냈다. 제비뽑기에 썼던 카드를 가져오라고 리사가 휴대 전화 메시지로 미리 전달해 두었다.

"이걸로 내가 스페이드 퀸과 하트 2 담당이 된 거군. 자네는?"

"하트 4는 내가 맡을게. 하지만 조커는 쓰지 않을 거야. 조커가 조시마 에쓰시의 Jo라는 사실이 밝혀지면 모두 끝장이야."

"조커 대신 어떤 카드를 넣을 건데?"

"나머지 세 장이 에이스, 퀸, 잭이니까 마지막은 스페이드 킹이 딱이지. 이 조합이라면 경찰도 의심하지 않을 거야. 아는 사람 중에 이니셜이 K인 사람 없어?"

가네곤은 휴대 전화를 꺼내 '가' 행의 목록을 훑어보았다.

"고이데 슌페이라는 녀석이 있어. 우리 가게를 담당하는 세무사야. 내 와이프와 아는 사이인데 올봄에 이혼해서 지금은 혼자 살아."

"이리 줘 봐." 리사는 휴대 전화 화면을 들여다보았다. "이 친구한테 원한이 있다고 둘러댈 만한 게 있어? 당신 와이프하고 불륜 관계라든지……."

"아니. 맡은 일은 잘하는 친군데 나하고 어딘가 안 맞아. 하지만 내가 와이프와 불륜 관계라고 의심했다고 둘러대면……."

"그걸로 하자. 그 사람 프로필과 주소를 알려 줘."

가네곤은 고이데 슌페이의 인적 사항을 알려 줬다.

리사는 그 자리에서 필요한 사항을 외우고 나서 작은 눈을 번뜩이며 말했다.

"이 정도 했으니 어떻게든 되겠지. 난 스페이드 킹과 하트 4, 협박 편지를 들고 관할 경찰서에 자수할게. 나라자키에게 형을 죽여 달라는 의뢰를 했고 다음 주 월요일에 당신 대신 고이데를 죽일 예정이었다고 진술할 거야. 진짜 표적인 자하나 유야에 대해서는 입도 벙긋하지 않겠지만 당신 정체는 밝혀야 해. 내가 말하지 않아도 경찰이 밖에서 감시하고 있을 테니 당신 집에도 금방 들이닥칠 거야. 출두를 요청하면 순순히 따라. 스페이드 퀸과 하트 2를 경찰에 넘기고 고마에 시 사건에 관여한 사실을 인정하고 고이데에 대해 말하면 돼."

"잠깐만." 빠르게 전개되는 이야기를 따라가지 못한 가네곤은 리사를 추궁했다. "혹시 유메노시마의 와이프를 죽인 죄를 나에게 뒤집어씌우고 너 혼자 발을 빼려는 거야? 그렇게는 안 되지. 만일의 경우에 대비해 나도 알리바이를 만들어 놨다고."

"그럴 생각 없어. 군말 말고 이거나 읽어 봐."

리사는 가네곤에게 파일을 건넸다.

안에는 와타나베 히나코의 유서가 들어 있었다. 가네곤은 그 것을 읽고 자교사라는 특수한 자살법이 있다는 사실을 알았다.

"유메노시마의 와이프를 죽이지 않았어?"

"그래. 내가 그 집에 갔을 때 여자의 숨은 이미 끊어져 있었어. 혹시나 해서 발견했을 때 모습을 사진으로 찍어 두었어. 사진을 보내 주고 싶지만 경찰에서 데이터를 분석하면 분명 덜미를 잡힐 거야. 이 사진도 곧 삭제할 테니까 당신은 경찰에서 진술할 때를 대비해 똑똑히 기억해 둬."

리사는 휴대 전화를 내밀었다. 시체 목에 감긴 자전거 짐받이용 밧줄. 턱 밑의 매듭에 끼워진 대걸레 자루. 밧줄은 꽈배기 모양으로 배배 꼬여 있었고, 자루의 양쪽 끝은 가구에 걸려 고정되어 있었다.

"시체가 차갑게 식어 있었으니 아마 죽은 지 한 시간은 지났을 거야. 그 시간 나는 무사시코스기의 스포츠 센터에 있었으니 알리바이가 있어. 그러니 경찰은 내 범행이 아니라고 생각했겠지. 네 번째 공범을 찾기 시작한 것도 그 때문이고."

가네곤은 휴대 전화를 리사에게 돌려주고 땅이 꺼져라 한숨을 쉬었다.

잔뜩 굳어 있던 어깨에서 힘이 빠지면서 우습지드 않은데 헛웃음이 났다.

"그래, 이제 알겠네. 이쿠루 대신 자하나를 죽여 주겠다고 한 것도 그래서였군."

"나만 손을 더럽히지 않는 건 불공평하잖아. 형평성을 맞추기 위해 나선 거야. 자하나를 죽이지 못한 건 유감이고, 유메노시마의 와이프가 자살했다는 사실을 숨긴 것도 미안하게 생각하지만 이 유서를 경찰에 보여 주면 당신 입장도 훨씬 나아질 거야. 시신에 손을 대기는 했지만 죽이지는 않았다고 증명할 수 있으니까."

"이런 비장의 카드를 숨겨 두다니 자네도 보통내기가 아니군." 가네곤은 비굴하게 보이지 않으려고 애써 비아냥대듯 말했다. "쓸모없는 놈이라고 했던 건 취소하지. 하지만 쉽지는 않을 거야. 큰 위험을 무릅써야 하는데 정말 생각처럼 잘 풀릴까?"

"분명 잘될 거야. 당신이 제 역할만 실수 없이 해 준다면."

"알았어. 자네 말대로 하지."

"좋아. 스페이드 퀸과 하트 2의 알리바이는 입이 찢어져도 경찰에 말하면 안 돼. 진술에 모순이 생기지 않도록 유메노시마의 집에서 내가 본 것과 한 일을 자세하게 말해 줄게. 시간이 없으니까 효율적으로 써야 해. 먼저 시체의 손톱을 깎은 이유에 대해서 설명할게. 요시카와선이라는 게 있는데……."

"이미 우리가 수사한 정보는 가나가와 현경에 넘겼어."

날카로운 목소리에 가네곤의 의식이 취조실로 돌아왔다.

맞은편에는 리사가 아니라 노리즈키가 앉아 있었다.

"지금까지 현경은 가키오의 사건이 방화임을 증명하는 물증을 찾지 못해 고전을 거듭해 왔지. 조시마 쓰토무의 자수를 곧이곧대로 듣고 실행범이 나라자키 쇼타라고 믿었기 때문이야. 하지만 아무리 나라자키의 범행 흔적을 찾아도 나올 리가 있나. 이유는 간단하지. 가키오의 집에 불을 질러 조시마 에쓰시를 죽인 건 바로 자네니까. 카드의 속임수를 깨닫고 자네에게 초점을 맞추면 단번에 수사가 진척되겠지. 이미 사건이 발생한 지 보름도 더 지났으니 현장 주변의 감시 카메라의 기록은 대부분 사라졌을 테고, 목격자들의 기억도 흐려졌을지 모르지만 그래도 뒤지면 뭔가 나오겠지. 언젠가 자네가 가키오의 현장 부근에 남긴 흔적을 찾아낼 거야. 그뿐인 줄 아나?"

갑자기 노리즈키의 목소리가 낮아졌다.

"우리는 지난 보름 동안 전력을 다해 나라자키 쇼타의 행방을 찾았어. 그런데도 12일 이후 그의 흔적은 전혀 찾을 수 없었지. 9일 밤에 자하나 유야를 죽이는 데 실패한 나라자키가 동료들의 보복을 두려워해 자취를 감췄을 수도 있지만, 다른 가능성도 생각할 수 있지. 입막음을 위해 이미 동료들에게 살해되었을지도 모른다는 가능성."

가네곤의 머릿속에서 경보음이 울려 퍼졌다.

정면에서 쏘아보는 노리즈키의 눈빛에 온몸이 돌로 변한 듯 시선을 피할 수가 없었다. 취조실의 벽이 자신을 향해 다가오는 듯한 착각에 숨쉬기가 괴로워졌다.

"지난 9일 이후로 자네 행적을 조사해 보니 12일 금요일 밤에 업무용 미니밴을 타고 지바 현 인바누마 늪의 서바이벌 게임 전용 필드를 찾은 사실을 알아냈어. 땅 주인의 허가를 얻어 오늘 아침부터 필드 안을……."

머릿속 경보음이 귀 밖으로 흘러넘쳐 노리즈키의 목소리를 흔적도 없이 지웠다.

눈앞이 새빨갛게 물들며 유메노시마와 이쿠루의 얼굴이 나타났다 사라졌다.

가네곤과 리사 역시 죽은 두 사람과 같은 빛깔로 물들어 가고 있었다.

팀은 전멸. 나도 끝장이다.

게임 오버.

"세키모토 마사히코가 범행 일체를 자백했다."

노리즈키 총경은 한 달여 만에 환한 미소를 지으며 말했다.

"나라자키 쇼타의 시체를 찾고 있다는 말이 먹힌 모양이다. 서바이벌 게임 전용 필드를 언급한 것도 그렇고, 네 예상이 적중했다. 처음에는 생각처럼 잘 풀릴까 미심쩍었는데 네 덕에 수고를 덜었다."

세키모토의 가게에서 쓰는 업무용 차량의 번호가 지바 방면의 무인 단속 카메라에 기록되어 있었다. 촬영 지점에서 수 킬로미터 이내의 서바이벌 게임 야외 필드를 조사해 더여 기록과 정기적으로 개최되는 게임 목록을 체크한 결과 세키모토의 팀이 종종 이용했다는 사실을 알아냈다.

"시체는 아직 못 찾았습니까?"

린타로의 물음에 총경은 고개를 저었다.

"아직이다. 인바누마 늪의 필드는 면적이 만칠천 제곱미터에 이르는 산지인데, 세키모토는 여러 번 가 봐서 잘 아는 곳이야. 옛 우물을 발견해 그곳에다 시체를 버린 모양이다. 내일 본인을 현장에 데려가 재수색하기로 했다."

"언제 죽였대요?"

"11일 목요일 밤. 세키모토뿐 아니라 쓰토무도 그 자리에 있었다는구나."

"권총 사건이 일어나고 이틀 뒤네요." 린타로는 달력을 보며 말했다. "노래방에서 만나기 전에 이미 한 번 만났던 거군요."

"그래. 세키모토가 제안한 일이라고 한다. 수요일 밤에 나라자키가 실패한 사실을 뉴스에서 보고 서둘러 계획을 재정비한 모양이야. 세키모토는 목요일 낮에 쓰토무의 학교로 학부형인 척 전화해서 그를 불러냈어. 그때는 나라자키를 죽일 생각까지는 없었고, 다시 한번 기회를 줄 생각이었다고 하더구나."

"기회라기보다 압박하려던 거겠죠."

"그렇겠지. 쓰토무를 불러낸 것도 동료와 함께여야 나라자키가 더 압박감을 느낄 거라는 계산에서였다. 형을 살해하기로 한 예정일이 가까워 온 탓에 쓰토무도 거부할 수 없었지. 나라자키가 자하나 유야를 죽이지 않으면 세키모토가 조시마 에쓰시를 죽일 이유가 사라지니까. 나오지 않으면 네 번째 범행을 무기한 연기하겠다는 말을 들었으니 쓰토무도 따를 수밖에 없었겠지."

"연쇄 추돌 사고를 보는 것 같네요." 린타로가 말했다. "그러고 보니 와타나베 기요시는 부르지 않았나요?"

"그래. 11일은 히나코가 죽은 지 얼마 안 된 시점이라 경찰이 와나타베를 주시하고 있을 가능성을 무시할 수 없었던 게야. 경찰에서는 자하나 유야를 노린 범행이 우익 단체의 소행이라 생각했고 조시마 에쓰시는 아직 살아 있었으니, 세키모토와 쓰토무가 만나는 것까지는 안전한 축에 속한다 해도 와타나베와 접촉하는 건 위험이 너무 컸지. 그리고 와타나베는 제 몫이었던 안자이를 살해했고 아내도 죽었으니 연락했더라도 같이 행동했을지는 알 수 없지."

"그러네요."

그들은 도중에 포기하거나 배신하지 못하도록 서로의 주소를 파악하고 있었다. 히가시나가사키에서 만난 세키모토와 쓰토무는 밤새 원룸 앞을 지키고 있다가 편의점에 가려고 나온 나라자키를 인적이 드문 골목에서 붙잡았다.

세키모토가 판매용 모델 건을 슬쩍 보여 주자 나라자키는 순순히 지시에 따랐다고 한다. 휴대 전화 전원도 직접 껐다. 그럴 법도 했다. 바로 이틀 전에 세키모토가 건넨 마카르프 권총을 직접 쏴 봤으니까.

세 사람은 세키모토의 차를 타고 나카노의 가게로 이동하여 그곳에서 나라자키를 협박하고 어르며 설득했다. 9일 밤 자하나 유야를 죽이려던 나라자키는 겁을 먹고 결국 실행을 단념하고 그의 집에 두 발을 적당히 발포한 뒤 현장에서 도망쳤다고 한다. 센다기 역 뒤편에 있는 스도 공원의 연못에 권총을 버리고 아침까지 닛포리의 피시방에서 시간을 때웠다고 변명했다.

"완전히 겁에 질린 나라자키는 사람을 해칠 수는 없다며 비밀은 꼭 지킬 테니까 계획에서 빠지겠다고 애원했다. 하지만 이제 와서 그런 우는소리를 들어줄 수는 없었겠지. 어떻게든 나라자키의 마음을 돌리려고 둘이서 번갈아 어르고 달래면서 설득했다고 한다. 세키모토의 진술에 따르면 옥신각신하던 중에 실수로 나라자키를 밀쳤는데 머리를 찧었는지 그대로 뻗었다고 하더구나."

총경은 입을 오므리며 턱을 쓸었다. 린타로는 싸늘한 목소리로 말했다.

"거짓말이겠죠. 기회를 준다는데도 거절했으니 나라자키의 이용 가치는 사라진 셈이고, 입만 산 겁쟁이가 비밀을 지킨다는 보장도 없으니까 놓아주면 분명히 배신할 거라고 판단하고 그 자리에서 입을 막은 거예요. 쓰토무는 뭐라고 합니까?"

"쓰토무는 아직 나라자키 일은 모른다고 잡아떼고 있다. 내 생각에 실제로 죽인 건 세키모토고, 쓰토무는 보고만 있었을 거다. 시체를 창고에 숨겨 두고 이튿날 인바누마 늪에 유기한 것도 세키모토의 독단인 것 같고. 하지만 지금으로서는 주모자인 세키모토보다 쓰토무의 입을 여는 게 더 어려워 보인다."

"보고만 있었더라도 나라자키를 죽인 공범이라고 시인하면 세키모토는 물론 쓰토무 역시 가중 처벌되어 극형을 피하지 못할 테니까요. 그보다 마음에 걸리는 건……."

린타로는 깍지를 끼더니 날카로운 눈빛으로 말했다.

"나라자키가 죽었는데도 14일 아침에 세키모토는 예정대로 조시마 에쓰시를 살해했어요. 11일에 자하나를 죽일 새로운 방법을 찾았기 때문인가요?"

"그래. 세키모토의 말로는 나라자키가 죽고 나서 쓰토무가 자하나를 죽이겠다고 나섰다는구나. 예정된 범행이 쓰토무와 세키모토의 일대일 교환 살인으로 재설정된 셈이지. 네 말대로 보고만 있었더라도 나라자키의 죽음을 못 본 척한 것이나 마찬가지니까 쓰토무도 세키모토와 동죄야. 게다가 쓰토무는 자신의 손으로 와타나베 히나코를 죽이지 않았기 때문에 세키모토에게 마음의 빚을 느끼고 있던 것 같아. 물론 나라자키의 뒤처리를 하겠다고 나선 가장 큰 이유는 형을 죽일 기회를 없애고 싶지 않아서였지만."

"그래서 자하나는 언제 죽이기로 했는데요?"

"11월 29일. 쓰토무와 세키모토가 고이데 슌페이를 죽이기로 했다고 주장했던 날이지. 출두 전에 둘이 만나서 자하나를 죽이려고 꾸민 계획을 가짜 표적에 적용하기로 한 모양이다."

"임기응변이네요." 린타로는 중얼거렸다.

도중에 플롯을 변경하면서 아귀를 맞추려고 절치부심한 흔적이 고스란히 남아 있던 조시마 쓰토무의 소설을 떠올렸다. 오히려 그 능력이 그의 진가였는지도 모른다. 사중 교환 살인을 처음 제안한 이는 세키모토였지만, 사건 후반어 구멍을 메우기 위한 책략을 꾸민 건 분명 쓰토무였다.

나라자키는 이미 죽었으니 협박장을 보고 단번에 함정임을 알았으리라. 경찰이 불리한 위치에 있기는 했지만 컴퓨터 바이러스가 프로그램을 완전히 다른 내용으로 바꿔 버리듯 추리의 버그를 알아채고 사건의 시나리오를 덮어씌우다니! 린타로는 한숨을 내쉬었다. 우연의 산물이라고 할까. 그나마 우연히 일이 잘 풀렸으니 망정이지 한 발만 삐끗했으면 쓰토무의 계략에 보기 좋게 걸려들 뻔했다.

"세키모토가 자하나를 죽이기로 결심한 건 지난 칠월이었다."

노리즈키 총경은 담배에 불을 붙이더니 음미하듯 한 모금 빨고 나서 말을 이었다.

"가게에 대한 중상모략은 대충 수습한 모양이었지만, 칠월 초에 가게로 날아온 발신자 불명의 편지를 뜯어보니 등교하는 외동딸을 도촬한 사진이 들어 있었다는구나. 장난 전화와 마찬가지로 자하나의 의도가 악질적인 '장난'이었다고 해도, 자식 가진 부모 입장에서는 가슴이 내려앉는 일이지. 경찰에 신고해도 별 도움은 되지 않을 테고, 사태가 잠잠해질 때까지 기다렸다가 갑자기 자하나가 딸에게 해코지를 하면 그때는 돌이킬 수 없다. 그런 생각에 마음이 조급해진 세키모토는 자하나 유야를 살해할 계획을 세우기 시작했어. 흉기로 권총을 택한 건 규칙 위반을 밥 먹듯이 저지르는 자하나에게 본때를 보여 주기 위해서였다. 실탄에 맞으면 더 이상 좀비 짓은 할 수 없을 테니까."

"권총은 어떻게 구했답니까?"

"가게에 드나들던 총기 마니아의 연줄을 통해 밀반입된 중국제 마카로프를 구했다는구나. 총을 구해 준 이는 가명을 쓴 모양이지만, 아마 폭력 조직 관계자겠지. 자하나의 어머니는 전부터 우익 단체의 협박을 받고 있었으니 위장용으로도 더할 나위 없었지. 하지만 세키모토와 자하나의 관계는 동호인들 사이에서는 이미 유명한 얘기였어. 상대의 숨통을 끊어 놓을 수만 있으면 직접 죽일 필요는 없다고 생각하고 교환 살인 계획을 꾸미게 된 거다."

"그렇다고 해도 알리바이를 확보할 요량으로 교환 살인의 공범을 찾기 시작한 건 세키모토가 한 배를 탄 동지라는 환상에 젖어 있었기 때문이라는 생각이 드네요."

"그렇겠지. 나라자키 쇼타 같은 얼간이를 뽑은 건 정말 아이러니하다는 생각밖에 들지 않지만."

"나라자키는 총을 다뤄 본 적이 없죠?" 린타로는 고개를 갸웃거렸다. "중압감을 이기지 못하는 성격이면서 어떻게 그런 위험한 수단을 선택했을까요."

"제 손을 더럽히지 않아도 된다고 생각했겠지. 온라인 게임

중독자라 나름대로 총기에 대한 지식도 있었던 모양이다. 죄다 허세였지만. 세키모토도 거기까지 간파하지는 못하고 일을 맡겨도 되겠다고 판단한 거지. 자하나 유야 때와 마찬가지로 사람 보는 눈이 없었지. 리더가 될 재목은 아니었던 거야. 창단식 날에 나라자키에게 권총을 넘겼다면 빛 좋은 개살구라는 걸 알았을지도 모르는데 한발 늦은 게지."

"그게 무슨 말씀이세요?"

"마카로프와 다른 경로로 입수한 중국제 소음기가 불량이었어. 총구가 총알에 막혀서 폭발하지 않도록 세키모토가 직접 개조하기로 했는데 진짜 총 전문가는 아니잖아. 본체와 소음기를 조정하는 데 애를 먹는 바람에 결국 제때 넘겨주지 못했어. 범행 예정일 사흘 전에 이케부쿠로 역의 전자식 물품 보관함을 통해 간신히 나라자키에게 건넸다고 한다."

"범행 사흘 전이라. 나라자키는 총으로 사람을 해칠 배짱도 없었을 텐데."

"그랬겠지." 총경은 고개를 끄덕였다. "겁먹은 나라자키가 권총을 버리지 않고 자기 집으로 가지고 갔다면 사건은 미궁에 빠졌을 테지. 마카로프를 회수하기 위해서라면 세키모토와 쓰토무는 나라자키의 집에 무단으로 침입했을 테니 말이다. 집을 샅샅이 뒤져서 스페이드 잭과 하트 3도 같이 가져갔겠지."

아버지의 말대로였다. 나라자키의 집에서 바이시클 라이더 백이 나오지 않았다면 아마 범인들의 계략에 속수무책으로 당했으리라. 린타로뿐 아니라 범인들 역시 제비뽑기에 사용한 카드에 농락당한 것이다.

"카드 하니까 생각났는데, 전에 얘기했던 제비뽑기 순서도 실제와는 달랐던 모양이다." 총경은 말을 이었다. '네 생각대로 여러 번 다시 뽑은 탓에 스페이드 퀸에는 와타나베와 나라자키를 포함한 네 명의 지문이 모두 묻어 있었어. 카드를 세키모토에게 넘길 때 쓰토무는 스페이드 퀸과 하트 2의 지문을 지웠지만, 모순이 생기지 않도록 제비뽑기의 수순을 수정했어. 세키모토의 첫 진술은 이과 출신인 쓰토무가 짜낸 최적화 버전이었던 게야."

"그럴 줄 알았어요. 제비뽑기에 대해서는 저도 생각난 게 있어요."

린타로는 메모지를 뜯어 지금까지와는 다른 표를 그렸다.

1	10월 23일(토)	A	안자이 아키노리
2	11월 1일(월)	Q	와타나베 히나코
3	11월 11일(목)	J	나라자키 쇼타
4	11월 15일(월)	K	와타나베 기요시

"이게 뭐냐?"

"범인을 포함한 사망자들을 순서대로 늘어놓은 표예요."

"그건 나도 안다. 그런데 왜 나라자키와 와타나베가 J와 K에 해당하는 게냐?"

"나라자키는 잭 대신 살해된 것이나 마찬가지고, 와타나베는 퀸의 남편이니 킹이죠. 조시마 에쓰시는 조커니까 제외했고요. 재미있는 건 이 결과가 우리가 잘못 예상했던 제비뽑기 조합과 일치한다는 사실이에요."

"스페이드 에이스와 하트 에이스, 스페이드 퀸과 하트 2, 스페이드 잭과 하트 3, 스페이드 킹과 하트 4라…… 듣고 보니 그렇구나."

"그런 맥락에서 따지면 나라자키 쇼타와 와타나베 기요시가 이 순서대로 목숨을 잃은 것도 순전히 우연으로 치부할 수만은 없죠. 현실의 배후에 숨은 카드의 허상에 운명을 농락당했다고 하면 너무 거창한가요?"

"마구잡이로 갖다 붙이지 마라. 난 솔직히 잘 모르겠다."

딱 잘라 말하며 메모를 치우더니 총경은 쇼핑백을 탁자에 올려놓으며 말을 이었다.

"그보다 너한테 줄 게 있다. 이번 사건에서 네 공이 크지 않았냐. 크리스마스는 아직 멀었지만 사건 해결을 자축할 겸 선물이다."

"선물요?" 린타로는 눈을 휘둥그레 뜨며 물었다. "뭔데요?"

"풀어 보면 안다."

린타로는 안에 든 물건을 꺼냈다. 같은 크기의 상자 세 개였다.

"앤트쿠아리움이네요?"

"와타나베 히나코가 가지고 있던 것과 같은 물건이다. 주황, 초록, 파랑으로 색깔도 똑같고."

"이 계절에 어디서 개미를 잡으라고요."

"그럼 내년까지 놔둬라. 말 나온 김에 재미있는 얘기를 해 주마. 법의 곤충학 전문가가 개미와 흰개미의 차이점을 가르쳐 줬다. 흰개미 집에는 여왕개미와 왕개미가 있지만, 암컷 중심인 개미 사회에는 오직 여왕만 있고······."

노리즈키 총경은 씩 웃으며 말했다.

"왕은 없다."

『현대 프랑스 희곡 명작선 - 와다 세이치 번역집』, 하나야기 이주호 엮음(카모밀샤)

『사랑하는 사람이 '우울증'에 걸린다면』, 오노 가즈유키 지음(스바르샤)

『트럼프 이야기』, 마쓰다 미치히로 지음(이와나미 신서)

『종이의 함정』, 쓰즈키 미치오 지음(가도카와 문고)

『스페이드 여왕, 벨킨 이야기』, 푸시킨 지음, 가미니시 기요시 옮김(이와나미 문고)

『죽은 나방의 모험』, 엘러리 퀸 지음, 이키 유산 옮김(론스샤)

『트럼프 살인 사건』, 다케모토 겐지 지음(소겐추리문고)

『킹은 죽었다』, 엘러리 퀸 지음, 오바 다다오 옮김(하야카와 미스터리 문고)

『현대 세계 연극 7 부조리극 2』, 기시 데쓰오 외 옮김(하쿠스이샤)

『반직관의 수학 퍼즐』, 줄리언 해빌 지음, 사토 가오리 · 사토 히로키 옮김(하쿠요샤)

『이상한 나라의 앨리스』, 루이스 캐럴 지음, 후쿠시마 마사미 옮김(가도카와 문고 클래식스)

『고사카이 후보쿠 탐정 소설 전집 제7권 번역집 2』(혼노토모샤)

등을 참조했습니다.

옮긴이 최고은

대학에서 일본사와 정치를 전공했고 대학원에서 일본 대중 문화론을 공부했다. 현재 전문 번역가로 활동하며 좋은 책들을 소개하려 힘쓰고 있다. 옮긴 책으로 『64』, 『인간의 증명』, 『인사이트 밀』, 『부러진 용골』, 『소녀지옥』, 『거대 투자 은행』 등이 있다.

킹을 찾아라

1판 1쇄 2013년 7월 5일 | 1판 6쇄 2022년 4월 28일

지은이 노리즈키 린타로 | 옮긴이 최고은
책임편집 지혜림 이은 | 편집 임지호
디자인 이경란 강혜림 | 저작권 박지영 형소진 이영은 김하림
마케팅 정민호 이숙재 한민아 김혜연 이가을 안남영 김수현 정경주 이소정
브랜딩 함유지 함근아 김희숙 정승민
제작 강신은 김동욱 임현식 | 제작처 영신사
독자모니터 엄정현

펴낸곳 (주)문학동네 | 펴낸이 김소영
출판등록 1993년 10월 22일 제2003-000045호
임프린트 엘릭시르

주소 10881 경기도 파주시 회동길 210
문의 031-955-1901(편집) 031-955-3579(마케팅) 031-955-8855(팩스)
전자우편 editor@elmys.co.kr
홈페이지 www.elmys.co.kr

ISBN 978-89-546-2142-7 (03830)

엘릭시르는 출판그룹 문학동네의 임프린트입니다.